나의 人生詩 화장실문화

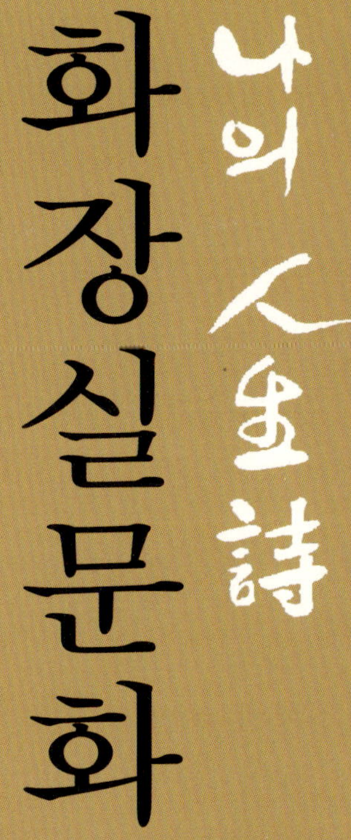

李 相 禎

(주)무림개발 · (주)무림교역 · (주)엘림테크

이지출판

한 시대를 일궈 낸 비전의 일꾼

여기 한 사람이 있습니다. 그는 아무도 관심 갖지 않는 우리 삶의 한 단면에 깊은 관심을 가졌습니다. 사람들이 대수롭지 않게 여기고 있는 문제를 중요하게 생각하였습니다. 그리고 그것을 삶의 뒷자리에서 이끌어 내어 '문화'의 개념으로 승화시켰습니다.

이상정 장로님은 하나님 나라의 귀한 일꾼일 뿐만 아니라 이 사회를 위해 예비되셨던 일꾼입니다. 장로님은 소망교회의 중직자로 교회의 성장과 발전을 위해 헌신과 수고를 아끼지 않으셨습니다. 많은 신앙의 후배들이 장로님의 신앙과 인격의 발자취를 칭송하며 따르고 있습니다.

또한 장로님은 우리 사회가 아름다워질 수 있도록 애쓰신 분입니다. 사회에 필요한 것이 무엇인지 고심하며 남이 보지 못하는 것을 파악하는 통찰력을 지니고 계십니다. 뿐만 아니라 그것을 개선하고 발전시키기 위해 지칠 줄 모르는 열정으로 일하신 분입니다.

장로님을 보면 이사야 58장 12절 말씀을 떠올리게 됩니다.

"네게서 날 자들이 오래 황폐된 곳들을 다시 세울 것이며 너는 역대의 파괴된 기초를 쌓으리니 너를 일컬어 무너진 데를 보수하는 자라 할 것이며 길을 수축하여 거할 곳이 되게 하는 자라 하리라."

이 말씀처럼 장로님은 황폐된 곳을 세우고 길을 수축하여 거할 곳이

되게 하는 개척자의 삶을 사셨습니다. 세워진 것을 무너뜨리기는 쉬우나 무너진 것을 쌓는 일은 그만큼 어려운 일입니다. 길이 없는 곳에서 길을 만드는 일은 남다른 열정과 헌신 없이는 이룰 수 없습니다.

장로님은 한결같은 성실함과 추진력으로 이 시대 낙후된 문화를 한 걸음 성장시켰고 국내의 큰 행사들을 잘 치를 수 있도록 면밀하게 준비하심으로 국가의 위상을 한 단계 끌어올리셨습니다. 그렇게 하나님의 교회와 이 사회 속에 주신 소명을 충성으로 감당하셨습니다.

이 한 권의 책이 녹록치 않은 인생길을 걸어가는 많은 분들에게 도전과 희망이 될 수 있기를 바랍니다. 한 시대를 일구어 갔던 비전의 일꾼의 이야기를 통해 오늘 이 시대를 살아가는 이들에게 풍성한 자양분이 되기를 바라마지 않습니다.

2012년 11월

김 지 철

소망교회 담임 목사

새벽이슬을 맞으며 길을 낸 사람

사람은 먹어야만 살 수 있고, 먹는다는 것은 곧 배설한다는 것과도 연결된다. 배설할 수 없다면 어떻게 될까. 그래서 먹는 것보다 배설하는 것이 더 중요한지도 모르겠다. 이 배설물을 어떻게 처리해야 할 것인가는 양의 동서를 막론하고 공해 문제로 남는다.

우리는 전통적인 농경사회에서 분뇨를 자원으로 이용하면서도 해충과 더러운 악취 때문에 거론조차 기피하며 살아왔다. 오죽하면 '뒷간은 멀수록 좋다' 는 속담이 다 생겨났을까?

하지만 이제 세상이 바뀌었다. 바뀐 정도가 아니라 화장실은 곧 그 나라의 교육과 경제, 문화수준과 비례한다고 한다. 80년대의 올림픽을 비롯한 그 많은 국내외 행사에 간편한 이동식으로 우리의 문화적인 품위를 돋보이게 하고 우리나라 야외 화장실 문화의 여명기에서 르네상스 시대를 개척해 온 사람이 바로 (주)무림교역 이상정 회장이다.

그가 시대적인 사명감으로 새로운 화장실 문화의 개척에 뛰어들어 오늘에 이른 것은 선견지명을 지닌 애국적인 집념으로 평가할 만하다. 밀물처럼 밀려오던 국내외 대형 행사에 이동식 화장실은 절묘한 필수장비로 발전하여 오늘에 이르렀으니 이상정 회장은 그 한복판에서 뛰어온 외로운 선구자였다. 다른 사람들은 화장실 하면 피하기만 하던 시대적 상황에서도 그는 꿋꿋이 외길을 걸어왔다. 또한 국제화장실 각종 행사

에 참여하여 그들의 기술과 설비를 우리 것으로 접목시켜 왔으며, 한국 화장실 분야이 선가자이며 세계 화장실 문화를 우리 섯으로 선진화시킨 전문가로 평가받고 있다.

다음은 이 회장이 늘 해온 말인데, 그의 신념과 사명감을 옮겨 적는다.

"암울한 환경 가운데서 개척해 온 선구자가 어찌 영리를 생각할 여념이 있을 수 있겠는가? 공직에서 억울하게 낙마한 그 한이 애국심으로 녹아진 그 위에 임하신 하나님의 기적이라고."

본인과 같은 교회의 장로이며 이웃으로 평소 가깝게 교류해 온 이상정 회장은 좌절에서 인내와 연단을 거쳐 정금 같은 신앙의 바탕에서 애국심이 접목된 기적의 주인공으로 믿고 있다.

이 책은 가장 낙후된 공중화장실이 이동식 화장실에 의해 화장실 선진국으로 도약한 한국의 화장실 문화사이며 화장실 문화 개척자의 실록이다. 따라서 한 사람의 투철한 사명감과 철학이 어떤 변화와 새 역사를 이루었는지를 교훈으로 남길 수 있는 매우 의미 있는 출판이라 할 수 있겠다.

2012년 11월

류 태 영

전 대통령비서실 초대 새마을운동 비서관, 건국대학교 부총장
현 (재)농촌·청소년미래재단 이사장

기발한 착상, 불같은 열정

나는 이제까지 한국이 깨끗하기로 알려진 나라란 사실을 잘 몰랐다. 1962년에 유학생으로 미국에 갔을 때 우리나라가 얼마나 불결한가를 절실하게 느꼈고 그 인상이 아직도 남아 있는 것 같다. 그 동안 우리나라가 서서히 발전하고 깨끗해졌으며 나는 그 한가운데 있었기 때문에 그 변화를 피부로 느끼지 못했던 것이다.

이런 발전은 물론 하루아침에 이룩될 수도 없고 한두 사람의 노력에 의해서 가능한 것도 아니다. 그러나 모든 개선과 변화에는 선도하는 사람이 있기 마련이다. 우리나라가 이렇게 깨끗한 나라로 인정받게 된 데 크게 공헌한 분이 바로 무림교역의 이상정 회장이다. 한 나라가 깨끗한가 않는가를 판가름하려면 그 나라의 화장실을 보면 된다. 일반적으로 가장 불결한 곳으로 인식되기 때문에 화장실만 깨끗하면 다른 곳은 불문가지다.

그런데 일찍 한국을 떠나 선진국으로 이민 간 분들이 오랜만에 모국을 방문할 때 가장 인상받는 것이 눈에 띄게 깨끗해진 공중화장실이라 한다. 바로 이런 변화를 일으킨 주역이 이상정 장로님인 것이다. 우리나라에서 제일 먼저 이동식 화장실을 도입하고 개발하신 것이다.

아무도 그런 것에 관심을 쓰지 않을 때 그는 수많은 사람이 모이는 곳에서 화장실 문제가 얼마나 중요한가를 인식하고 아무도 요청하지 않는데도 혼자서 먼 나라를 오가며 모범적인 이동식 화장실에 대해 배우고

새로 개발한 것이다.

이 장로님은 이동식 화장실뿐 아니라 우리나라 화장실 문화의 전반을 바꾸는 데 결정적인 공헌을 했다. 화장실과 관계해서 책을 쓰고, 화장실과 관계된 법과 제도적 장비를 추진하고, 세미나를 열고, 국제회의에 참석하는 등 심혈을 다 기울이신 것이다. 다른 사람이 미처 관심을 쓰지 못한 분야, 오히려 관심 쓰는 것을 꺼려하는 분야에 남다른 열정을 쏟으신 것이 결과적으로 오늘날 우리나라의 체면을 살리고 수많은 관광객을 불러들여 나라의 경제에 큰 도움을 주고 한국의 위상을 크게 높인 것이다.

이 장로님은 포항시 기계(杞溪)의 명문가 출신이지만 6·25전쟁 등으로 가세가 기울어 숱한 고생을 했다. 그러나 명석한 두뇌와 특유의 성실함과 순수성, 그리고 하나님과 교회에 대한 지극한 충성이 한데 어우러져 우리 모두에게 아주 긴요한 봉사가 이루어진 것이다. 나도 기계에서 태어나고 자랐기에 이 장로님과 동향 출신이 된 것이 자랑스럽다.

그의 삶과 봉사의 과정이 이 책에 기록되어 있다. 한 번 읽으면 많은 자극과 교훈을 얻을 수 있을 것이다.

2012년 11월

손 봉 호
서울대 명예교수, (사)나눔국민운동본부 이사장

화장실 문화사에 길이 남을 선구자

저자 이상정 회장은 한국 아파트 정책의 산파역에서부터 아파트 생활 문화의 선구자로서, 또 한편 가장 낙후되었던 공중화장실 문제를 직시하고 이동식 화장실을 처음으로 개발하여 한국의 문화적인 품위를 온 누리에 드높인 분이다.

아파트 문화와 화장실 문화 사업은 이 시대의 절실한 과제였는데 공직자 출신 이 회장의 애국심과 사명감으로 거뜬히 새로운 시대를 개척했으니, 이 회장의 집념과 예지력 그리고 추진력에 놀라움을 금할 수가 없다.

이 회장은 누구의 도움도 없이 빈손으로 미국, 일본, 유럽 등 선진국을 다니며 공중화장실을 살펴보고 터득한 견문과 연구 자료를 바탕으로 1996년, 고금동서의 화장실 문화를 정리하여 〈호모 토일렛(뒷간과 화장실 미학)〉을 출간하였다. 화장실 문화의 새 시대 의식 개선에 기여한 점과, 화장실 문화운동의 주역으로서 우리나라 공중화장실 역사의 새 시대를 열었으니 그 고난의 길을 짐작건대 그야말로 선구자라 칭송을 하지 아니할 수가 없다.

나와의 특별한 인연은 1993년 대전엑스포 조직위원장을 맡고 있을 때였다. 이상정 회장이 개발한 이동식 화장실 300여 대를 엑스포장 곳곳

에 설치하여, 3개월간 백만 명이 넘는 방문객에게 편의를 제공한 덕분에 에스포를 성공적으로 미무리힐 수 있있다.

또한 이 회장은 도산 안창호 선생의 정신과 사상을 계승하고 실천하기 위한 모임인 도산아카데미연구원의 임원으로서도 자주 교류하며 친목을 도모하고 있다.

이 책은 이상정 회장의 개인사적인 기록이기보다 우리 화장실 문화의 여명기에서 새 시대의 개막과 오늘날까지 우리나라 화장실 문화 발전의 기록이며 발자국이다. 암담한 여명기를 뚫고 길 없는 길을 열어 온 이상정 회장의 〈나의 인생시 화장실 문화〉와 지난 96년에 발간한 〈호모 토일렛(뒷간과 화장실 미학)〉"은 우리 화장실 문화사에 길이 남으리라 믿어 의심치 않는다.

2012년 11월

오 명
전 과학기술부장관 겸 부총리, 건국대 총장
현 KAIST 이사장

한국의 위상을 높여 준 개척자

조국근대화의 격변기 1970년대 서울특별시의 중견 공직자로서 아파트 문화의 산파역을 했던 이상정 동지가 이제 그의 경륜과 지혜를 담은 또 하나의 역작 〈나의 인생시 화장실 문화〉를 출간하심에 존경과 축하를 드린다.

모든 사람들이 필수 시설임에도 멀리하려는 화장실에 인생을 걸어온 그는 기업인이라기보다 생활문화의 향상과 국가위상을 한층 높여 준 애국활동의 선각자였다.

전근대적인 화장실을 벗어나지 못하고 있었던 당시, 그는 세계 속의 한국을 부각시킬 86아시안게임과 88서울올림픽을 앞두고 청결하고 아름다운 이동식 화장실을 개발하여 국내외에 신선한 충격을 주며 화장실 문화의 새 시대를 열어 주었다.

이를 통하여 한국의 위상을 세계적으로 높여 주었을 뿐만 아니라 건강한 국민생활에 기여한 공만으로도 그가 이 세상에 태어난 보람은 충분하다.

소망교회의 원로장로로서 하나님의 충직한 일꾼일 뿐만 아니라 지금도 어려운 이웃이나 옛 동지들을 위해 헌신 봉사하는 보습은 세간의 칭송으로 이어지고 있다.

동서고금의 화장실 문화를 소개한 〈호모 토일렛(뒷간과 화장실 미학)〉에 이어 이번에 출간되는 새 책은 화장실이란 차원을 넘어 혼이 깃든 '인생시(詩)'의 경지까지 다루고 있는 격조 높은 문화지(文化誌)로서 일독을 추천해 마지않는다.

2012년 11월

이 원 종
제27대 서울특별시장, 현 서울시우회장

신앙적인 소명으로 헤쳐온 나의 길

분뇨를 자원으로 했던 가난한 농경문화 속에서 '뒷간과 처갓집은 멀수록 좋다' 던 속담을 되뇌이던 때가 있었다. 하지만 이제는 수세식 변기가 되어 세면대, 욕조와 같은 자리에 놓이게 되었으니 실로 격세지감을 느끼지 않을 수 없다.

우리 역사상 초유의 국제행사였던 86아시안게임과 88서울올림픽을 앞두고 온 나라가 희망으로 술렁거리던 1984년 5월 3일, 교황 요한 바오로 2세가 한국 가톨릭 200주년 기념미사를 주재하던 여의도 광장에 모인 100만 인파를 텔레비전으로 지켜보면서 나는 저 많은 사람들이 생리문제를 어떻게 할까에 생각이 미쳤다. 다가오는 올림픽 경기장에는 반드시 청결한 이동식 같은 변기라야 한다는 데 착안하면서 서울시 당국 방문에 이어 공중화장실 여기저기를 둘러보며 걱정스런 탄식을 하지 않을 수가 없었다.

간편한 이동식 같은 환상으로 밤잠을 설치기도 하던 그 우울에 오랜 좌절이 겹쳤던 1984년 5월 23일 밤! 혜성같이 떠오르던 소망교회 장로선거에서 필자를 최고의 득표로 피택해 주신 그 은총을 소명으로 믿으면서 화장실 문화의 길 없는 길을 헤치며 뛰어온 지 어느덧 28년이 흘렀다.

뒷간 같던 공중화장실의 고정관념 때문에 이동식은 상상도 못하던 그때 도쿄올림픽과 뮌헨올림픽의 화장실이 문득 떠오르고 84년 LA올림픽의 화장실이 궁금해졌다. 해결의 실마리를 찾은 기쁨으로 각국 대사관을 찾아다녔으나 답을 얻지 못하고 지내던 어느 날, 우연히 도쿄에 있는 렌탈 회사 니켄(日健)의 이동식 화장실 카탈로그를 입수하여 달려간 결과, 미국의 이동식 전문 새틀라이트사의 수입품임을 확인하고 껍데기뿐인 (주)무림교역이 독점 공급 및 기술제휴를 하게 된 것이 한국 화장실 문화의 새아침이 되었다.

이듬해인 1985년 5월에는 처음으로 미국의 이동식 화장실을 도입하여 한국형으로 개조하는 한편, 청소, 분뇨수거, 소취제, 휴지까지 일괄 작업하는 전문 관리기법으로 초유의 국제행사였던 86아시안게임과 88올림픽(장애인올림픽)에 독점공급하면서부터 올림픽의 눈부신 성과를 훌륭하게 뒷받침했다는 평가와 더불어 그 동안 방관해 왔던 공중화장실에 신선한 충격을 주면서 간편한 장점과 무취, 청결, 상쾌함 때문에 모든 행사장은 물론 뒷길의 공중화장실까지 그 대안으로 떠오르기 시작했다.

88서울올림픽에 이어 89가톨릭성체대회, 91세계청소년잼버리, 93대전엑스포를 비롯한 국내외 행사에 이동식은 선풍적인 인기로 공급되기에 이르렀으나 화장실 없이도 지내왔던 관행 때문에 각종 행사의 체면치레가 되어 화장실 앞에 줄을 서서 차례를 기다리는 민망한 모습을 보면서 완전무취의 신선한 이미지가 흐려지는 안타까움을 겪어야 했다.

대통령취임식을 비롯한 명절 때의 고속도로, 전국체전 같은 행사장에는 이동식으로, 공원과 유원지, 등산로 입구 같은 곳에는 대형 탱크를 매설한 준이동식으로, 분뇨수거가 불가능한 산속이나 등산로에는 자연발효식이 공급되면서 이동식 화장실은 용도와 장소에 따라 여러 가지 유형으로 개발되면서 새로운 수요를 뒷받침하게 되었다.

우리 화장실 문화의 선진화를 위한 야심찬 의욕에서 1987년 국제 간이화장실협회(PSAI)와 1990년에는 일본 Toilet협회 회원이 되어 선진국 업체들과 교류하며 Trade Show와 세미나, 심포지엄에 참석하면서 그 지역의 위생시설과 유지관리 실태를 파악했다. 또한 화장실에 관한 자료와 첨단 기자재를 눈여겨 살피며 호기심과 부러움으로 무거운 짐을 진 듯한 마음으로 고독한 행보를 계속했다.

특히 일본에서 세계 각국의 화장실 관련 문헌을 접하면서 화장실 문화를 연구하는 계기가 되어 양의 동서를 뛰면서 수집한 자료를 바탕으로 1996년에 발간했던 〈호모 토일렛(뒷간과 화장실 미학)〉은 동서 고금의 화장실 문화를 처음으로 정리한 것이기에 신문, 잡지는 물론 KBS, MBC 등 4개 방송사의 경쟁적인 특집이 되어 화장실 문화의 새로운 의식을 고취하는 계기가 되기도 했다.

또 한편, 1993년 6월 일본 고베의 아·태지역 세미나와 다음해 5월 홍콩시정청 주관 아·태지역 공중화장실 세미나에 홀로 참석했던 나는, 올림픽까지 치른 우리는 일시적인 행사였던 듯 화장실 개선의 의지가 식어가는데, 아·태지역 대표들은 환경분야의 책임 공직자들로서 화장실 개선을 위한 그들의 뜨거운 열기를 보면서 큰 충격을 받았다.

귀국 후 그해 11월에는 '화장실 문화의 르네상스를 제의한다' 는 20쪽짜리 책자 2,000부를 만들어 중앙부처와 시도지사, 유관 기관을 비롯한 말단 시군구 실무부서까지 골고루 배포하기도 했다.

1999년 11월 1일 일본 기타큐슈에서 열린 아·태지역 Toilet 심포지엄에서 '한국의 화장실 사정' 이라는 주제강연에서 슬라이드를 통해 보여 준 우리의 개선된 공중화장실의 모습은 모두를 감탄케 하는 한편, 몇 가지 제안에 모두의 공감을 받기도 했다.

그리고 국내에서 수원시가 처음 주관한 1997년 7월 '아름다운 화장실 가꾸기' 심포지엄에서 '세계 화장실과 우리 공중화장실의 관리실태와 개선연구' 라는 주제발표를 통해 그 동안의 견문과 자료를 바탕으로 공중화장실의 문제점과 미래지향적인 방향을 제시한 바 있다.

1997년에 발족한 2002년 월드컵문화운동본부와 1998년에 발족한 (사)한국화장실협의회가 각각 주관한 세미나, 심포지엄에서 공중화장실에 관한 여러 가지 주제를 발표했다.

화장실 문화운동이 시작되고 아파트의 생활이 정착되어 가던 90년대까지도 서울시 본청과 지방시도에는 공중화장실 담당관이 없는 상태에서 청소과는 가로변의 청소, 공원과는 공원 관리뿐 공중화장실에 관심이 없던 그때, 나는 매스컴을 통한 대정부 각성과 홍보, 공중화장실의 개선과 확충(건의)을 위해 중앙과 지방의 관청을 순방하며 브리핑을 계속해 왔다.

특히 한강고수부지공원과 국립공원 당국에 새로운 화장실 및 관리대책을 끈질기게 탄원하면서 임대화장실의 가장 큰 애로였던 분뇨자가수거를 위해 환경청에 탄원을 지속적으로 해온 끝에 오수폐수처리에 관한 법에 임대화장실의 자가수거 조항을 신설하기도 했다.

화장실 문화라는 용어를 처음으로 외쳤던 좌담, 강연장에서 화장실 문화라는 말이 어색해서 비웃던 그 분위기에서도 텔레비전, 신문이 되도록 화장실 기사를 기피하고 상가의 화장실 상당수가 잠겨 있던 그때에도… 나의 마음은 뜨거웠고 지치지 않는 보람으로 당당했다.

이동식 화장실의 독점공급으로 이어지던 국내 대형행사의 화려했던 실적은 우리 화장실 문화의 새 시대를 위한 썩어지는 밀알이며 밑거름이었을 뿐, 이윤을 추구하는 사업과는 바탕과 환경이 다른 애국적인 개척자의 고행이었다. 순박한 공직자였던 필자가 적수공권으로 겁없이 뛰어든 개척의 길은 신앙적인 소명을 이해하지 못하는 사람에게는 설명이 어려운 길이기도 했다.

1985년부터 화장실 문화 여명의 불씨가 되었던 필자의 이동식 화장실은 열화 같은 시대적인 요청에 부응하여 이제는 우아한 외관과 다용도를 겸한 응용과학적인 냉난방 구조에 첨단 설비, 토일링 관리 시스템(설비 고장, 전기, 휴지, 물부족)으로 원격관리가 이루어진 오늘, 공중화장실은 명실공히 거리의 오아시스로 바뀌어 가는 길목에 이르렀다.

허구한 날의 가난과 파란만장한 고난 다음에 이 나라를 우뚝 세우신 주님의 은총과 얍복강 나루에서 밤새껏 씨름하던 집념의 야곱에게 복에 복을 더하셨던 주님의 축복이 이 나라 생활문화의 새 시대를 위해 나를 소명하셨다는 그 믿음 위에 겁없이 힘차게 뛰어온 지난날을 추억하며 한국 화장실 문화의 새 시대를 개막해 온 필자의 고독했던 발자취를 여기에 간추린다.

친척과 아비집을 떠나 내가 지시하는 땅으로 가라는 여호와의 명에 순종했던 아브라함처럼, 소명받은 개척의 행로에 우순풍조를 허락하시고 '만나'와 엘림의 물을 먹게 하신 축복을 되돌아보며, 선한 사마리아인의 순박한 사랑을 베풀어 주신 연성대학교(안양) 권재혁 이사장과 오금희 총장 내외분께 주님의 축복을 빌고 원하오며, 나의 애국적인 개척사업에 동참했던 장동목 동지와 젊음을 바쳐 온 배금연 장장을 비롯한 무림가족에게 후한 상 주시옵기를 기도드린다.

또한 파란 많던 필자와 고난을 함께 하다가 세 아들을 두고 간 박정자 권사의 영생복락을 빌며, 나의 이모작(二毛作) 인생시(人生詩)를 수놓을 수 있도록 이영희 권사를 택정해 주신 주님 은혜를 감사드린다.

관운, 재운, 행운도 인색하셨던 주님이 구사일생의 긍휼로 연단하셔서 오늘이 있게 하신 임마누엘 하나님의 깊으신 은총을 깨달으며 청지기의 믿음으로 엮은 이 옥동자의 탄생이 주님의 크신 영광이 되시옵기를 간절한 마음으로 기도드린다.

2012년 11월

저자 이 상 정

제1장

한국 화장실 문화의 어제와 오늘

제2장

언론에 비친 화장실 문화

제3장

세계 화장실 문화를 정리한 호모 토일렛

제4장

화장실 개척기의 정책 건의

한국 화장실 문화의 어제와 새 시대

1. 가장 낙후되었던 화장실 문화

가. 뒷간과 농경문화

허구한 날의 가난에서 일년에 한 번 수확하는 농사를 천하지대본(天下之大本, 가장 큰 사업)으로 알았던 우리 조상님들은 사람과 가축의 분뇨를 농사의 소중한 자원으로 이용했다.

큰 독(사기단지)을 땅에 묻어 두고 나무 두 쪽을 걸친 그 위에서 대소변을 배설하고 또한 저장해 두었다가 볏짚이나 풀, 모래를 섞어 발효시킨 거름(퇴비)으로 농사를 지었다.

동녘이 훤해질 때면 어둑어둑한 골목길에 가축의 똥을 줍기 위해 서성거리는 개똥할아버지의 부지런함도 있었고, 오줌 한 방울도 버리지 않고 방에는 요강을, 처마밑에는 통을 비치해 두고 모아서 퇴비에 보탰다. 하지만 주거와 되도록 먼 담 밑 같은 후미진 곳이나 뒤쪽 공간을 이용했으니, 이는 고질적인 악취와 구더기, 파리 같은 해충을 피하려는 고육지책이었고 이를 뒷간, 칙간, 통숫간 등으로 불러왔다. 그리고 절간의 뒷간을 해우소(解憂所)로 불러온 것이 우리의 모습이었다.

개화기 전 한국의 상류층 주택의 설계도에 뒷간은 아예 없고 장독대만 있었다는 사실이며, 한국의 궁궐이나 파리의 베르사유 궁전에도 화장실이 없었다는 공통적인 사실을 볼 때, 임금의 절대 권위 때문에 아예 설계에서 빼버린 것이 아닌가 여겨지기도 한다.

나. 화장실 문화의 개화기

일제강점기에 서울을 비롯한 중소도시와 관청, 학교, 공공시설과 상류층 가옥을 필두로 뒷간은 일본식으로 개선되면서 호칭도 일본의 변소(便所)로 바꿔 불렀지만 총독부 청사, 서울역, 도청 등 관공서, 백화점과 고급저택에는 초기의 수세식 변기가 설치된 가운데 광복을 맞이했다.

대한민국 제3공화국 때인 1970년에 들어와서 자조·자립·협동의 구호 아래 불길처럼 번진 새마을운동으로 지붕, 마을길, 공공시설을 개선하면서, 분뇨저장식 변소를 화장실이라고 부르기가 어색했으나 그때부터 화장실로 불리기 시작했다. 농경사회가 산업사회로 바뀌면서 도시로 몰려든 인구의 팽창으로 70년대부터 서울의 주거는 독립가옥에서 연립주택과 아파트로 발전했으며, 되도록 멀리 두었던 뒷간과 변소를 욕조, 세면대와 같은 위생시설로 바꿔 놓은 빌딩과 아파트 문화의 새 시대는 우리 생활 주변에 가장 낙후되고 방관해 오던 공중화장실의 문제점을 깨닫게 하는 계기가 되기도 했다.

다. 위생의 사각지 공중화장실

분뇨수거나 거리청소, 쓰레기수거는 각 구청에서 직영으로 운영되어 오던 80년대 초까지도 행정 부실과 장비 부족으로 고지대의 분뇨를 제때 수거하지 못함으로써 리어카에 드럼통을 장착한 분뇨수거꾼들의 무단수거와 하수도 폐기 때문에 경찰의 단속 대상이 되기도 했다. 하지만 1995년 쓰레기 종량제에 이어 1997년부터 구청 직영에서 민간업자 위탁으로 바뀌게 되었다. 또한 대중음식점을 허가할 때 수세식 화장실 설치를 조건으로 하던 것도 1977년부터였으니 당시의 생활환경을 짐작할 만하다.

90년대 후반 서울의 공중화장실이 점차 수세식으로 바뀌어지기까지 공중화장실의 관리는 고작 분뇨수거나 실내청소를 구청의 책무로 알고 있었을 뿐, 해충 구제나 소변기에 누렇게 붙은 요석(尿石)의 제거는 화장실 관리의 체크사항도 아니었다. 휴지는 당연히 이용하는 각자의 몫이었고, 깨끗한 화장실 사용을 계도하는 스티커나 벽보 같은 것은 아예 생각도 못하던 위생의 사각지였으며, 어느 길에도 공중화장실 안내판은 볼 수가 없었다.

라. 화장실의 불모지 시대

골목이나 주택가 빈터에는 행인은 물론 택시를 세워 둔 채 방뇨하는 모습은 흔히 보는 일이었으며, 하수구나 담벼락, 전신주에 방뇨를 해도 과히 나무라지도 않고 묵인했다.

김포공항에서 서울로 들어오는 길가에 돌아서서 소변을 보는 꼴사운 광경은 흔히 눈에 띄었지만 간이변소도 마련된 곳이 없었다. 야외 운동회나 각종 행사는 대부분 학교 교정을 이용했는데, 이는 학교의 기존 위생시설을 이용할 수 있기 때문이기도 했다. 간혹 학교가 아닌 야외에서 이루어지는 행사장에는 구덩이를 파고 나무를 걸치고 텐트로 가린 상태에서 일시적인 배설 장소로 이용하고, 행사가 끝나면 텐트를 걷고 묻어 버리는 한편, 남자들의 소변 문제는 녹십자사에서 행사장 구석에 텐트를 치고 플라스틱 용기를 배열해 두었다가 행사가 끝난 후에는 약품재료로 소변을 수거해 가곤 했다.

자연발생 유원지나 공원의 위생시설은 대부분 분뇨수거식이었으며, 등산로는 아예 방뇨였는데 대도시와 중소도시 공중화장실 어느 곳에 가도 장애인, 노약자, 어린이를 위한 편의시설은 보기도 드문 상태로 90년대를 보냈다.

2. 화장실 문화의 새 시대 개막

일시적으로 인파가 운집하는 운동회나 각종 행사장은 물론 불특정다수인이 오고가는 도시의 가로나 공원, 유원지, 등산로 등 헤일 수 없는 곳에 공중화장실의 필요성은 절실했으나, 우선 대지를 확보해야 하는 어려운 전제조건과 예산확보라는 과정을 거쳐야 하기 때문에 공중화장실에 대한 대책은 언제나 뒤로 미루어지던 문제이기도 했다.

어려운 난제를 넘고넘어서 이동식 화장실을 개발한 후, 1985년 9월 육군사관학교 교정에서 열린

제33회 세계양궁대회장에 처음 설치된 이동식 화장실

제33회 세계양궁대회장에 이동화장실과 전문관리가 처음으로 등장한 데 이어, 86아시안게임과 88서울올림픽(장애인올림픽)에 이동식 공급과 더불어 무취 청결의 전문관리가 신선한 충격이 되었다. 산뜻

한강시민공원에 설치된 이동식 화장실

한 색상과 스마트한 외관, 밝은 실내와 응용과학적인 환기, 소변기가 병설된 이동식 화장실은 그 동안 혐오했던 위생의 사각지 공중화장실에서 혁명적인 새 시대를 개막하는 배경이 되었다.

86아시안게임을 앞둔 86년 4월 한강시민공원이 개소되면서 우리 회사의 PE 자재 조립식 이동식 화장실과 FRP 자재 수공품인 지붕 물탱크 구조의 수세식 화장실이 설치되었으나, 지붕 수세식은 문제점이 많아 철거되고 첨단 이동식 700여 대가 한강 전역에 독점 설치되어 화장실 문화의 개화를 선도하는 큰 역할을 했다.

낙후된 공중화장실은 이동식 화장실이 대안으로 떠오르면서 공중화장실의 청결과 위생을 비롯한 허다한 문제점을 깨닫고 2002년 월드컵대회를 준비하던 90년대 후반기부터 환경문제에 가장 예민한 한국관광공사와 정부 주도로 발족한 2002년 월드컵문화운동본부와 98년 한국화장실문화협의회와 화장실문화시민연대 등 사회단체가 발족되어 화장실 현대화 운동의 물결이 온 땅을 휩쓸게 되었다.

26

3. 이동식 화장실 개척기의 국내외 대형 행사

화장실 문화의 새 시대를 열어 온 무림 화장실은 물밀듯이 밀려오는 국내외 대형 행사에 화장실 임대와 전문관리로 우리 민족의 문화적인 품위를 온누리에 과시하는 영광스러운 사역을 감당했다.

85년에는 제33회 세계양궁대회를 효시로 86아시안게임과 88서울올림픽(장애인올림픽)에 이어 89년 세계가톨릭성체대회, 강원도에서 개최된 91년 세계청소년잼버리대회, 93년 대전국제박람회(EXPO), 96년 동계유니버시아드, 96~98년 국제에어쇼, 97년 광주비엔날레와 부산 동아시아대회, 99년 동계아시아대회, 2002년 한일 공동 개최로 10개 도시에서 열린 월드컵대회와 대구 유니버시아드대회 및 부산 아시안게임 등 무림 이동식 화장실은 각종 대형 행사의 필수장비로 기초를 다져왔다.

또한 설날과 추석 명절 때 고속도로의 귀성객을 위한 이동식 공급과 매년 봄 진해 벚꽃놀이와 현충일의 국립묘지, 특히 국회의사당에서 거행된 제13대에 이어 14대, 15대, 16대, 17대 대통령 취임식에 독점으로 공급해 왔으나, 4~5만 명이 운집하는 국가적인 행사에 이동식 화장실 100대 임대라는 기록은 바뀌지 않은 채 국가적인 체면 손상을 거듭해 왔다.

캄캄한 사업적인 환경 가운데서도 선진국 전문업체들과 교류하며 공중화장실을 통한 그 나라의 문화적인 특성과 배경을 살펴왔다. 나는 미래를 내다보는 개척자의 의욕에서 1987년에는 국제간이화장실협회(PSAI), 1990년에는 일본 Toilet협회 회원이 되어 의욕적인 행보를 거듭하면서, 특히 일본의 화장실 문화를 견인해 온 Toilet협회가 쌓아온 발자취를 살피고 왔다. 또한 각국에서 불고 있는 화장실 근대화 운동을 보면서 초조한 심정으로 우리 화장실 문화의 르네상스를 외치며 외면할 수 없는 사명적인 문화운동의 선두에서 공중화장실을 통한 공중도덕의 의식 개선에 미력을 바치며 오늘에 이르렀다.

4. 각종 유형으로 발전하는 이동식 화장실

가. 이동식과 준이동식 화장실

개발 한국의 품위를 드높였던 이동식 화장실은 각 지방 시도는 물론 국립공원, 유원지, 대소 공원, 주차장, 등산로, 건설현장까지 새로운 수요로 이어지는 한편, 분뇨탱크가 작아서 자주 분뇨수거를 해야 하는 이동식의 문제점을 보완하여 개발된 준이동식 화장실은 도심을 제외한 변두리 지역에서 전근대식의 수요에 부응하여 왔다. 특히 북한산 중턱에 있는 북한 산장의 등산객을 위한 7대의 준이동식 설치는 절벽을 넘어야 하는 험한 산길이었으나, 사업적 이익을 초월한 시범적인 실적으로 칭송을 받기도 했다.

나. 자연발효식 화장실

이동식 화장실의 잦은 분뇨수거 문제를 보완해 온 준이동에 이어 분뇨수거가 불가능한 등산로나 산 중턱 같은 곳에 자연발효식 화장실은 그 고유의 장점 때문에 상당한 수요를 창출하며 각광을 받기도 했다. 자연발효식을 개발하게 위해 발원지인 스웨덴 별장지에 두 차례 출장에 이어, 미국 몬태나 지역의 자연발효식 제작소와 사용과정 답사와 뉴욕 허드슨 강변 공원의 자연발효식 현장을 돌아보고 개발한 자연발효식 화장실은 발효를 위한 첨가제의 필수적인 투입과 사용자에 비례하는 설치대수 등 극복하지 못한 문제 때문에 악취, 비위생의 공해로 원성을 듣기도 했다.

다. 박스형 이동 수세식 화장실

PE 자재로 된 조립식 이동식 화장실이 한국 화장실 문화의 새 시대를 이끌었으나 겨울과 여름을 극복하지 못하는 문제 때문에 이동식은 차츰 방열, 방한을 감안한 이중단열자재로 발전하게 되고, 또 한편 분뇨가 보이지 않는 수세식 또는 거품으로 배설물을 씻어내는 포세식으로 한 걸음 발전된 이동식으로 바뀌었다.

변기 1대에 소변기가 부착된 단독형 화장실에서 이제는 컨테이너 같은 대형 박스 안에 남녀 공간을 분리하고 여러 개의 대소변 화장실 공간을 마련하여 종래의 건물형에 버금가는 규모의 대형 이동식으로 바뀌었다. 박스형 이동식 설비자재가 점차 첨단자재로 고급화하여 냉난방은 물론 자동 환기에 음악까지, 심지어 불쾌한 소음을 방지하는 물소리, 새소리까지 사치로운 수준으로까지 발전하여 화제를 낳기도 했다.

라. 캡슐형 화장실

공원, 체육시설이 있는 곳에도 공중화장실이 필요한데, 설치가 간편하고 외관이 수려한 고정식 화장실이 좋다. 그리하여 타일로 마감된 외장, 채광창 지붕, 유리블록을 사용하여 럭셔리한 캡슐형 화장실이 등장하였다.

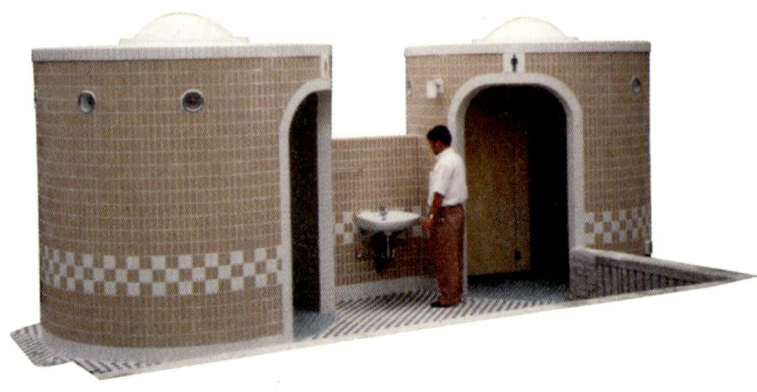

마. 트레일러형 화장실

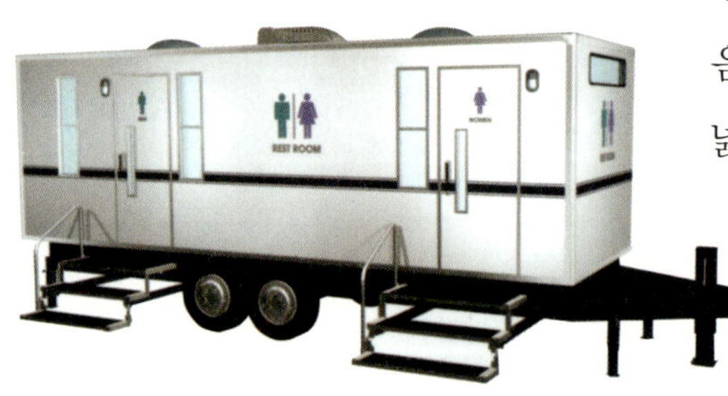

2002년 월드컵대회에 즈음하여 미국 등 국토가 넓은 선진국에서 이용하는 바퀴 달린 차량형 수세식 화장실이 도입되어 또 한 번 호기심을 불러일으켰다. 고급 행사 현장에 새로운 상품으로 등장하여 종래의 값싼 이동식 임대시장은 위축되고 그 영역은 이제 일반화되어 가고 있다. 그러나 제작비용과 감가상각 등 과다한 비용과 수요시장이 넓지 않고 과당경쟁의 문제점으로 어려움을 겪고 있기도 하다.

5. 한국 화장실의 문화운동

　대도시 빌딩, 호텔, 백화점, 관청, 오피스텔 등 공공시설의 화장실
은 물론 90년대 후반 아파트의 화장실도 이미 문화공간으로 이용되
는 때이었으나 88서울올림픽 후에도 93년 대전엑스포 등 수많은 대
형 국제행사를 치렀지만, 후미진 뒷길의 공중화장실과 시장, 터미널,
유원지, 공원의 위생시설은 정책적인 조명을 받지 못한 채 우리 주변
에서 가장 낙후된 분야로 꼽히어 왔다.

　그러나 2002년 월드컵대회를 앞두고 화장실 현대화를 더 미룰 수
없다는 공감대 속에 개최지인 서울, 수원, 대구, 대전 등 10개 지방자
치단체와 문화관광부, 철도청, 한국관광공사 등 외국 관광객들과 밀
접한 관련을 가진 정부기관 가운데 수원시가 처음으로 1997년 7월
'아름다운 화장실'을 주제로 한 심포지엄을 개최하고, 한편 한국관
광공사가 1998년부터 전국 공중화장실을 대상으로 'Best 5, Worse
5'를 선정하여 시상 홍보함으로써 중앙과 지방 관청 간의 깨끗한 화
장실을 위한 상호경쟁의 계기를 마련하면서부터 혐오의 대상이었던
공중화장실을 개선하기 위한 시민단체의 출범이 이어졌다.

　1999년 8월에는 문광부, 해양부 등을 비롯한 전국 시민단체연합,
정신개혁시민협의회, 한국소비자연맹 등 14개 시민단체와 경기도 수
원시, 강원도를 비롯한 12개 정부기관, 지자체, 민간, 재계 등 46개
기관단체와 시민이 참여하는 화장실문화협의회가 탄생되면서 청결
한 관광한국, 올바른 화장실 문화 유도, 화장실 시설 및 관리, 서비
스 선진화에 목표를 두고 월간지 〈미소공(美小空)〉을 발행하여 계몽
적인 씨를 뿌려왔다.

한편 서울시에서는 공중화장실의 '표준 설계'를 공모하고 연차적인 시범화장실을 건립하는 한편, 노후 화장실의 개보수를 시행하면서 송파자치구를 선두로 '깨끗한 화장실 관리 시민모임'이 발족되어 자율적인 공중화장실 청소 경쟁 분위기를 유도했다.

송파의 석촌호수 공중화장실은 제1회 한국화장실 최우수상을 필두로 수원시는 매월 으뜸화장실 콘테스트를 통하여 광교산 반딧불이 공중화장실, 팔달교 지동시장을 비롯한 54개를 으뜸화장실로 지정하고 그 지역의 특성에 어울리는 화장실을 신축하여 시범적인 효과를 거두기도 했다.

또 한편 2002년 월드컵대회를 앞두고 정부 주도로 대회가 열리는 10개 자치단체와 관, 언론, 시민단체가 연합하여 발족한 시민문화운동촉진협의회는 시도에 지역협의회를 두고 화장실에 관한 캠페인을 지속하면서 '깨끗한 화장실' 대상 제도를 마련하여 시상하는 한편 세미나, 심포지엄을 개최하여 시민의 공중도덕성 향상을 유도했다.

2002년 월드컵대회를 앞두고 일찍이 공중화장실의 문제점에 주목했던 심재덕 수원시장(그후 국회의원)은 1997년 처음으로 '아름다운 화장실 심포지엄'을 수원에서 개최한 바 있고, 1999년에는 한국화장실문화협의회를 창립하는 한편, 수원의 문화적인 특성을 살려 괄목할 시범적인 화장실을 설치했다. 한국화장실문화협의회는 2000년 서울에서 제1회 한·일화장실포럼을, 2001년에는 일본 기타큐슈에서 제2회 한·일포럼을 개최한 바 있다. 그리고 2004년에 공표된 공중화장실법 개정을 위한 공청회를 주도하고 세계화장실대표자회의를 개최하기도 했다. 2007년 11월에는 세계화장실협회(WAT) 창립협회를 서울에서 개최하여 세계화를 선포하였다.

한국 화장실 문화의 어제와 오늘

화장실 문화의 르네상스를 제의한다

세계 화장실과 우리 공중화장실의 관리실태 및 제도 개선 연구

아시아·태평양 Toilet 심포지엄

한·일 화장실 포럼 2000

아름다운 화장실 그 변화의 내용을 논함

한국의 이벤트와 화장실 문화

화장실 文化의 르네상스를 提議한다

〈亞·太 지역 공중화장실 세미나를 다녀와서〉

1994. 11.

필자는 가장 낙후된 우리 화장실 문화의 문제점을 일찍이 착안하여 86아시안게임, 88서울올림픽을 비롯한 국내적인 현안은 해결했으나 뜻한 바 있어 1987년에 국제간이화장실협회(PSAI), 1990년에는 일본 Toilet협회 회원이 되어 그들과 의욕적인 교류를 하는 한편, 화장실의 제조·임대 및 전문관리를 비롯한 그 나라의 문화자료를 살펴왔다. 1993년 6월 일본 고베와 1994년 5월 홍콩에서 열렸던 공중화장실 심포지엄에서 주최국의 뜨거운 열기는 물론 각국에서 참석한 대표들의 열띤 토론을 지켜보았다. 공중화장실의 현대화와 위생적인 유지관리는 모두의 현안임을 확인했다.

특히 홍콩에서는 이듬해인 1995년에도 공중화장실 국제세미나를 계획하면서 1997년에는 한국에서 맡아야 할 것이 아니냐는 각국의 제의에 선뜻 답하지 못하고 무거운 마음으로 돌아왔다. 올림픽이 끝난 후 일시적인 행사였던 듯 화장실 개선 의욕은 미지근하기만 하던 그때 애국적인 울분에서 1994년 11월에 본 호소문을 중앙과 지방의 정책부서와 말단 시, 군, 구 부서까지 2,000부를 배포했다.

화장실 문화의 어제와 오늘

사람은 먹어야 산다. 먹는다는 것은 곧 배설한다는 말이기도 하다. 이 진리는 사람뿐 아니라 호흡하는 모든 동물에 공통되는 생리적인 현상이다. 먹는다는 그것은 바로 인간 생존의 근원이며 모든 창조적 활동의 원동력이다. 먹고 배설하는 신진대사는 모든 동물의 성장 근원인 것이다.

먹고 배설할 수 없는 상황을 상상해 보라! 그것은 바로 죽음일 뿐이다. 오랜 변비 끝이나 변의(便意)를 참아야 했던 고통에서 드디어 쾌변을 하게 되었을 때의 상쾌함을 무엇으로 표현하랴. 그것은 무엇과도 비길 수 없는 인간의 행복한 순간일 것이다.

그러나 우리는 인간 생활에 필수적인 배설물인 분뇨와 배설 장소인 화장실 그리고 배설물 처리에 대하여 큰 관심을 기울일 겨를 없이 지나온 것이 사실이다. 분뇨를 퇴비로 쓰던 농경문화 속에서 칙간, 정랑, 뒷간, 통시라는 생각만 해도 구역질나는 고질적인 악취와 해충을 예사롭게 보면서 살아왔다.

근대화 여명의 역사 속에서 변소로 그 이름이 바뀌었고, 이제는 화장실이라는 용어로 한 걸음 더 선진국화 되어 가는 길목에 와 있다.

우리 생활 공간에서 되도록 멀리 떨어진 마당의 후미진 곳에 있던 배설 장소가 이제는 우리 생활 공간의 한가운데에 위치하게 되었다. 심지어 안방의 가장 가까운 부속실로서 목욕탕 세면대와 같은 위생시설로서 명실공히 화장실로 변모했다. 가장 필수적인 휴식공간으로서 독서, 사색, 무아지경에서 기발한 착상을 하기도 한다.

그러나 도시 상류층은 날로 호화로운 첨단기구로 화장실을 장식하고 있지만 도시의 하류층, 중소도시 그리고 농촌의 실태는 예전보다는 변모했으나 아직은 화장실 아닌 변소 형태를 벗어나지 못하고 있는 것도 사실이다.

필요한 곳에 있어야 할 화장실은 절대 수가 부족하고 새로 신축한 화장실도 종래의 변소 형태를 탈피하지 못한 것이 안타깝다. 완벽한 용도를 고려하지 않은 설계와 조잡한 시공, 관리기법을 모르는 단순 물청소는 악취를 없애지 못하고 있다. 쾌적함이 없는 공간!

언제나 콘크리트 지붕으로 덮인 어둡고 답답하게 느껴지는 화장실 분위기는 예나 다름이 없다. 장애인을 위한 보다 세심한 배려와 젖먹이 어린이를 눕힐 소위 베이비 베드도 없고 거울과 옷걸이가 없는 것을 예사롭게 아는 인식에서 새롭게 눈을 떠야 할 때다. 용변 후 손을 씻어야 하는 국민의 위생관념 계도를 위해서도 모든 화장실에 수도시설은 반드시 설치되어야 하고, 외국 관광객들을 위해서 불편 없는 시설을 갖춰야 한다.

내 것이 아니기에 마구 쓰고 버리고 낙서하고 화장실 기자재를 파손하는 비뚤어진 마음을 바로잡을 길은 무엇일까?

올해는 '한국 방문의 해' 다. 서울 정도 600년의 깊은 뜻을 온누리에 선전하는 해다. 몰려드는 외국 관광객을 위해 불편 없는 화장실의 제공은 어느 시책보다 우선해야 될 과제 또한 화장실 문화의 르네상스를 선언하는 정부의 강력한 의지만이 현안 문제의 시급한 해결책임을 건의한다.

야외 이동식 화장실이란 용어도 새로웠을 뿐 아니라 완전 무취가 신기하게 들리던 때에 완벽하고 우아한 외관을 갖춘 이동식 화장실을 개발하여 86아시안게임과 88서울올림픽의 눈부신 성과를 뒷받침했던 필자는 새로운 화장실 문화의 창달이라는 뜨거운 선구적 사명감에서 '완전 무취 청결'을 슬로건으로 국내외 대형 행사장과 인파가 운집하는 곳을 뛰면서 불모지에 꽃을 가꾸어 왔다. 그리고 1987년부터 미국에 본부를 둔 국제간이화장실협회(PSAI) 일원이 되었다.

매년 지역을 바꾸어 열리는 협회의 화장실 세미나 및 각종 행사에 빠짐없이 참석해 온 연고로 한국 화장실 문화의 국제적인 창구역을 해 온 것도 사실이다.

1993년 6월에는 일본 고베의 국제화장실 심포지엄에, 1994년 5월 말에는 홍콩시가 주관하는 아ㆍ태지역 공중화장실 세미나에도 참석하여 각국 대표들과 열띤 연구 토론을 했다.

동북아시아에 전 세계의 관심이 쏠리고 인기 있는 관광지로 부각되고 있어 국제화ㆍ개방화 시대에 즈음하여 공중화장실의 현대화와 위생적인 유지관리 문제는 모두의 현안임을 확인할 수 있었다.

이미 화장실의 선진국에 진입한 일본도 보다 새롭고 우아한 제품 개발과 관리방안을 활발하게 모색중이고, 홍콩시는 의욕적인 이번 행사에 이어 이미 1995년 제2차 국제세미나 계획을 확정하고 준비 중에 있다.

그 다음 1997년의 제3차 국제화장실 심포지엄은 당연히 한국이 맡아야 될 것 아니냐는 홍콩 시장을 비롯한 각국 참가 대표들의 한결같은 간곡한 제언이 있었으나 수락할 처지에 있지 않는 필자로서는 매우 난처했다.

아·태지역 공중화장실 세미나

5월 30일부터 6월 1일까지(3일간) 홍콩문화센터에서는 홍콩 시청(시장 梁定邦) 주관으로 '1994 아세아·태평양 지역 공중화장실 세미나'가 개최되었다. 주제는 '아·태 지역사회 공중화장실의 문제점과 그 대책'이었으며, 아·태지역 국가들의 대표와 홍콩의 관계기관 인사 등 약 400명이 참석하여 성황을 이루었다.

양(梁) 시장은 환영사를 통해 "공중화장실 문제 인식의 확산과 그것의 적절한 개선과 관리의 문제는 이 지역사회에서 매우 심각한 문제가 되고 있다"고 전제하고, "깨끗하고 위생적인 공중화장실의 문제는 모든 지역사회의 기본적인 필수과제"라고 강조했다. 그리고 "이 세미나를 통해 유용하고 실제적인 의견을 서로 교환함으로써 매우 중요한 공중 위생시설 업무 향상에 이바지하자"고 했다.

홍콩시가 공중화장실 문제에 관한 국제 세미나를 주관한 것도 우리로서는 주목할 일이지만, 더욱 필자의 관심을 끈 것은 이 세미나에 참석한 각국 대표들이었다. 이들은 대부분 그 나라의 공직자였으며 참가한 나라는 중국, 호주, 일본, 태국, 필리핀, 싱가포르, 말레이시아, 인도네시아, 한국, 그리고 멀리 프랑스와 영국에서도 참가했다.

각국 대표 25명이 발표한 주제의 대부분은 공중화장실의 구조 및 설계, 유지관리 방안, 위생문제, 화장실 문화, 분뇨처리 문제 등 다양한 것이었다. 이들 주제 발표자 가운데 중국에서 3명이나 참가한 것은 매우 이색적으로 느껴졌다.

베이징시 환경위생국장 Mr. Mai shao-Zai는 '공중화장실의 냄새를 제거하는 실제적 방법'이란 주제로 발표했으며, 또한 선전 환경위생국에서 온 Tian Xue-Gan은 '화장실 문화에 대한 설문'이란 과제를 발표해 중국에서조차 지금 화장실 문제가 문화적인 차원에서 다루어지고 있음을 알게 되었다.

이번 세미나에 한국에서도 동아대 교수 두 분이 토론에 참석했다. 중국의 발표자들이 화장실에 관한 행정을 직접 담당하고 있는 공무원들이었음에 비해 우리나라에서는 특별 초빙된 대학교수들이었음은 대조적이었다.

세미나 마지막날인 6월 1일에는 홍콩 시내의 공중화장실 현장을 답사하는 일정이었다. 대부분 시내 골목에 위치한 좁은 공간의 화장실을 3층 또는 2층으로 재건축하여 층별로 남자, 여자 전용 화장실로 사용하거나 기존 화장실 내부 시설을 이용자에게 편리하도록 현대화한 것이었다.

홍콩 당국이 공중화장실을 위해 얼마만큼 세심한 노력을 기울이고 있는지를 직접 확인할 수 있었다.

그 중에서도 홍콩의 빅토리아 공원이 있는 힝 패트 거리에 새로 세워진 공중화장실은 공중화장실 설계 공모에서 당선된 작품으로 우아하고 세련된 외관, 자연광을 이용한 밝고 쾌적한 분위기, 그리고 냄새 제거를 위한 통풍 시설, 물 절약을 위한 자동센서장치, 장애인과 어린이를 동반한 어머니들을 위한 특수 시설들은 종래 화장실이 어둡고 냄새나고 무서운 곳이라는 이미지를 밝고 깨끗하고 편안한 곳으로 완전히 바꾸어 놓기에 충분한 것이었다.

필자는 양식 아닌 동양식 변기와 문화적인 공감이 느껴지는 시설들을 둘러보면서 홍콩의 공중보건위원회 위원장인 Leung Ping-Chung 교수의 "공중화장실은 그 사회의 경제수준 뿐만 아니라 시민들의 위생과 교육수준"이라고 한 말에 공감했다.

일본의 화장실 문화활동

1993년 제1차 국제화장실 심포지엄 이전에도 일본에서는 이미 86년과 88년 두 차례 국제화장실 포럼을 개최한 바 있다.

또한 일본화장실협회 주최로 1986년 이토시(伊東市)에서 제1회 화장실 심포지엄을 개최한 이래 매년 각 지방 대도시를 순회하며 화장실 문제에 대한 심포지엄을 개최하고 있다. 또한 매 심포지엄마다 테마도 '여행과 자연과 화장실'(1991), '화장실과 환경'(1990), '21세기를 향한 화장실 문화를 생각한다'(1989) 등 매우 다양하다. 특히 필자가 참석했던 6월 고베시의 제1차 국제화장실 심포지엄 때는 신문, TV 등 언론매체가 이 행사를 크게 보도하여 화장실 문화의 국민계도를 의식한 것 같았으며, 행사에 필요한 예산 상당부분을 고베시에서 지원해 주었다고 했다.

참석자들은 학자, 전문인, 화장실 제조 및 유관 기업체, 동호인들도 많았지만 중앙과 각 지방자치단체에 속한 환경위생담당 공무원들이 대부분이었다는 사실은 그들이 환경위생의 현안 문제에 얼마나 관심을 두고 있느냐를 짐작할 수 있었다.

일본화장실협회에서는 매년 심포지엄 개최, '베스트 10'을 선정하여 시상하는 이외에도 화장실에 관한 논문 공모, 화장실에 관한 책자 발간, 화장실 관계 전시회 개최와 화장실에 관한 국민계도, 홍보, 조사, 협력 등 사업을 활발하게 추진하고 있다.

또한 서점에서는 우리나라에서 볼 수 없는 화장실 문화의 역사서를 비롯한 화장실 구조, 디자인, 유지관리, 수상집, 변기 제조업체들이 연구 발표한 문헌과 외국 번역물이 잘 팔린다는 직원들의 말을 듣고 놀라지 않을 수 없었다.

이와 같은 아세아·태평양 지역사회의 화장실 문화의 향상과 발전을 위한 눈부신 활동에 비해 지금 우리 현실은 어떠한가를 살펴보기로 한다.

우리나라 화장실 문화의 현주소

최근 조선일보에 실린 우리나라 화장실 문화에 대한 사회 저명인사들의 견해를 옮겨 보면, 한국관광공사 지연태(池蓮泰) 사장은 한국의 화장실을 두고 "아직 후진의 그늘을 벗어나지 못하고 있다"고 했다. 그는 "우리나라 전국 관광지와 국립공원에 설치된 공중화장실 중 상당수가 비위생적이고 이용에 불편할 정도로 협소하며 무더운 여름철에는 악취로 낯을 찡그리게 하고 겨울에는 얼어붙고 냉기가 가득해 안전문제까지 우려된다"고 했다. "또 이들 화장실은 성인과 정상인을 대상으로 설계된 것이어서 여성, 아이, 노인, 장애인의 사정은 애초 고려되지 않았다"고 지적했다.

또한 소설가 김주영 씨는 '문화재의 올바른 보존'이란 칼럼에서 우리나라 공중화장실의 수적 부족과 그 이용의 어려움을 지적하고 있다. 그는 "시장 거리를 오지랖을 싸쥐고 숭어뜀을 하며 찾아봐도 화장실이 어디에 있는지 찾아내기 쉽지 않다"고 지적하고, "낯선 곳을 여행하는 사람들에게 화장실이란 그날의 끼니를 챙겨먹는 일보다 더욱 절실한 문제"라고 했다.

이와 같이 우리나라 사람들은 화장실 또는 분뇨에 대한 이야기조차 입에 담기를 싫어하고 TV, 신문에서도 화장실 문제만은 취급을 꺼려 왔는데, 오늘날 일간지에 이에 대한 의견을 공개하고 이를 전달해 줄 수 있게 된 것만 보아도 우리나라 화장실 문화의 새 시대가 열리는 듯 기쁘게 생각된다.

전통적인 환멸과 혐오 때문에 환경분야에서도 위생학 분야에서도 소외된 것은 아닐까? 그렇다면 우리나라 화장실 문화는 현재 어디에 와 있는가? 이를 간략하게 더듬어 보기로 한다.

① 화장실 문화의 새로운 인식

이제 화장실은 우리 생활의 필수품이란 인식에서 출발해야 한다.

그날의 끼니를 챙겨 먹는 일 못지 않게 절실한 문제로 등장하고 있다. 또한 우리는 언제 갑자기 화장실이 필요하게 될지도 모른다. 이때 주위를 아무리 둘러봐도 이용할 수 있는 화장실을 찾을 수 없을 때의 난감한 처지는 누구나 쉽게 경험할 수 있다. 시골이나 교외에서는 그런대로 남의 눈을 피하여 아쉬운 처지를 모면할 수도 있다. 그러나 도시 거리에서 버스정류장에서, 시장바닥에서 이런 경우를 당하였을 때는 어떻게 할까? 가까운 건물이나 다방 또는 시장의 공중화장실을 이용할 수도 있다.

그러나 그런 곳을 찾기란 그리 쉬운 일이 아니다. 또한 비록 찾았다고 해도 자물쇠가 굳게 걸려 있거나 건물 경비원이나 주인의 눈치를 보며 애걸하듯 양해를 구해야 한다. 한국을 찾은 관광객들의 불편을 생각하면 정말 부끄럽기 그지없다. 그래서 공중화장실은 필요할 때 필요한 시민이 언제나 쉽게 이용할 수 있는 위치에 있어야 한다. 그러자면 사람이 많이 왕래하는 곳에는 이용에 불편이 없는 수만큼 누구나 쉽게 이용할 수 있는 공중화장실이 설치되어야 한다.

참고로 인근 몇 나라의 공중화장실 현황을 살펴보면 다음과 같다.

아시아 각국 도시별 공중화장실 설치현황

도시	공중화장실 수 (개소)	인구 (명)	화장실 개소당 인구비 (명)
홍콩	313개	600만	19,000
타이페이	500개	300만	6,000
도쿄	3,000개	1,000만	3,300
서울	710개	1,000만	14,080

홍콩이 인구 600만에 313개소의 공중화장실이 설치되어 1개소에 대한 인구비를 볼 때 19,000명이며, 타이페이는 인구비가 6,000명임에 반해 도쿄는 3,300명으로 나타난다. 이 나라들에 비해 우리나라 서울의 경우를 보면 14,080명으로 도쿄에 비해 4분의 1에 불과하며, 타이페이의 약 2분의 1에도 못미치는 실정에 있다.(위 표는 공중화장실 개소 기준이며 기차 및 전철역, 공공기관의 공중서비스 화장실은 제외)

고속도로를 달리다 보면 휴게소가 아닌 차량 임시 정류소마다 트럭이나 승용차가 멈춰서 있고 도로가에 그대로 방뇨하는 모습을 흔히 볼 수 있다. 소위 서울의 관문이라는 김포공항에서 시내로 들어오는 도로가에서도, 주택가 빈터에서도 택시기사들이 차를 세워 놓고 방뇨하는 모습은 정말 민망하기 그지없다.

관광지나 유원지에도 이런 모습은 아직도 종종 보인다. 또한 각종 대형 행사장이나 집회장에서는 행사를 주관하는 측에서 그 사람 수에 알맞는 임시 화장실을 설치하지 않아 줄을 서서 차례를 기다리는 모습은 안타깝기보다 부끄럽기까지 하다. 차례를 기다리다 급한 나머지 이동식 화장실 벽면에 방뇨한 악취는 행사 기간이 길수록 땅바닥까지 찌들어 소취제를 뿌려도 해결되지 않아 절로 이맛살을 찌푸리게 한다.

이런 모습들이 외국 관광객들에게 어떤 인상으로 남을까를 생각할 때 그저 아찔할 뿐이다.

② 화장실 시설의 현대화와 건축양식

화장실이 좀더 우리 생활공간 가까이에 다가올 수 있게 된 것은 수세식 변기(Water Closet) 덕분이라 할 수 있다. 그러나 우리나라 공중화장실 중에는 아직도 저류식(貯留式) 화장실이 적지 않다.

한여름 찜통 같은 밀폐된 칸막이에 바로 아래에서 부글부글 끓어오르는 냄새를 참으며 등과 이마에 땀을 흘려야 하는 그 고역을 경험한 사람이 많을 것이다. 또한 그 고역이 끝나고 나면 뒤를 닦을 화장지도 없고 손을 씻을 수도꼭지도 없다. 그저 그것만으로라도 '난처한 처지를 모면했다'고 자위하고 살아야 했다.

그러고도 어찌 경제 선진국이요 복지국가라 자랑할 수 있겠는가!

대도시에 아직도 남아 있어 만인의 기분을 상하게 하는 재래 저류식 화장실은 하루속히 시대 감각에 맞는 화장실로 재건축되어야 한다.

서양에서는 화장실을 레스트 룸(Rest room)이라고도 한다. 또한 우리나라에서는 종래의 변소란 말 대신 화장실이라 부르게 된 데에는 그만한 이유가 있다.

레스트 룸이란 휴식하고 사색하는 곳이란 의미이며, 화장실이란 그저 급한 용무만 보고 떠나는 곳이 아니라 몸단장을 하는 곳이란 뜻이 내포되어 있다. 그러므로 오늘날의 공중화장실은 쉬고 사색하고 몸단장을 하는 곳으로 누구나 부담없이 이용할 수 있는 쾌적한 장소가 되어야 한다. 따라서 화장실은,

첫째, 어둡지 않고 밝고 쾌적한 곳이어야 한다.

둘째, 불쾌한 냄새가 없고 오히려 향내가 풍기는 수준이 되어야 한다.

셋째, 용변 후 손을 닦고 화장을 고칠 수 있는 시설을 갖춰야 한다.

넷째, 특히 서양문화권의 관광객을 위한 양식 변기는 반드시 마련되어야 한다.

다섯째, 장애인이나 노약자가 안심하고 사용할 수 있는 세심한 배려도 있어야 한다.

여섯째, 유아를 동반한 어머니나 쇼핑백을 든 사람도 불편없이 이용할 수 있는 시설이 있어야 한다.

일곱째, 여름 냉방시설은 어렵더라도 겨울철 수도관 동파를 방지하기 위해서도 난방시설은 되어야 한다.

또한 우리 공중화장실의 천편일률적인 종래 건축양식도 새 시대에 걸맞게 이제는 새 모습으로 개선되어야 한다.

첫째, 관광지나 도심지, 공원, 고궁, 해변, 사찰 등 장소에 따라 주위환경과 조화가 잘 되고 문화적 특성에 걸맞는 것이라야 한다.

각 나라마다 고유의 건축양식도 있기는 하나 필자가 답사해 본 나라들의 근래 화장실 건물은 지붕을 세련미 있게 각으로 하여 멋지게 입체미를 살렸고, 기와 대신 컬러 유리로 한 곳도 많고 콘크리트와 벽돌의 벽체는 사라지고 점차 스테인리스강이나 알루미늄을 소재로 한 다양한 자재를 컬러링해서 세워져 있다. 그 외관은 우아하고 아담한 예술품으로 비길 수 있다. 그러나 화장실 가는 모습을 피하려고 애쓰는 것은 모든 지역의 공통적 추세였다.

둘째, 공중화장실은 항상 깨끗하고 불쾌한 냄새가 풍기지 않도록 관리가 전문화되고 용역화되어야 한다. 화장실 관리란 기본적인 청소는 물론, 유지공급과 각 기능별 시설의 하자 점검 보수, 그리고 완전 무취, 상쾌를 위한 위생관계 화학재료를 골고루 써야 하고, 효율적인 관리기법 개발과 규칙적인 관리수칙도 있어야 한다.

이웃 일본의 최신 공중화장실에는 사용자의 상쾌함을 위해서 화장실 내면 벽에 들판의 잡초 또는 꽃밭을 그려 놓은 곳도 있고, 화장실 사용자들이 옆칸의 불쾌한 소리가 들리지 않도록 음악을 틀어 놓은 곳도 있다. 또한 화장실 위치를 알려 주는 안내판은 여기저기 예쁘게 설치되어야 한다.

중국 광저우시의 작은 골목길 입구에도 공원 근처 행길가에서도 화장실 거리는 꽤 멀었지만 안내판이 있음을 보았다.

일본 고베시에서는 '市民 Toilet' 이라는 안내 간판을 도심지든 어디서든 볼 수 있고 "우리 변소를 이용해 주세요"라는 글도 쓰여 있어 친절을 다시 느끼게 해 주었다.

③ 화장실 청소와 관리

씻지 않고 깨끗한 모양 없듯이 아무리 훌륭한 화장실도 청결한 관리가 전제되어야 한다. 필자가 중국 광저우를 방문했을 때 그 역앞의 한 공중화장실엔 청소원 한 사람이 물 호스로 계속해서 화장실 안 변기를 청소하고 있었다.(물론 자동 수세식이 아니기 때문에) 특히 우리나라의 일부 저류 탱크식 화장실의 경우 저장된 분뇨를 적당한 시기마다 정기적으로 수거하는 문제는 매우 중요하다.

저류 탱크 안의 독한 냄새를 뽑아내는 전기식 장치도 시급히 보완되어야 하고, 기생충을 예방하고 악취를 원천적으로 제거하는 소취제의 효율적인 사용도 절실하다. 더구나 소변기에 누렇게 눌러붙은 요석을 제거하는 것은 큰 몫의 청소일 것이다.

내부 청결만이 아니라 화장실에 설치된 모든 시설과 장치들은 항상 제 기능을 할 수 있도록 영선 정비되어 있어야 한다.

화장실 문짝의 잠금장치가 고장났거나 물이 흐르지 않게 되거나 화장지가 없거나 하였을 때에는 아무리 훌륭한 화장실도 제 구실을 하지 못하게 될 것이다. 뿐만 아니라 실내 환기장치가 고장났거나 소취제가 떨어졌거나 손씻는 수도꼭지가 망가졌거나 심지어 화장실 내부의 옷걸이가 망가져도 이용자의 불편은 그지없다.

이와 같은 공중화장실의 관리는 어떻게 하는 것이 좋을까?

첫째, 정부(지방자치단체)가 직접 하는 관리 방식이 있다. 그 이유는 국민이 세금(오물세)을 내고 있기 때문에 정부가 당연히 관리를 해야 한다는 것이다. 이는 복지국가의 이념과도 일치한다. 그러나 이 경우 관료조직의 비전문성, 비능률성 때문에 말단 현업조차 정부가 직접 관리하는 것은 부적절하다는 지적이 있다.

둘째, 이와 같은 문제점을 보완한 것이 민간업자에게 공중화장실의 유지관리를 위탁하는 제도이다. 이웃 일본에서는 공중화장실은 대부분이 전문위탁관리라는 사실(그 중 일부는 공공기관 등 설치자의 직접 관리)이 그 장점을 인정한 것이 아닐까.

홍콩에서도 공중화장실은 민간에게 하청을 주고 있고, 타이페이에서는 일부를 민간인에게 맡겨 시험 운영중에 있음을 보았다.

④ 우리나라의 관리실태는 어떤가?

모든 화장실(가정, 아파트, 공중)에서 배출되는 분뇨 수집과 운반은 대개 각 지역별 전문업자에게 맡겼지만 관할 내에 있는 고정식 건물 공중화장실은 대부분 당국에서 직접 관리하고 있다. 물론 수세식, 저류식 구분 없이 분뇨는 민간업자가 수거하고 있으나 화장실 내부 청소, 하자보수 등 유지관리는 담당 공무원의 감독하에 고용인들이 하고 있다.

화장실 관리에 소요되는 예산 측면에서도 한 곳에 인력을 고정 배치하는 것보다 지역을 도급으로 위탁하는 경우 기동성 있게 관리함으로써 상당한 예산이 절감될 것이다.

다음으로 화장실의 유지관리 문제인데 가장 더럽고 비위생적인 분야일수록 관리는 전문화시켜야 하고 또한 용역화해야 한다.

독한 나프탈렌을 매달아 두거나 소변기에 몇 알 넣어 둔 것이 오늘의 화장실 관리 수준이다. 특히 휴양지, 유원지, 등산로, 산계곡에 설치된 간이식 화장실은 사후관리가 아직도 도외시된 곳이 많다. 위생적인 관리를 위한 소취제나 스프레이하는 방향제, 소변기에 요석을 없애는 약을 구비한 민간 전문업체에 이양하는 것도 방법일 것이다.

여름 한철 몰려오는 인파의 무책임한 사용도 큰 문제이지만 미봉책으로 대치할 수밖에 없는 당국의 사정도 있겠으나 화장실의 설치보다 사후관리가 더 중요하다는 인식 전환을 지적하지 않을 수 없다.

5 공중화장실 사용자의 인식 전환

공중화장실은 그 나라 국민의 종합적 문화수준을 말한다. 한 사회의 공동체 의식은 그 사회의 공공시설을 내 것처럼 아끼는 데서 비롯된다. 더욱이 화장실이란 밀폐된 공간이므로 남이 보지 않으니까 그 속에서 무슨 짓을 하든 그만이란 생각은 문화국민 이전에 공동체 의식의 결핍이라 하겠다.

대도시 학교에서는 화장실 청소를 학생들에게 시키지 않는다는 말을 들은 적이 있다. 학부모들의 반발이 거세기 때문이라는데, 가장 불쾌한 곳에서 청소를 해 보는 것이 말보다는 생생한 교육이 되지 않을까도 생각해 보았다.

어떤 학생이 골목길을 청소한다면 당연한 일인데도 뉴스거리가 되는 오늘이기에 말이다.

일본에서는 초등학교 때부터 화장실에 대한 재미있는 만화책도 만들어 읽히고 있다. 사실 우리는 태어나서 제일 먼저 배우는 것이 오줌, 똥을 가리는 일이다.

이제 우리 사회에서도 공동체 사회에서의 기초질서운동이 어느 정도 정착되어 가고 있는 이때, 화장실 사용에 대한 공중도덕운동도 적극적으로 펴나가야 하리라 믿는다.

공중화장실의 확충방안은 무엇일까?

대도시 번화가, 시장 또는 인파가 운집하는 곳에 화장실의 필요성은 예나 지금이나 절실한 문제로 남아 있다.

필자가 기억하기에는 88서울올림픽에 즈음하여 공공건물, 백화점, 은행은 물론 접객업소, 주유소까지 화장실을 개방하도록 행정지도한 바 있어 일시적인 효과를 거두기도 있으나, 행사가 끝난 후 시민 협조는 식어지고 상당수가 원점으로 돌아간 지금 자물쇠를 채워 둔 업소를 각박하다고 나무랄 수만은 없는 실정이다. 낯선 사용자의 부주의로 인한 여러 가지 이유 없는 부담을 거부하는 것은 오히려 당연할지도 모른다.

공중화장실 대지 확보가 극난한 현실에서 필자는 앞에서 언급한 바도 있지만 몇 가지 제안을 드리고자 한다.

첫째, 일본 고베의 시민화장실제도를 제청한다.

대로변의 공공기관 또는 대형건물의 화장실 그리고 가로변 건물의 화장실을 당국에서 시민 화장실로 지정하고 적정한 유지관리비를 지급하여 시정에 협조토록 하는 것도 한 방안일 것이다.

둘째, 도심지 대형건물 건축 허가시 가각 어느 부분에 최소한의 공중화장실 설치를 조건으로 해서라도 문제를 풀어가는 대안을 검토해야 되지 않을까 생각해 보았다.

일본 도쿄의 긴자에서도 신바시에서도 가각에 있는 4~5층 건물의 1층에 설치된 2~3칸의 수세식 화장실을 보고 도심지의 공중화장실 확보를 위한 당국의 세심한 노력을 엿볼 수 있었다.

또한 홍콩의 가로변 좁은 공간에 단층으로 된 공중화장실을 2층 또는 3층으로 재건축하여 화장실 수요에 대응하고 있는 것과 일본 고베시의 중국인 시장 속에서도 단층으로 된 화장실을 2층 건물로 재건축하여 1층은 여자, 2층은 남자 전용으로 사용하는 도시행정의 고육지책에 공감을 느끼기도 했다.

셋째, 공중화장실의 유료화 시책이다.

유료화장실은 프랑스 파리가 유명하다. 이 경우 최첨단 자동화 시설을 갖추어 동전을 넣으면 문의 개폐에서부터 점등, 수세, 심지어 바닥청소까지 센서에 의한 자동화가 이루어져 있다. 국민복지제도가 세계에서 가장 발달되어 있다는 파리가 어떤 이유로 공중화장실을 유료화했을까? 그 이유는 수익자 부담 원칙에서 찾을 수 있다.

그리고 전술한 공중화장실의 수요 증가를 충족할 예산이 부족할 경우(장소적 특성)에 따라서는 프랑스 파리식의 유료화장실제도가 검토되어야 할 것이다. 특정인에 보다 나은 서비스 대가를 수익자가 부담하는 것은 오늘날 우리 사회의 건전한 통념이 아닐까?

물론 관광객이 많은 데에도 이유가 있다. 그리고 고가의 최첨단 시설을 갖춤으로써 비용이 많이 들고 그 비용을 모든 시민에게 부과함은 과세 형평상의 문제도 있을 것이다. 이와 같은 유료화장실은 중국 광저우에서도 볼 수 있었다. 화장실 입구에서 돈(二角 또는 六角)을 받고 화장지를 건네주고 출입을 허락하고 있었으며, 이 화장실 안에서는 장화를 신은 청소원이 종일 호스로 물청소를 하고 있었다.

시 환경위생국장(陳國根)은 이와 같은 유료제도가 환경위생 개선에 크게 이바지하고 있다고 자랑했다.

파리에서건 중국 광저우에서건 화장실의 유료화는 공중화장실을 보다 더 깨끗하게 관리할 수 있다는 장점이 있다. 또한 고정식 유료 화장실(파리식)을 설치할 공간이 없는 시장, 버스정류소, 인파가 상시 모이는 곳에는 최첨단 소각 또는 종이팩 시스템의 완전무취 변기를 설치하여 유료로 관리하는 방안도 검토하는 것이 바람직하지 않을까 생각해 보았다.

앞의 이웃나라와의 비교표에서 보았듯이 우리 화장실은 분명히 절대 수가 부족하다. 외람되게 언급한 몇 가지 방안이 당국의 시각에서 공감되어 막힌 곳이 뚫어지는 계기가 되었으면 하는 마음 간절하다.

맺는말

일본 고베와 홍콩에서 개최된 아·태지역 공중화장실 세미나에서 필자는 지금 아세아·태평양 각국에서 일고 있는 화장실 문화운동의 흐름을 보며 현재 우리의 현주소를 간략하게 살펴보았다.

증권을 살 때는 경제신문만 보지 말고 그 기업의 화장실을 보고 결정하라는 말이 있다. 공중화장실은 그 사회의 경제수준뿐 아니라 문화 교육수준과 비례한다는 말을 되새겨볼 필요가 있다고 믿으면서 우리도 이제는 국제사회의 선진국 대열에서 전통문화의 꽃을 피우고 민족의 자긍심을 펼쳐야 할 때임을 강조하고 싶다.

필자가 가장 안타깝게 생각하는 것은 아직도 우리 사회에서는 화장실 문제를 적극적으로 거론하고 이에 대한 체계 있는 연구와 이를 실천하려는 분위기가 아득하게만 느껴진다는 점이다.

앞에서 언급한 것처럼 국제화장실 제1회 심포지엄이 작년에 일본에서 열렸고, 홍콩은 내년에 제2회 행사를 치르는데, 그 다음 1997년은 한국이 맡아야 할 이 일을 누가 담당할 것이며 그 준비와 재원은 어떻게 할 것인지 걱정스러워진다.

개화의 물결을 쇄국으로 거부했던 지난날 역사를 생각하며 필자는 뜨거운 마음으로 가장 낙후된 문화의 르네상스를 제의하며 당국의 능동적인 대처를 간절한 마음으로 부탁드린다.

이제 우리는 화장실을 더럽고 냄새나고 말하기조차 부끄럽게 생각하던 생활과 멀리 감추려는 문화에서 벗어나 밝고 친근하고 우리 모두가 깨끗하게 가꾸어야 하는 생활공간의 한가운데로 이끌어 내는 새로운 화장실 문화의 새싹으로 키워야 한다고 믿는다.

세계 화장실과 우리 공중화장실의 관리실태 및 제도 개선 연구

〈1997. 9. 10. 수원시. 발표 : (주)무림교역 회장 이상정〉

필자가 창안한 이동식 화장실은 86아시안게임, 88서울올림픽의 국가적인 행사를 거뜬히 치르고 난 후 그 신선한 충격은 요원의 불길이 되어 온 땅에 화장실 새 시대가 개막되었다. 그러나 당국의 미지근한 태도로 화장실 인심은 박하고 구태의연하기만 했다. 하지만 2002년 월드컵대회 일정이 결정된 후 정부에서도 더 이상 화장실 문제를 미룰 수 없다는 공감대가 형성되면서 1997년 7월 수원시에서 처음으로 '아름다운 화장실' 심포지엄을 열었다.

그때 필자는 미래를 내다보는 원시안에서 화장실 문화를 개척해 온 견문과 자료를 바탕으로, 동서양의 공중화장실과 선진국 실태와 우리 공중화장실의 현황 문제를 제시하며, 화장실 선진화를 위한 제도 개선 및 화장실 전문관리와 확충안까지 제시해 미래지향적인 대책을 심도있게 연구 발표한 내용이다.

아름다운 화장실 가꾸기 심포지엄

– 주제 발표자 이상정 회장 –

　이상정 회장은 일찍이 간이화장실(이동식)과 그 관리기법을 개발하여 86아시안게임과 88서울올림픽을 성공적으로 이끄는 데 크게 공헌했다.

　그로부터 오늘에 이르기까지 국내외 대형 행사는 물론 국립공원, 한강, 유원지, 건설 현장에서 방뇨 시대를 청산하는 화장실 문화의 르네상스를 외치며 동분서주해 왔다.

　1987년부터 10여 년 동안 PSA lnt'1(국제간이화장실협회) 국내 유일한 회원으로서 선진 각국의 화장실 문화행사(심포지엄 등) 및 전시회에 한국을 대표하여 참석하고 그 위상을 드높였다.

　1994년에는 '화장실 문화의 르네상스를 제의한다' 는 책자를 내무부, 환경부, 건설부 등 중앙부처와 그 산하기관, 지방 시도 및 시군구 해당부서까지 두루 배포한 바 있다.

　특히 1996년에는 동서고금의 화장실 문화를 처음으로 엮어 〈호모토일렛(뒷간과 화장실 미학)〉을 펴내는 한편 TV, 신문, 방송 등 홍보매체를 통해 낙후된 공중화장실 문화 창달을 위해 출연 기고를 계속하여 왔다.

금번의 발표문은 우리 공중화장실에 대한 설치자, 관리자, 사용자의 의식개선 및 외국의 실태와 우리의 제도적인 문제점을 중심으로 그 대책을 종합 정리했다.

1935년 포항 기계 출신으로 영남대학교 법률학과를 졸업하고 내무부, 부산직할시, 경상북도, 서울특별시 등에서 비서관, 공보관, 감사관 등 행정직 16년의 경력을 쌓은 바 있고, 대한예수교장로회 소망교회 장로이기도 하다.

1982년에는 (주)무림교역을 설립하고 1989년에는 서울특별시가 위탁한 아파트 시범관리업체로서 종합행정의 기틀을 세운 바 있으며, 사단법인 한국공동주택전문관리협회 초대 회장으로서 관리제도 개선을 위한 정책 건의와 전국 업체를 결속하여 합리적인 새 시대를 여는 견인역을 맡아 왔다.

특히 1985년에는 최초로 이동식 화장실을 개발, 다양한 유형의 종합 메이커로서 지금까지 임대 · 전문관리를 통하여 쾌적하고 청결한 공중화장실로서 새 역사의 진운에 이바지하고 있다.

세계 화장실과 우리 공중화장실의 관리 실태 및 제도개선 연구

1. 우리 화장실 문화의 어제와 오늘

우리는 분뇨를 퇴비로 쓰던 농경문화의 전통 속에서 생각만 해도 구역질나는 '뒷간', '통시', '칙간'의 고질적인 악취에서 살아왔다.

근대화 여명의 역사 속에서 변소로 그 이름이 바뀌었고 이제는 화장실이라는 용어로 선진화되어 가는 길목에 와 있다.

화장실에 관한 것은 언급을 피하던 지난날과 달리 이제는 매스컴에서도 공론화되어 가고 특히 오늘 수원시에서 화장실 세미나를 갖게 되었으니 실로 격세지감을 느낀다.

우리 생활공간에서 되도록 멀리 떨어진 마당의 후미진 곳에 있던 뒷간이 이제는 안방 부속실로서 욕조, 세면대와 같은 위생시설로 명실공히 화장실로 변모했다.

고급 빌딩이나 호텔, 위생업소와 도시 상류층은 호화로운 첨단기구로 화장실을 장식하여 차츰 문화공간으로 그 용도를 넓혀가고 있다. 그러나 도시 변두리나 중소도시, 농촌의 실태는 여러 형태로 변모했으나 변소 수준을 벗지 못하고 맴돌고 있는 것도 현실이다.

특히 내 것이 아닌 공중화장실은 국제화 시대에 진입한 오늘에도 당국의 정책적 조명을 받지 못한 채 그 수준은 우리의 치부가 아닐 수 없다.

동서양의 공통된 속담에 '한 나라의 문화와 교육수준을 알려면 그 나라의 공중화장실을 보라'는 말이 있다.

이만큼 화장실은 국가와 민족의 문화적 특성을 잘 반영하는 곳이라는 뜻이다. 외국 여행자들이 느끼는 그 나라의 첫인상은 공항 화장실에서부터 시작되고, 관광지에서 느끼는 즐거움 못지않게 기억에 남는 것도 공중화장실이다. 공중화장실은 우선 화장실 외관과 내부구조는 건축측면과 응용과학적인 위생수준을 짐작하게 하고 설비면에서는 소외된 장애인, 노약자나 외국인을 배려하는 점에서 그 나라의 인권 수준을 엿볼 수 있게 될 것이다.

오늘날 우리 화장실의 실정을 살펴보면 있어야 할 곳에 화장실은 없고 인파가 운집하는 곳에는 절대 수가 부족하여 장사진을 이루고 있다. 새로 지은 화장실도 종래의 변소 형태를 벗지 못한 채 콘크리트와 기와로 덮인 어둡고 답답한 분위기는 달라진 것이 없다. 조잡한 시공과 저질 자재로 마련된 설비는 사용자의 무책임을 부추기고 있다.

서양문화권에서 온 관광객이나 장애인, 노약자와 젖먹이, 어린이를 위한 베이비 베드는 생소한 말이기도 하고 거울, 옷걸이는 물론 손 씻는 시설도 없는 곳이 상당수인 오늘, 서양문화권을 의식한 국제화 시대의 화장실 대응책도 아쉽다.

내 것이 아니기에, 아무도 안 보이는 공간이기에 마구 쓰고 버리고 낙서하고 설비 기자재를 파손하는 도덕성의 결핍은 지속적인 의식개선의 문화운동으로 발전시켜야 할 과제이다. 당국은 새 시대에 걸맞

은 화장실의 설치도 중요하지만 그 사후 관리가 더 중요하다는 인식
의 전환이 절실히 요청된다.

2. 공중화장실의 현대적 개념

우리는 화장실에 대한 이야기마저 부끄럽게 생각하여 피하면서 살
아온 반면에 선진국에서는 생활의 주요부분이라는 긍정적 입장에서
당당하게 논의되어 왔다.

그 이유는 현대인의 삶의 각 부분에 상당한 영향을 미치는 공간으
로 이용되고 있기 때문이다.

우리나라 사찰에서는 일찍이 화장실(뒷간)을 휴식과 명상의 장소로
서 '해우소'라 불러왔다. 변욕(便慾)의 해결과 더불어 세상 근심을
해소한다는 뜻으로 받아들였듯이 서양에서는 레스트 룸(Rest room)
컴퍼트 스테이션(Comfort Station)으로 부르기도 한다.

전자는 '쉬는 곳'이며 후자는 '편안한 곳'이라는 의미를 갖고 있
다. 오늘날 화장실이라는 말 역시 변을 본다는 기능보다는 손을 씻고
마음과 몸을 정갈하게 한다는 뜻이 내포된 미래지향적인 이름이라고
할 수 있다.

우리 화장실은 이제 제3의 생활공간으로서 아침에 출근해서는 흐
트러진 옷맵시와 넥타이를 고쳐 매기 위해서, 점심 후에는 양치질을
하기 위해서, 퇴근 때면 손을 씻고 퇴근을 준비하는 공간으로서, 여
직원들은 근무복을 벗고 산뜻한 외출복을 갈아입는 곳으로 변했다.

우리에게도 변기에 걸터앉아 신문을 보는 것은 별로 어색하지 않
은 일이 되어 가고, 어떤 나라에서는 화장실에서 독서를 권장하기도

"바-사운드" 화장실 문화에 신선한 바람이 분다.

한다. 주위의 모든 간섭이나 시선과 원하지 않은 소음으로부터 자유로워질 수 있는 곳이기 때문에 현대인은 스트레스를 풀고 생각을 가다듬는 공간으로서 차츰 그 용도를 더해 가고 있다.

지금까지 화장실이라면 사면을 벽으로 두른 답답한 공간이라는 선입관에 젖어 왔지만, 이제는 예술적 영감까지 가미한 문화공간으로 자리를 잡아가고 있다. 일본 아타미라는 곳의 식당에는 페어글라스로 두 벽을 만들어 밖에서는 안을 볼 수 없으나 안에서는 밖의 경관을 볼 수 있도록 한 새로운 디자인의 쾌적하고 상쾌한 화장실이 설치되어 있다. 은은한 간접조명 아래 대리석으로 장식된 바닥과 벽면, 전신을 볼 수 있는 대형 거울, 상쾌한 향취가 나는 곳이 머지않아 우리 모두가 이용할 화장실이다.

우리는 이제 주식을 살 때는 신문만 보지 말고 그 회사의 화장실을 가 보라는 말이 실감나는 시대에 진입하고 있다.

3. 앞선 나라들의 화장실 문화운동

화장실에 대하여 종합적이고 체계적인 방법으로 최초의 학문적 연구를 시작한 것은 일본이 앞선다. 그들은 관광지의 공중화장실이 더러워 쓸 수 없다는 상황적 배경에서 토이렛피아(Toiletpia)라는 연구모임이 결성된 1년 후인 1985년에 공직자, 건축가, 의사, 교수, 도시계획연구가, 위생기기업체, 주부들이 모여 일본화장실협회를 탄생시켰다. 화장실협회는 1986년 처음으로 시즈오카현에 있는 이토시에서 제1회 화장실 심포지엄을 개최하였다.

1986년과 1988년에 국제화장실 포럼을 개최하는 한편 매년 한 차례씩 세미나를 통하여(9회) 공중화장실에 대한 국민들의 관심과 인식을 증폭시키는 데 크게 기여하고 있다. 그들은 11월 10일을 '화장실

제2회 국제공중화장실 세미나에서(1995년 홍콩)

의 날'로 정하고 전국 우수 화장실 10개소를 선정하며 니시오가상 (西岡賞)을 시상하여 공중화장실의 질적 향상을 위한 계기를 마련해 주고 있다. 이외에도 화장실에 관한 논문 공모, 책자 발간, 전시회와 국민계도를 위한 홍보, 조사, 연구사업을 활발하게 추진하고 있다.

그들은 1992년에 프랑스화장실협회와 함께 '불·일(佛日) 화장실 포럼'을 가진 바 있고 파리의 자동 유료화장실과 스웨덴의 화장실을 시상하기도 했다. 1993년에는 제1회 국제화장실 세미나를 고베에서 가진 것을 기점으로 홍콩 시정청에서는 1994년 아·태지역 공중화장 실 심포지엄을 개최한 바 있다. 이어서 1995년 6월에는 홍콩에서 제 2회 국제공중화장실 세미나를 성대하게 개최하였다. 호주에서도 1995년에 화장실협회를 설립하였으며, 미국은 물론 멕시코에서도 화장실협회가 오래 전에 구성되어 유기적인 활동을 계속하고 있고, 1996년에는 캐나다에서도 협회가 발족되었다.

바야흐로 공중화장실의 세미나, 심포지엄 등 여러 방법을 통하여 국제교류가 이루어지고 특히 동남아의 중국, 홍콩, 타이완, 필리핀, 인도 등에서 새로운 화장실에 강한 의지를 보이며 위생적 문제에 대 한 연구가 뜨겁게 이루어지고 있다.

4. 지구촌 각국의 공중화장실 사정

1) 동서양의 분뇨처리 방식과 문화적 배경

유럽에서는 말이나 가축의 분뇨를 자원으로 하여 농업과 목축을 유기적으로 결합한 3단 농업을 하고 있었으나 인분은 쓰지 않았다. 하지만 모든 분뇨를 퇴비로 하여 논밭으로 되돌려 다시 농작물을 생산하는 분뇨의 자연 리사이클에 의한 농경문화의 전통을 이어왔다.

동양권에서는 분뇨가 저장의 대상이 되고 유럽의 대도시에서는 분뇨를 처리하지 못해 아무 곳에나 버리는 일이 흔히 일어났다. 아파트에서는 분뇨를 밖을 향해 쏟아 버리기도 하여 거리는 더러워지고 전염병이 창궐하는 원인이 되어 이 문제를 해결하기 위해 마련한 것이 상하수도 설비이며 수세식 변기가 출현한 배경이다.

서양은 의자와 침대에 익숙한 입식 생활 때문에 걸터앉는 변기(의자식)로 발전하였으며, 동양은 쪼그리고 앉는 좌변식(화식) 변기로 이어졌는데, 이는 구들방에서 살아온 습성과도 무관하지 않다.

그러나 오늘날까지 문명의 이기(利器)로서 사용되어 온 수세식은 막대한 수량과 고비용을 투입하면서 심각한 수질오염을 초래하고 있어, 새로운 화장실의 연구는 환경친화적이며 자연친화적인 관점에서 출발하는 것이 가장 합리적인 방법이라 할 수 있다.

이러한 관점에서 볼 때 인류학자인 전경수 교수의 주장은 매우 중요한 단초를 제공해 주고 있다. 물은 똥과 상극 관계를 이루는 물질이고 똥과 상생 관계를 이루는 것은 흙이다. 똥과 물을 섞어서 처리하는 위생적인 방식이 수세식인데 겉은 깨끗해 보일지 모르지만 먹을 물을 망치는 좋지 않은 방법이라고….

2) 개발도상국 경우

개발도상국의 경우를 보면 세계 인구의 3분의 1이 부적절한 위생 상태에 놓여 있으며 17억이나 되는 인구가 위생시설을 이용할 수 없는 심각한 지경에 놓여 있다.

인도

위생시설을 이용할 수 있는 인구는 농촌지역의 경우 9.48%로 조사됐다. 도시 인구 가운데 배수설비가 연결된 화장실을 사용할 수 있는 사람은 14%에 불과하며, 전체 도시인구의 33%는 어떤 시설도 이용할 수 없다고 한다.

중국

그래도 상황이 많이 호전되어 가고 있는 상황이다. 중국의 총인구는 11억 남짓한데 금세기 말에는 13억 정도에 이를 것으로 전망된다. 도시에서 생활하는 인구가 전체인구의 23%에 이르고, 1992년 현재 도시 공중화장실 수는 10만여 개에 달하며 환경위생협회가 관리를 전담하고 있으나 시설 및 관리방법은 극히 낙후되어 있는 편이다.

중국 도시 공중화장실은 역, 항만, 호텔 등 공공장소 등에 부속되어 있는 것들이며 관리규정에 의거, 비교적 체계적인 방법으로 관리되고 있지만 도시를 벗어난 농촌에서는 아직도 중국 전통 변기인 마통을 이용하고 있으며 비위생적으로 처리되는 경우가 많아 후진성을 면치 못하고 있다.

그러나 베이징에서는 1,800여 명의 청소원이 공중화장실 관리를 맡고 있으며 국제도시로서 급속하게 화장실 문제를 해결해 가고 있다. 상하이에서는 80년대부터 공중화장실이 순차적으로 표준화되고 특히 표준설계도집이 발간되어 베이징, 광저우, 하얼빈, 톈진, 장쑤성 등과 상호 학술교류를 하면서 화장실 개선을 연구하고 있다.

기타 개발도상국 중에도 베트남은 위생시설이 갖춰진 것은 10%에 불과하고, 라오스는 화장실이 있는 세대는 1%에 불과하다.

중국 광저우의 유료화장실

중국 자금성 유료화장실 외관

중국 유료화장실 내부

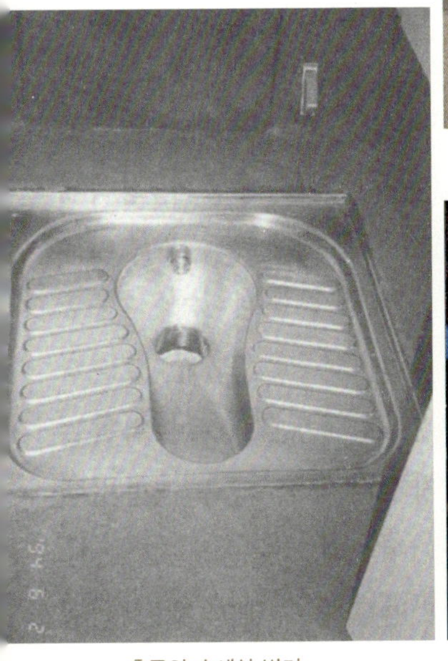

홍콩의 수세식 변기

중국 만리장성의 유료화장실

하지만 홍콩과 싱가포르는 개도국 수준이 아닌 상당한 수준에 와 있다.

홍콩

1994년 시정청 주관으로 아시아·태평양 공중화장실 심포지엄을 가진 데 이어 1995년에는 제2회 국제공중화장실 세미나를 자청하여 개최했다. 공중화장실을 공모에 의하여 표준 설계화하고 2개소에 시범화장실을 건립했으며, 3천만 불(홍콩)을 들여 26개소의 화장실을 최신식화하고 40개소는 개선 추진 중에 있다.

그들은 화장실 사용자의 인식 설문조사(1993. 9)를 기초로 하여 '사용자의 습성, 습관에 관한 연구' 자료를 발간하고 이를 기초로 홍콩 시 정책에 크게 반영하고 있다.

싱가포르

공중화장실은 현재까지 무료로 이용하고 있으나 2천여 개소를 유료화하는 방안을 검토하고 있다. 환경공중위생법에 의하여 화장실의 수를 건축기준법에 규정하고 관리에 관한 법규도 갖추고 있다.

공중화장실 설비와 설계조건을 기준화하고 반드시 수세식 변기와 센서식으로 하도록 되어 있으며, 의무적인 정기점검제를 채택하여 점검을 게을리 하면 싱가포르 달러 1,500불의 벌금과 식당의 경우에는 가산점을 제도화하여 영업정지, 허가취소 등 엄한 처벌로 쾌적한 유지관리를 독려하고 있다.

화장실 사용자에게도 용변 후 씻어 내리지 않으면 150불 벌금을 물리고, 휴지를 버려도 벌금을 부과하며 껌은 판매가 금지되어 있다.

초등학교 보건시간에 공중화장실 사용을 교육하며 각종 캠페인을 지속적으로 하면서 매스컴에서는 불결한 공중화장실을 공개하고 있다.

3) 선진국의 경우

미국

관광지의 공중화장실은 대개 전용이 아닌 복합기능 건물 형태로 설치되어 있다. 관광지의 특성을 최대한 고려한 쾌적하고 개성적인 분위기를 조성하는 데 주력하고 있다. 또한 신체장애인, 노약자, 아이를 동반한 부녀자의 편의를 위한 설비가 완벽하게 갖춰져 있는 것도 하나의 특징이다.

예를 들어 해수욕장이 있는 뉴욕 파이어 아일랜드 해안에 있는 덴버 서비스센터의 공중화장실에는 샤워장과 탈의실, 안내소, 관리사무소,

트레일러 위에 상설된 이동화장실(미국)

인명구조실 및 양호시설 등이 있으며 야영장에 있는 보이스카우트 전용 화장실에는 온수 샤워실과 세탁기계실을 설치하여 이용자의 편의를 최대한 도모하고 있다.

이용자의 편의를 위한 설문조사도 게을리 하지 않고 있으며, 캘리포니아 주정부는 통상 화장실에서 두 배의 시간을 더 소비하는 여성(남성은 평균 1분 23초, 여성은 평균 3분)의 고충을 해결해 주기 위하여 여자 화장실의 변기 수를 남자 화장실보다 2배 많게 설치하는 것을 의무화하는 법안을 채택하기도 했다.

또한, 관광지를 제외하고 대부분 이동식 화장실 임대로 수요를 충족시키고 있다. 임대는 동시에 완벽한 유지관리를 전제로 하여 광활한 전 국토에 대형차량으로 운반되며 전기화장실, 콤포스트화장실, 자동수세식, 수거식이 골고루 사용되고 있으며, 이동식 화장실이 최초로 개발된 나라이기도 하여 위생적인 전문관리는 세계적으로 모범이라고 할 수 있다.

일본

1985년 화장실협회가 창립되어 매년 전국의 좋은 화장실 10개소를 선정하여 공중화장실의 질적 향상과 문화적 의식을 홍보함과 동시에 국제화장실 심포지엄 등을 개최하여 화장실 환경개선에 관한 연구와 캠페인을 지속적으로 벌여 나가고 있다.

일본은 또한 미국의 경우와 유사하게 공중화장실 환경 개선의 주된 방향은 짐을 가진 여성, 어린이 동반자, 노약자, 신체장애인 등 화장실 이용에 어려움이 있는 사람을 중심으로 설계하고 있다. 아울러 여성들의 사회활동 참여가 점차로 증가하고 있는 점과 구매력이 남성에 비해 월등히 높다는 점을 고려하여 여성용 화장실에 대한 세심한 공간 활용과 배치로 강조하고 있다.

일본은 유럽 제국과 미국에서 발매되는 각종 유형의 화장실을 실용신안으로 보완하여 이제는 세계 정상급의 정교하고 놀라운 이동화장실을 개발하여 국내는 물론 세계 시장에 공급하고 있으며, 성능이 우수한 전기소각식과 배설한 분뇨를 비닐봉지에 매번 차단하여 300회 가량을 사용한 후 소각하는 이동식 화장실도 있다.

자동문 수세식(저장식) 화장실도 이동식이고 고성능의 기계식 발효 화장실도 모두 이동식으로 전국에 공급되기 시작했으며, 전체 이동식은 대략 10만 대를 넘는다고 했다.(일본화장실협회)

환경개선을 위한 분뇨처리방법에 관한 연구도 활발히 진행되고 있으며 종래의 단독정화법(單獨淨化法)에 의한 미생물 활성 오니(汚泥) 처리에서 산악지에 파이프라인을 연결하여 운송 처리하는 방식을 시도하고 있다. 관리의 효율성을 위하여 새로운 설비제품 개발과 유료 공중화장실제도 또한 증가되어 가고 있는 설정이다.

공중화장실이야말로 그 지역의 얼굴이며 서비스 정신의 근본이라는 인식하에 주유소에서 청결한 화장실을 광고하거나, '화장실은 우리 관광지에서'와 같은 표어로 공중화장실의 청결을 관광지 홍보수단으로 이용하기도 한다.

유럽 제국들

프랑스 파리에서 쉽게 볼 수 있는 유료 캡슐형 화장실은 동전 투입에 의해 문이 자동으로 개폐되며 화장실 안에 세면대, 거울, 화장지 일체가 구비되어 있을 뿐만 아니라 용변을 보는 시간 동안 이용자가

도심 속에 자리잡은 자동화장실(독일 베를린)　　프랑스 파리에 있는 자동화장실

지루함을 느끼지 않도록 음악까지 흘러나온다. 용변 후에는 자동 세척되어 항상 청결한 상태를 유지할 수 있도록 해 준다. 그러나 공원, 광장에 있는 무료 공중화장실은 청결상태가 불량하고 장애인을 고려하지 않은 곳도 더러 있다.

스웨덴의 공중화장실은 대부분 유료로 운영되고 있으며, 건축 형식은 목재를 사용하여 자연유화형의 분위기 있는 단독형으로 건립되어 있다. 또한 특이하게 '퇴비화 화장실'을 개발, 보급하여 환경보전을 꾀하고 있다.

덴마크의 공중화장실은 각 화장실 안에 세면대가 설치되어 있으며, 영업소의 화장실이 불결할 경우 영업정지처분을 내리는 등 행정당국이 강력한 지도단속으로 청결성을 유지하는 데 전력을 기울이고 있다.

오스트리아 공중화장실의 경우 장애인도 쉽게 이용할 수 있도록 넓은 공간을 할애했으며, 베이비케어 룸을 별도로 설치하여 아기용

침대 및 세면기를 구비해 놓았다.

스위스 알프스 산맥지대의 화장실은 산록 정상까지 설치된 파이프라인을 통해 오물을 운반하여 정화처리를 하는 등 환경오염 방지에 만전을 기하고 있다.

5. 우리 공중화장실의 현주소

우리 공중화장실은 아직도 개발도상국의 후진성을 벗어나지 못하고 있다. 전국의 중소도시나 계절적으로 인파가 많이 모이는 해변이나 유원지를 제외한 대도시, 지정 관광지, 국립공원의 경우만 살펴보아도 화장실의 수적인 부족에서부터 구조적인 설계 잘못 위에 저질 건축자재와 부실 시공, 응용과학적인 통풍과 채광을 고려하지 않은 어둡고 답답한 공간은 아직도 일반적인 현상이다.

편의시설인 손씻기, 거울, 옷걸이와 재떨이, 휴지걸이 같은 설비도 보완해야 될 부분이지만, 공중화장실의 전문성은 기대할 수 없어도 당국자들에게 청결한 유지관리 의지와 선진 화장실에 대한 견문이 없다는 것이 가장 큰 문제이다.

또한 공중화장실은 소외된 분야였기 때문에 정책을 추진할 중앙의 직제도 없고 표준설계도 마련된 적이 없어 애초부터 건강한 사람만을 의식하였을 뿐 수유를 하는 여성이나 어린아이, 장애인, 노약자의 사정을 고려하지 않은 채 지금에 이르렀다.

어떤 신문 칼럼에서는 시장거리를 오지랖을 싸고 숭어뜀을 하며 찾아보아도 화장실이 어디 있는지 찾아내기가 쉽지 않다고 했다.

근래에 설치한 화장실은 더러는 개선된 모습을 보이고 있으나 설계

캐나다 캘거리시 교외에 설치된 화장실 안내판　88서울올림픽 때 경기장에 사용된 이동화장실(무림
교역 생산)

공모부터 당국의 정책적인 조명이 뒷받침되지 않는 한 허다한 난제
는 쉽사리 해결되기 어렵다. 이제 우리도 국민소득 1만 불 시대를 살
면서 새로운 개념의 쾌적하고 상쾌한 문화공간으로서의 공중화장실
이 요청되는 시점에 와 있다. 공중화장실은 곧 그 지역의 얼굴이며
그 나라 교육과 문화수준의 척도로 평가되는 오늘, 지구촌 시대의 세
계화 물결이 거침없이 밀려오는 이때 화장실의 현대화는 어느 시책
보다 우선되어야 할 시급한 과제가 아닐 수 없다.

　우리는 지난날 86아시안게임과 88서울올림픽이라는 초유의 국제
행사를 준비하면서 서울특별시를 비롯한 지방 시도는 물론 전국 관
광지에 공중화장실의 확충과 위생시설을 개선하는 전기를 맞은 적이
있다. 서울시에서는 공공기관과 대형빌딩, 위생업소 및 주유소 등 관
허업소까지 화장실을 개방하도록 하는 행정방침에 의하여 성공적인
행사를 뒷받침했다. 올림픽이 끝난 후 지금까지도 개방이라는 행정
방침은 변한 것이 없으나 반대급부가 없기 때문에 당국에서 나눠 준

개방화장실 '표지판'을 부착하지 않고 있는 실정이 안타깝다.

내무부에서는 1993년도에 처음으로 지방시도에 시범화장실 1개소씩을 설치토록 하고(국비, 지방비 각 50% 부담) 연 2회 정기점검을 제도화하는 지침을 내린 바 있다. 서울특별시에서도 1995년도에 공중화장실 정비계획을 마련하고 각 구에 목표를 주어 점진적인 개선을 시도하고 있다. 각 자치단체마다 공중화장실의 확충을 위해 자연발효식이나 준이동식으로 대체하는 곳도 있다. 그러나 재정 문제로 우선순위가 미루어진 채 여전히 설치로 끝나고 사후관리를 소홀히 하는 지역이 상당수라는 사실을 되새겨볼 필요가 있다.

또한 국립공원 입구에 설치된 수세식 화장실의 경우에도 총 314개 중 장애인 시설은 불과 111개소(30% 수준)라는 사실은 장애인 인권의 한 단면을 보는 듯하고, 서울특별시 지하철 경우를 살펴보아도 남자용 부스는 442칸에 소변기 675대를 합하여 1,117대인 데 비해 여성 화장실은 422부스뿐이라는 사실은 두 배의 시간을 소요하는 여성의 생리와는 균형이 맞지 않는 문제점을 쉽게 발견할 수 있다.

6. 공중화장실의 관리운영 실태

1) 공중화장실의 유형

크게는 재래식, 수세식, 발효식, 이동식 화장실로 그 유형도 다양하다. 종래의 공중화장실은 오직 건물로 된 분뇨저장식이 절대 다수였으나 점차 수세식화 되어 가고 있는 한편 이동식, 준이동식, 발효식 화장실과 함께 용도와 지역에 따라 공중화장실로 이용되고 있다.

수세식 시대

대도시, 중소도시, 지정관광지, 국립공원 같은 곳은 88올림픽을 계기로 전 지역에 수세식은 확대되고 있으나 상대적으로 재래식은 대상으로 전락하고 있다.

이동식의 보급

86아시안게임 때부터 공급된 이동식은 계절 또는 일시적인 행사장과 건설현장 등 야외에 확고한 용도를 인정받고 있다. 이동식의 공급업체도 많아졌고 수공제품과 기계화된 완전 조립식이 있어 그 외양도 다양하다. 또한 준이동식이라는 분뇨저장(지하)식 화장실도 있어 관리비가 저렴하기 때문에 많이 공급되고 있다.

근래

자연발효식이 개발되어 분뇨수거의 번거로움을 피할 수 있다는 장점 때문에 등산로나 국립공원에 상당한 비중을 차지하고 있다. 그러나 주어진 기능을 제대로 가동하려면 역시 하자보수비나 청소 등 유지관리는 필연적인 문제로 남게 된다.

2) 각 분야의 관리실태

역이나 터미널, 국립공원, 위생 접객업소, 시장 상가, 경기장의 화장실 등 70여 곳을 취재한 기자는 70~80%가 지저분하다고 했다. 그 이유로는 시설의 노후, 청소관리의 소홀, 공중도덕 의식의 부족과 당국의 무관심을 지적했다.(월간조선 95. 11월)

- 예산이 없어 노후 설비와 구조를 개선할 수 없고 관리 인력을 배치하지 못하는 곳이 상당수다.
- 고정 청소원이 상주하는 공원, 고궁, 지하철역, 터미널(정부 관련 기관에서 관리 담당)은 비교적 청결한 편에 속한다.
- 상주 관리인이 없는 시장, 상가, 위생 접객업소 등의 공중화장실은 불법 스티커를 비롯하여 변기 바닥에 배설하는 상식 이하의 사례와 설비 부품을 파괴 훼손하는 행위, 음란 낙서로 불쾌감을 주는 공중화장실에 즉시 대응하지 못해 마냥 더럽고 냄새나는 혐오의 대상이 되고 있다.

자연발효식 화장실

- **국립공원** 예산 부족으로 적정수의 청소원을 고용할 수도 없고 성수기에는 청소원을 임시 고용하는데 그것도 구인난으로 청소를 못하는 실정이다.
- 시골 기차역, 국도변 휴게소는 대부분 예산 부족으로 소장이나 직원이 청소를 담당하고 있다.
- 서울역이나 고속버스터미널에는 거지들의 세발과 목욕으로 관리의 어려움이 많고, 여행객들의 몰상식한 변기 사용이 문제가 되고 있으며, 깨끗한 화장실은 사용자도 깨끗이 쓴다는 관리자들의 증언을 볼 때 적당한 예산과 미화원 교육, 그리고 체계적인 관리가 필수적 과제라고 사료된다.

7. 공중화장실 선진화를 위한 제도 개선(안)

1) 이동식 화장실의 활성화

이동식 화장실의 수요 현황

국토의 일일생활권으로 관광 휴양 및 산, 바다, 도서지방까지 광역화. 각처의 대소 행사장과 건설현장, 주차장, 운동장, 하천변 공원, 박람회장, 야영장, 해수욕장, 명절고속도로, 임대수요 증가 추세.

이동식 화장실 활성화 저해

- 화장실 임대에 전문관리가 필수 업무인데 법규 미비로 자가수거 운반이 불가한 점

도심지 이동화장실

- 법에 화장실 자가분뇨수거 원칙만 명시, 설치관리자의 허가조항 미비(시행령)
- 임대사업의 대상지역은 전국권인데 각 지방 시군구의 업체만이 분뇨수집 운반할 수 있는 현행체제에 이동식 임대화장실은 예외로 하는 특례 규정 없음
- 임대시에 분뇨수거 적시성 극난(관할업체 협조난점), 특히 명절과 공휴일, 주말, 일과후

분뇨수거 불가능
- 임대 화장실 자가수거 불가로 임대 수요에 대응하지 못하는 실
  정, 임대사업의 어려움 때문에 판매현상 초래. 전문관리가 병행
  되지 못한 임대와 판매 때문에 공중화장실이 더럽다는 지탄

현행법의 명문조항

(오수, 분뇨 및 축산 폐수의 처리에 관한 법문)

법 제18조(분뇨처리 의무) 3항에는 이동화장실을 설치 관리하는 자에
게 그 화장실에서 배출되는 분뇨를 자가수거 및 처리를 의무화했고 동
18조 5항에는 전 3항의 이동식 화장실에서 배출되는 분뇨를 분뇨처리시
설 운영업자(법 21조 의거)가 그 처리를 거부하여서는 아니 된다고 규정.

이동식 화장실의 활성화 효과
- 이동식 화장실의 활성화로 위생적인 야외환경 도모
- 완전무취 청결의 이동식 화장실 새 시대 개막
- 방관했던 화장실 관리의 새로운 전환점 계기 제공

세계 각국의 현황
- 미·영·프·독 등 선진국이나 전 세계의 중진국까지 이동식 화장
  실의 고유한 용도와 간편한 경제성 때문에 임대가 활성화되고
  있음.
- 임대에 수반되는 전문관리의 쾌적한 환경 때문에 그 수요는 각국
  으로 확산되고 있음.

2) 공중화장실의 전문관리 용역

화장실 관리 현황과 문제점

관리행정체제의 난맥

- 전국의 공중화장실은 지역 관할 관청과 업무 분야별로 각각의 중
  앙부처, 지방 관청에서 화장실을 설치하고 관리하는 실정에 있고,
- 지방 시도를 관장하는 내무부나 각 부처에서 소관하는 공중화장
  실 또는 도청과 광역시의 경우에도 담당관은 없고 산하 시군구에
  각각 분산되어 있으며 시군구에도 업무별로 해당 과에 분산되어
  있는 실정임
- 중앙 각 부처에 분산된 화장실 업무를 지휘 통제하는 직제는 총리

완벽한 화장실 차량 자동조립 개폐식

실도 청와대에도 없는 실정

- 전문직 없는 상태에서 순환보직

화장실이 전진적인 업무에 전문성이 결여되어 있다는 점과 보고 계통은 있으나 정책을 입안하고 일관되게 추진할 책임 있는 직제가 없으므로 발전 행정은 기대난

공중화장실의 수요증대

국민소득 향상에 따른 위락, 관광, 휴양에 따른 생활영역의 확대로 산야, 관광지는 물론 전국적인 공중화장실 수요는 증가일로에 있으며 배설하는 장소에서 깨끗하고 쾌적한 화장실을 원하고 있기 때문에 차츰 유지관리의 전문화와 더불어 책임 있는 관리를 해야 될 것이다.

전문관리 용역 당위성

- 공중화장실의 행정 보고 체계는 있어도 정책을 일관되게 추진할 주무부서가 없는 현실에서 전문화도 기대할 수 없고 국민의 욕구에 대한 능동적인 대응도 불가능하다는 점
- 비위생적이며 어려운 업무일수록 관리는 전문화해야 되고 용역화해야 한다. 물청소 수준의 저노동적 관리에서 전문관리 용역은 절실한 과제

전문관리기법의 도입과 관리수칙

- 불특정 다수인이 저질러 놓은 배설과 흐트러진 오물의 성실한 청소
- 각 기능별 설비자재와 부품의 점검보수

- 기생충, 악취제거제의 규칙적 사용
- 주기적인 요석제거제(尿石除去劑) 사용
- 분뇨수거와 소취제(消臭劑) 투입
- 수시로 휴지 공급

용역의 효과분석
- 책임 있는 관리로 화장실 환경 혁신
- 예산절감 및 인력관리 난점 해결
- 엄청난 행정수요의 원천적인 절감

3) 공중화장실의 확충 방안

화장실은 필요할 때 쉽게 이용할 수 있는 위치에 있어야 하고 사람이 왕래하거나 많이 모이는 곳에는 불편이 없는 수만큼의 화장실이 설치돼야 함은 당연하다. 그러나 일시적인 집회나 열린음악회에 가장 인색한 인심이 바로 화장실이다. 절대 수의 부족 때문에 수십 명이 줄을 서서 차례를 기다리는 모습은 민망하기 그지없다.

개방화장실의 효율적인 운영

개방화장실은 시민화장실이라는 이름으로 일본 고베에서 대표적으로 채택한 제도인데, 사람이 붐비는 대도시의 시장이나 인파가 상시 운집하는 곳에 화장실이 없거나 수적으로 부족한 경우에 당국의 일방적인 행정방침으로 협조를 구하기보다는 제도화하여 인근의 시설에 일부 실비보상 또는 응분의 해택을 주어 근본문제를 해결하는 적극적인 행정이 요망된다.

도심에 산재한 공중화장실은 총 150개소인데(소득층은 지역주민의 공용으로서 일반시민의 공중화장실과는 성질이 다르며) 도표와 같이 특히 대형빌딩 상가와 위생업소, 주유소 등 3,000여 개소의 성의 있는 협조가 없으면 시민의 불편은 불을 보듯 뻔하다.

서울특별시 공중화장실

계	지하 철역	공공 건물	대형 빌닝	위생 업소	상가	주유소	도심 지역	저소득 층 지역	공원	고궁	터미널	기타
5,058	236	1,244	1,009	640	454	693	150	125	326	22	14	145

빌딩허가의 부관제

대지를 확보할 수 없는 도심지의 문제점에 대한 방안으로 빌딩 허가 시 건물 또는 대지 어느 부분에 공중화장실을 부관으로 하여 확보하는 방안도 적극 검토할 필요가 있다.

일본 도쿄의 긴자에 있는 4~5층 노변 빌딩에는 남녀 전용 두세 칸을 공중화장실로 이용하고 있는 사례가 있다.

공중화장실의 복층화

단층으로만 세워졌던 화장실에서 대지 확보의 어려움을 감안하여 2~3층으로 하여 1층은 지역 공용시설로, 2층은 여자, 3층은 남자용으로 좁은 대지의 이용을 극대화하는 새로운 시책도 바람직하다. 기존의 공중화장실을 재개발하여 용도를 다원화하고 지역사회의 공익을 위한 시설도 검토하는 것은 매우 바람직하다.

일본 고베에서나 홍콩에서도 흔히 볼 수 있는 사례이다.

도심 유휴 공지 색출 활용

의지만 있다면 넓은 도로변의 녹지 구석이나 버스정류소 주변 유휴지(잠실 일대) 또는 고가도로 밑이나 자투리 좁은 대지에도 복층화한다면 공중화장실을 확충할 수 있는 여지는 얼마든지 있다.

4) 공중화장실의 유료화 및 '팁'제

유료화의 문제점

정부가 주도하는 화장실 관리체계에서 공중화장실을 유료화하는 것은 정부의 국민에 대한 기본적인 서비스를 배제한다는 반론도 있을 수 있다.

청결하게 관리되어 있는 일본의 화장실

그러나 정부 관료의 비전문성과 급변하는 화장실 이용자의 욕구에 대응하기에는 너무나 비능률적이라는 문제가 남는다. 대안으로서 민간업자에게 공중화장실의 유지관리를 위탁할 경우 전문적이고 체계적인 관리와 능률의 극대화를 기대할 수 있다. 그러나 위탁관리비라는 예산이 문제가 된다.

유료화 시책의 배경과 당위성

이제 공중화장실은 생리적인 배설의 기능만으로 선진화된 우리의 생활수준에 대응할 수는 없다. 어느 시설보다 고급화되고 사용에 불편이 없는 문화공간으로서 쾌적하고 상쾌한 휴식과 명상의 장소로서 그 용도가 요청되고 있다. 화장실이 기분 좋은 장소로 바뀔 때 그 서비스의 대가로 유료화하는 것은 수익자 부담의 논리에도 부합된다.

1987년 일본 요코하마 시는 표와 같이 시민 여론조사를 실시하여 찬성 62%, 절대반대 7%로 유료화를 추진했다고 한다.

대찬성	찬성	반대	절대반대	기타
29%	33%	23%	7%	8%

유료화 시책의 외국 사례

화장실의 유료화나 팁 문화는 생활수준이 높은 선진국에서 이미 오래 전부터 시행되고 있다. 동전만 넣으면 자동으로 문이 열리고 음악이 나오고 상쾌한 향료가 스프레이 되고 화장대를 비롯한 완벽한 편의시설을 갖춘 파리나 베를린의 자동식 유료화장실은 선진국형의 대표적인 사례로서 유명하다. 화장실 시설은 파리시의 도급을 받아 업체에서 하고 유지관리는 유료 수입으로 관리하고 있으며, 일본은 도쿄와 요코하마, 후쿠오카, 가가와, 나라 등 여러 도시에서 유료화와 팁제가 시행되고 있으나 그 수가 크게 많지는 않다.

중국은 유료가 의외로 많다. 베이징의 만리장성이나 이화원, 천안문, 천단공원 등 관광명소에는 모두 유료화장실이며, 상하이, 광저우 등 대도시는 상당수가 유료제로 이용되고 있다.

유료화 추진방향

우리 공중화장실의 실태는 예산 부족 때문에 유지관리에 많은 민원이 발생하고 있는 한편, 사용자의 무책임한 사용이라는 문제의 해결책으로 검토해 볼 가치가 있다. 여름 한철 겪어야 되는 위락 휴양지나 문제가 많은 지역에 위생시설의 질을 높이고 사용자에게 경각심을 준다는 의미에서 유료화, 팁제는 검토해 볼 만하다. 1단계로 대도시의 화장실 몇 곳과 제주도 등 특수 관광지에 시범 실시하여 양질의 서비스의 대가라는 인식을 심어 그 효과를 검토해야 할 것이다.

8. 맺는말

도시 생활 모든 분야의 기저를 관통하는 공중화장실은 오직 정부의 강력한 의지만이 해결할 수 있는 허다한 문제들을 안고 있다.

첫째는 건축구조적인 제반조건을 갖춰야 하지만 사용자의 공중도덕성을 유도할 수 있는 직접적인 동기부여가 더욱 중요시된다.

훌륭한 시설과 쾌적한 환경의 유지관리로서 무모한 행위를 자제하도록 하는 데에도 당국의 지속적인 홍보와 예산이 투입돼야 한다.

공중화장실은 그 사회의 경제수준뿐만 아니라 교육 문화수준과 비례한다는 말이 있다.

증권을 살 때는 신문만 보지 말고 그 기업의 화장실을 보라는 속담도 있는데, 이미 국제사회 모두가 공감하는 문제이기에 바야흐로 나라마다 큰 관심의 대상으로 떠오르고 있다. 더럽고 냄새나고 지저분한 우리 공중화장실은 아직도 크게 달라진 것이 없고 설치자, 사용자, 관리자의 잘못이 겹쳐 여러 면에서 우리의 치부가 되고 있다.

화장실의 청결에 대한 교육은 미국, 유럽의 각국이나 일본 같은 데서는 오래 전부터 어린이들에게 가정과 학교를 통해 더럽다고 해서 피하지 말고 생활의 일부분이라는 인식을 심어 주고 있다. 그들은 화장실이 지저분하면 부끄럽게 생각하는데 우리는 으레 그런 것으로 예사롭게 안다.

선진국으로 가는 길은 국민소득의 증가에만 있는 것이 아니다. 국민의 도덕적 정신문화를 건전하게 배양하는 것도 빼놓을 수 없는 과제인데, 우리는 지금까지 공중화장실을 가장 혐오의 대상으로만 생각하며 미온적으로 대처해 왔다. 그러나 지금부터라도 제도적인 제반문제부터 과감하게 개선하여 국제화·세계화 시대에 걸맞는 공중화장실로 탈바꿈하지 않으면 안 된다. 우선 그 업무를 총괄하는 공조직의 체제부터 시급히 마련되기를 바란다.

자연과 주변 환경에 조화되는 훌륭한 외관! 채광과 통풍을 새롭게 디자인한 건축구조 위에 누구나 불편 없이 사용할 수 있는 설비와 쾌적한 유지관리로서 21세기 수원을 세계의 오아시스로 가꾸려 하는 심재덕 수원시장의 앞서가는 통찰력에 경의를 표하면서, 오늘의 세미나가 우리나라 공중화장실의 새 시대를 개막하는 역사적인 출발점이 되기를 기원한다.

아시아 · 太平洋Toilet 심포지엄 '99

– 21세기 Toilet과 人間環境 –

〈1999. 11. 9~11. 日本 北九州   발표자 : 무림교역 회장 이상정〉

이상정 회장은 일찍이 간이화장실(이동식)과 그 관리기법을 개발하여 86아시안게임과 88서울올림픽을 성공적으로 이끄는 데 크게 공헌했다. 그로부터 오늘까지 화장실 문화의 르네상스를 외치며 동분서주해 왔다. 1987년부터 국제간이화장실협회의 유일한 회원으로서 한국의 위상을 높여 왔다. 1984년 '화장실 문화의 르네상스를 제의한다'는 책자를 만들어 내무부 등 중앙부서와 서울 및 지방에 두루 배포한 바 있다.

특히 1996년에는 처음으로 동서고금의 화장실 문화를 〈호모 토일렛(Homo Toilet)〉으로 펴내는 한편 텔레비전, 신문, 방송 등 홍보매체를 통하여 공중화장실 문화의 새 시대를 위해 출연 기고를 계속하여 왔다. 97년 수원시 심포지엄에서는 공중화장실에 대한 개선 및 외국의 실태와 우리의 제도적인 문제점을 중심으로 그 대책을 종합 정리하여 제시한 바 있다.

이 회장은 1982년 (주)무림교역을 설립하고 서울특별시 아파트 시범관리업체로서 89년에는 (사)한국공동주택전문관리협회 초대 회장으로서, 특히 85년부터 이동식 화장실의 새로운 전기를 마련하면서 종합메이커로서 새 역사의 진운에 이바지해 왔다. 1990년부터 일본 Toilet협회 회원이 된 이후 1991년 11월 이시카와현 제7회 공중화장실 심포지엄을 비롯하여 1993년 5월 15일 고베 국제화장실 심포지엄, 1995년 5월 25일 홍콩 시정청 주관 국제화장실 포럼, 1996년 10월 9일 도야마 국제화장실 심포지엄, 1997년 8월 22일 도쿄에서 열린 학교 화장실 심포지엄, 1999년 11월 9일 기타큐슈 여성회관 아·태 지역 화장실 심포지엄, 2003년 11월 10일 도야마에서 일본Toilet협회 주관 공중화장실 심포지엄 등 연차적인 행사는 물론 화장실협회의 각 전문분과 회의에도 빠지지 않고 참석하여 일본을 비롯한 동북아의 공중화장실 현황을 파악하고 왔다.

韓國のトイレ事情

1. 韓國のトイレ文化の昨今

　昔，韓國の諺に「かわやと妻の實家は　遠い方が良い」
というのが　あります．

　西洋は糞尿を捨てましたが，韓國は糞尿と家畜の排泄物を
肥料として使うことで　惡臭と非衞生的な生活をしながら，
農耕文化の傳統を　受け繼いできました．

　日本統治時代に　日本式便所（和式）を　官公廳や學校に
普及し始めて，その名前も　便所と呼ばれました．

　また　新築した　總督府と官廳，特級ホテル，デパートなどに
設置された　便所には　上に　水のタンクがあり
紐　くさりを引くと　水が出る　初期の水洗式でした．

　1945年　第2次世界大戰の後　駐屯した米國軍とUN軍の領内には
洋式便器がありましたが，一般に普及したのは
廢虛の上に建てられた　ビル，公共建物,高級住宅からでした．

　朝鮮戰爭の休戰後，首都ソウルの　爆發的な人口集中と
産業社會がもたらした　60年代以降の　都市肥大化現象と
化學肥料の普及で　糞尿は價值を失い，都市機能の再編と共に
その收集・處理に　大きな混亂期を　經たこともありました．

　70年代後半には　共同住宅がソウルから始まりましたが，
特にアパートの生活樣式は，　あれ程　嫌惡感を　抱いた
昔の便所から　浴槽と洗面臺とトイレを　同じ場所に
置くという　トイレ革命を　おこしました．

　しかし，　その當時は　公衆トイレが　あまり　なかったので，
韓國史上　初の'86アじアゲ-ムと　'88ソウルオリンピックは
移動式トイレの　新しい時代を開く　轉換點となりました．

　その當時，新鮮な衝擊と共に　公衆トイレの必要性が
廣く認識され，無臭・爽快で　清潔なトイレの衞生意識に
氣づく　きっかけと　なりました．

　ソウルオリンピックに續いて'89年　カトリック聖體大會，
'93年　大田國際博覽會，94年　世界靑少年ジャンボリなど
國內外の　大小行事を通して　移動式トイレが
行事の必需品として　認められました．

　またアパートの　增加につれて　全般的な生活水準が
向上したので，相對的に　立ち後れた　公衆トイレの問題が
浮かび上がった　90年代になってから，それまでトイレの話を
てきるだけ　避けてきた　マスコミも　積極的に
公論化するに　至りました．

　一時的な場所には　完全移動式を設置して，登山路，遊園地，
郊外のような所には　地下タンクを埋設した　準移動式を
設置しており，特に　自然發酵式　システムが導入され
いろいろな場所で　利用されています．

今，韓國の山と川，海，村，野外での移動式は
低費用で 簡便という 長所のため 固定式より
もっと 幅廣い用途を 持つようになりました．

　都市の公衆トイレは ほとんど 建築物なので
宅地の確保が 難しい問題のため 増設が 遅くなりましたが，
今は 必要な所に置くという 要求が廣がり，
特別施策として 増設に行政力が 發されています．

　しかし 現存する建築物や 移動式の兩方が
清潔しなければ ならないという 普遍的な欲求に 應じて
いままで 水だけの掃除から，より 衞生的な管理に
轉換する時點に 來ています．

　一番汚い所ほど その管理は 責任を持てる管理に 任せて
ノウハウが 必要な分野は 專門化すべきだという
一般的な 認識のもとで 遅くても 2〜3年以內には
いろいろな方面で 改善できると 思っております．

2. 韓國公衆トイレの 現代化運動

　大都市のビル・ホテル等の 公共施設と 高級飲食店とか
裕福な階層は，トイレを飾ったりして，安らぎのある
文化空間として その用途を 廣げていますが，
自分のものではない 公衆トイレにおいては 世界化時代の
今日までも 政策的な照明を 早期に 當てなかった ために
立ち後れた 分野として あげられています．

　しかしトイレ文化の 新しい時代を 誘導する 著書や論説と
観光地の公衆トイレ問題を 何より敏感に接する 韓國觀光公社が
以前にまとめた「觀光地の トイレ改善研究書」を基礎にして,
観光地を中心とした 公衆トイレの問題點と 施策を檢討しながら
持續的に改善を 誘導してきました.

　特に昨年には 韓國觀光公社が 全國の公衆トイレを 對象に
ベスト5とワ－スト5を 選定して 授賞・廣報することにより,
トイレに對する 當局と大衆の關心を 喚起させました.

　さらに 1995年には 内務部と ソウル特別市でも
モデルトイレ設置と共に 公衆トイレの整備計畵を 立てました.

　また, ワ－ルドカップ開催地の 1つである 水原市では,
1997年から毎年1回ずつ"公衆トイレシンポジウム"を開いています.

　昔の城廓を中心に 都市が成り立った 地域の特殊性を生かして
城のイメ－ジをトイレの屋根にし, 本體は円筒型で
壁はカラ－のガラスにして 外の美しい景觀を ながめながら
使用できるように しました.

　クラシック音樂と花の香りや 化粧 ル－ムは 基本として,
本や雑誌を置いたり, 鳥の聲を聞かせるなど
自然と環境に優しい 完璧な設備を備えて
市内, 公園, 登山路入口などに 設置しました.
その他にも 各種のモデルケ－スを 創り出しています.

　特に 公共場所である 市場のような所は 水原市が
費用の50％を 負擔して 改善しており，
最近 韓國 觀光公社と共に，機關，團體，企業と篤志家を問わず
意欲的な 韓國トイレ 文化協議會も 創設されました．

　また ソウルの松坡自治區では トイレと休憩室を
同じ場所に 竝らべで置き，その休憩室の收入で
トイレの管理費を 調達する 模範的な先端トイレが
話題になっております．

　主婦たちから發足した「清潔なトイレ管理市民の 集い」が
推進している 居住地別の 責任奉仕によって 成功的な美談を
殘したことも あります．

　そして，小學校での巡回訪問教育，特に近隣の學校と 公衆トイレを
連携して 管理することにより，學生敎育と 社會參與という
二重の 果を 上げています．

　今日，各地域ごとに 公衆トイレの整備・美化・新築から
管理・運營のアイデアまで，善意の競爭が 活發になっている中で，
特に インターネットを通じて 良いトイレを推薦したり，
提言が 相次いで來たり，全國民の關心を 集めています．

　ソウルでは トイレがない 繁華街の表通りや 都心地に
全自動先端トイレを 檢討する一方，市場のような所には
隣接した建物の開放と，公共の建物や 認許可營業所
ガソリンスタンドの 常時開放も 場合によっては
インセンティブを 與えるとの方針で 推進しております．

またソウル市は 標準設計を公募し 今年には 31億ウォンを投入して
老朽したトイレ 247ケ所の中で 143ケ所を 整備する計畫です.

さらに 5つの自治區に 25億ウォンを投入し
機能性・藝術性・便宜性の優れた モデルトイレを
設置する計畫でも あります.

設備面では あまり 設置されてなかった 西洋文化圏の
洋式便器を初めに，今まで 健康な人と 大人中心の設備から
障害者と 高齢者や 子供のための 設備と
ハンガ－・棚・鏡などの 便宜施設を 補完しています.

特に 男性向けに 設計された 構造から 女性の需要を
考慮した 新しいトイレブ－スの配置が なされています.

便利な設備・設備器具の 高級化，清潔な管理の 重要性を
皆が 共感しながら，今は トイレの設置より 管理が
さらに重要だという 認識も 擴散しつつ ありながら，
市內の飲食店と 遊樂街など およそ 13萬ケ所のトイレを
高い水準に 引き上げるために 改善事業計畫を 立てて
段階的に 施設を 改善することにしました.

その方法として 現場訪問 調査の結果により，
優秀，普通，不良などの等級を つけると同時に，
トイレ改善を 希望する所に 限って
食品振興基金の 利子率を 現行7％から3％に 大幅に下げて
融資できる方案を 檢討している ところです.

　それに優秀トイレを 保有している店 を
分期別に 千ケ所程度 選定して 衛生點檢を 免除したり,
模範商店として インセンティブを 提供することも
考えています.

　さらに 優雅な外觀と 自動洗淨 乾燥システムを 備えた
有料公衆トイレを作って 外國人が 買い物を樂しむ
トンデムン(東大門), ナンデムン(南大門)インサトン(仁寺洞),
イテウォン(梨泰院)などの 商店街から 優先的に 設置する豫定です.

　特に 2002年ワールドカップを 前にして
官. 言論・市民團體が 連合して
ワールドカップ市民 文化運動 推進協議會を 發足し
全國の市・道の 地域協議會を 設けました.

　公衆道德キャンペーンと きれいなトイレ 大賞制度を 作り,
第 1次として 今年10月に大賞, 最優秀, 優秀賞を 選定して
新しい トイレ文化の發展に 火をつける一方,

　公衆トイレの ための ボランティア體制を 構築し,
10大都市に 市民運動 教育センターを 開設するなど
新しい 千年のための 準備を急いでおります.

″提言″ 簡易移動式トイレの活性化

　　今まで公衆トイレは大體建築物としで認識されてきました.

　　しかし　野外の　一時的な集まりなど　流動的に
對應しなげれば　ならない　現代人の生活の中で
移動式トイレの用途は　廣げられる一方です.

　　今，私たちの　生活の必需品として　登場するようになった
移動式トイレの　外觀や構造と，用途　そして　質的な問題は
市場原理に　任せるにしても，賃貸トイレから　排出される
糞尿の收集から　その處理問題までに，円滑な對策が
後ろ楯しなげれば　ならないでしょう.

　　しかし　國によって違いはあるでしょうが，
糞尿の收集と處理は　大部分　行政官廳の　管轄區域ごとに
各　許可を受けた　企業體でのみ　できるか，
あるいは　當局で直營するかなど，様 な形態で
なされております.

　　韓國の場合，名節の連休に　故郷へ歸る人の車で
いっぱいになる　高速道路上の　移動式トイレの賃貸設置は，
いくつもの　行政官廳の管轄に　絡んでいます.

　　今日　全國圏に廣がった　需要に　円滑に對應するために，
法制化しなければならない　いくつかの項目を　提案します.

1. 移動式トイレの賃貸管理業を許可制にする事.

2. 賃貸トイレから排出される糞尿の自家收集を認める事.

3. 行政管轄にかかわらず，各地域の糞尿の處理施設を
   利用できるようにする事.

4. 賃貸設置の時，1臺當りに使用人員の基準を設定する事.

5. 衛生的な管理のために各種サービスの基準を定める事.

한국의 화장실 사정

1. 한국 화장실 문화의 어제와 오늘

우리 속담에 '뒷간과 처갓집은 멀리 있을수록 좋다' 는 말이 있다.

서양은 분뇨를 버렸는데 우리는 분뇨와 가축의 배설물을 퇴비로 쓰면서 악취와 비위생 속에서 농경문화의 전통을 이어왔다. 일본 통치시대에 이르러 일본식 변소가 관공서나 학교에 보급되면서 그 이름도 '뒷간' 에서 '변소' 로 바뀌어 불리게 되었고, 그 당시 신축된 조선총독부, 관청, 특급호텔, 백화점 등에 설치되었던 변소는 물통을 높이 두고 줄을 당기면 물이 나오는 초기 수세식이었다.

1945년 2차 세계대전 후 주둔한 미국군과 유엔군의 영내에는 양식 변기가 있었으나, 일반에 보급되기 시작한 것은 폐허 위에 세워진 빌딩, 공공건물, 고급주택에서부터였다. 6·25 동란 휴전 후 수도 서울의 폭발적인 인구집중과 산업사회가 몰고 온 60년대 이후의 도시 비대화 현상과 화학비료의 보급으로 도시의 분뇨는 그 가치를 잃게 되어, 도시 기능의 재편과 더불어 분뇨수거 처리의 큰 혼란기를 겪기도 했다.

70년대 후반에는 공동주택이 서울에서부터 시작되었는데, 특히 아파트 생활양식은 그토록 혐오했던 지난날의 변소를 욕조, 세면대와 같은 자리에 놓게 되는 화장실 혁명을 이룩하게 되었다.

그러나 그때에는 공중화장실이 보기가 드물었으므로 사상 초유의 86아시안게임과 88서울올림픽이 이동식 화장실의 새 시대를 여는 전환점이 되었다.

그 당시에 신선한 충격과 함께 공중화장실의 필요성이 널리 인식되고 무취, 상쾌, 청결의 화장실 위생의식을 깨우치는 계기가 되었다.

서울올림픽에 이어 89년에는 가톨릭성체대회, 93년의 대전엑스포, 94년 세계청소년잼버리대회 등 국내외 대소 행사를 거치면서 이동화장실이 행사의 필수품으로 자리를 잡았다.

또한 아파트 세대의 증가와 더불어 전반적인 생활수준이 향상되었으나 상대적으로 낙후된 공중화장실 문제가 떠오르던 90년대에 이르러 그 동안 화장실에 관한 말을 되도록 피해 왔던 매스컴에서도 적극적으로 공론화하기에 이르렀다.

유동성을 요하는 일시적인 장소에는 완전이동식으로 설치하고 등산로, 유원지, 도시 변두리 같은 곳에는 지하탱크를 매설한 준이동식을 설치하며, 특히 자연친화적인 자연발효 시스템이 도입되어 여러 곳에서 이용되고 있다.

이제 한국의 산, 강, 바다, 마을, 야외에서 사용하는 이동식은 고정식보다 비용이 적게 들고 간편하다는 장점 때문에 더 넓고 큰 용도를 갖게 되었다.

도시의 공중화장실이 대부분 건축물이어서 대지 확보가 어려워 증설이 더디었으나, 이제는 필요한 곳에 있어야 한다는 요구가 계속되어, 특별 시책으로 증설에 행정력이 동원되고 있다.

그러나 현존하는 건축물이나 이동식 모두가 깨끗해야 한다는 보편적인 욕구에 응해서 지금까지 해 오던 물청소에서 보다 위생적인 관리로 전환해야 되는 시점에 와 있다.

가장 더러운 곳일수록 책임을 질 수 있는 용역관리에 맡기고, 노하우가 필요한 분야는 전문화해야 한다는 일반적인 인식하에 늦어도 2~3년 안에는 여러 면에서 개선될 줄로 믿고 있다.

2. 한국 공중화장실의 현대화 운동

대도시의 빌딩, 호텔 등 공공시설과 고급 위생업소나 부유층은 화장실을 장식하여 안락한 문화공간으로 용도를 넓혀 가고 있지만 특히 내 것이 아닌 공중화장실은 국제화·세계화 시대인 오늘에도 정책적인 조명을 일찍 받지 못한 탓으로 가장 뒤처진 분야로 꼽히어 왔다.

그러나 화장실 문화의 새 시대를 유도하는 저서나 논설과 관광지의 공중화장실 문제를 가장 예민하게 접해 온 한국관광공사가 일찍이 마련한 〈관광지의 화장실 개선 연구서〉를 기초로 관광지를 중심으로 공중화장실의 문제점과 시책을 검토하면서 지속적인 개선을 유도해 왔다.

특히 작년에는 관광공사가 전국의 공중화장실을 대상으로 Best 5와 Worst 5를 선정하여 시상, 홍보함으로써 화장실에 대한 당국과 대중의 관심을 환기시키고 있다.

1995년에는 내무부(현 지방자치부)와 서울특별시에서도 시범 화장실 설치 계획과 궁중화장실 정비 계획을 수립하였다.

또한 2002년 대회 개최지인 수원시에서는 97년부터 매년 1회 '공중화장실 심포지엄'을 열고 있다.

옛날 성곽 안팎을 중심으로 도시화된 지역의 특수성을 감안하여 성곽 모형을 화장실 지붕으로 하고, 원통형에 컬러 유리를 벽으로 하여 좋은 경관을 보면서 사용할 수 있게 했다.

클래식 음악과 꽃향기, 파우더 룸을 기본으로 책이나 잡지를 놓아두거나 새소리를 들려주는 등 자연과의 조화와 환경친화적인 완벽한 설비를 갖추어 시내, 공원, 등산로 입구 등에 설치했으며, 그밖에도 각종 시범 사례를 창출하고 있다.

특히 공공장소인 시장 같은 곳에는 수원시가 비용의 50%를 부담하여 개선하고 있으며, 최근 관광공사와 더불어 기관, 단체, 기업과 독지가를 망라하여 의욕적인 '한국화장실문화협의회'가 출범하기도 했다.

또한 서울 송파구에서는 화장실과 휴게실을 나란히 세워 휴게실 수입으로 화장실 관리비를 조달하는 모범적인 첨단 화장실이 화제가 되고 있다.

주부들로 발족한 '깨끗한 화장실 관리 시민모임'이 추진하고 있는 거주지별 책임봉사도 성공적인 미담을 남겼으며, 초등학교 순회 방문교육, 특히 인근 학교와 공중화장실을 연계 관리하게 함으로써 학생 교육과 사회 참여라는 이중의 효과를 거두고 있다.

이제 전국 각 지역마다 공중화장실의 정비, 미화, 신축에서부터 관리운영의 아이디어까지 선의의 경쟁으로 활발하게 이루어져 가고 있으며, 특히 인터넷을 통해 좋은 화장실의 추천이나 제언이 잇따르고 있어 온 국민의 관심사로 떠오르고 있다.

서울시에서는 화장실이 없는 번화가의 큰길이나 도심지에 전자동 첨단 화장실을 검토하는 한편, 시장 같은 곳에서는 인접한 건물의 개방과 공공건물이나 관허업소, 주유소의 상시개방도 경우에 따라 인센티브를 준다는 방침 아래 추진되고 있다.

또한 서울시는 표준설계를 공모하여 금년에는 31억을 투입하여 노후한 화장실 247개소 중 143개소를 정비하고 있으며, 5개 자치구에 25억 원을 투입하여 기능성, 예술성, 편의성이 뛰어난 시범 화장실을 설치할 계획이다.

설비면에서는 그 동안 갖추지 못했던 서양문화권의 좌변기를 비롯하여 지금까지 건강한 사람과 어른 중심의 설비에서 장애인(노약자)이나 어린이를 위한 설비와 베이비 베드, 옷걸이, 선반, 거울 등 편의시설을 보완하고 있으며, 특히 남성 위주로 설계된 구조에서 여성의 수요를 고려한 새로운 화장실 부스 배치가 이루어지고 있다.

불편 없는 설비, 설비기구의 고급화, 깨끗한 관리의 중요성을 모두가 공감하면서 이제는 화장실 설치보다는 관리가 더 중요하다는 인식이 확산되어 가는 추세에 있으며, 시내 음식점과 유흥가 등 약 13만여 곳의 화장실을 보다 높은 수준으로 끌어올리기 위한 개선사업 계획을 세워 단계적으로 시설을 개선하기로 했다.

시는 현장방문 조사결과에 따라 우수와 보통, 불량으로 등급을 매긴 뒤 화장실 개선을 희망하는 업소들에 대해 식품진흥기금의 이자율을 현행 7%에서 3%로 대폭 인하해 융자해 주는 방안을 검토하고 있으며, 우수화장실 보유업소를 분기별로 1,000개씩 선정해 위생점검을 면제해 주고 인센티브를 제공함으로써 자발적인 참여를 두호할 계획이다.

또한 우아한 외관과 자동세정건조시스템을 갖춘 유료 공중화장실을 만들어 외국인이 즐겨 찾는 동대문, 남대문, 인사동, 이태원 등지의 업소부터 우선적으로 설치할 예정이다.

특히 2002년 월드컵대회를 앞두고 관, 언론, 시민단체가 연합하여 발족한 '월드컵시민문화운동추진협의회'는 전국 시도에 지역협의회를 두고, '공중도덕 캠페인'과 '깨끗한 화장실 대상' 제도를 마련하고 제1차로 올해 10월에 대상, 최우수상, 우수상을 선정하여 새로운 화장실 문화 발전에 불을 붙이는 한편, 공중화장실을 위한 자원봉사 세세를 구축하여 의식 개선을 유도하면서 월드컵 개최 10개 도시에 시민운동 교육센터를 개설하는 등 새로운 천년을 위한 준비를 서두르고 있다.

3. 제언 : 간이 이동식 화장실의 활성화

여태까지 공중화장실은 대개 건축물로만 인식되어 오고 있다.

그러나 야외의 일시적인 모임이나 유동적으로 대응해야 할 현대인의 생활 가운데 이동식 화장실의 용도는 넓어져 가고만 있다.

이제 우리 생활의 필수품으로 등장하게 된 이동식 화장실의 외관과 구조, 용도 그리고 질적인 문제는 시장원리에 맡기더라도 임대 화장실에서 배출된 분뇨수거에서부터 그 처리문제에 원활한 대책이 뒷받침되어야 할 것이다.

그러나 나라에 따라 다르겠지만 분뇨수거와 처리는 대부분 행정관청의 관할구역에 따라 각각 허가업체에서만 할 수 있거나 당국에서 직영하는 경우 등 각각의 형태로 되어 있다.

　한국의 경우 명절 휴일이면 고향을 찾는 사람들로 가득한 고속도로 상의 이동식 화장실 임대 설치는 여러 행정관청의 관할과 연결된다.

　이제 전국권으로 넓어진 수요에 원활하게 대응하기 위해 법제화하지 않으면 안 될 몇 가지를 제의한다.

1. 이동식화장실 임대관리업의 허가제
2. 임대화장실에서 배출되는 분뇨의 자가수거 인정
3. 행정관할에 구애되지 않고 각 지역의 분뇨처리시설 이용
4. 임대설치, 1대당 사용인원의 기준설정
5. 위생적인 관리를 위해 각종 서비스 기준을 마련할 것

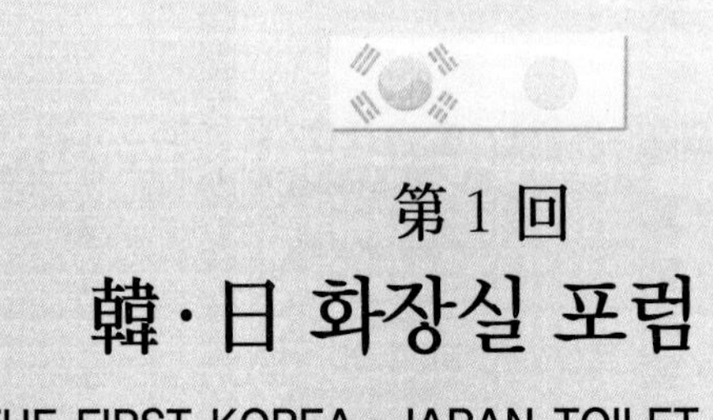

第 1 回
韓·日 화장실 포럼 2000
THE FIRST KOREA · JAPAN TOILET FOROM 2000

化粧室 FOURM 資料集

韓国化粧室文化協議会 │ 日本 トイレ協会

한·일 화장실 문화운동 협력의 필요성과 의의

1. 한·일 화장실 분화의 공통성

한국과 일본은 지정학적 환경이 말하듯이 어느 나라보다 특수한 역사성을 지닌 가운데 동질성이 문화권을 형성하며 오늘에 이르렀다. 의식주의 양식과 형태를 비롯하여 두 나라는 여러 곳에 공통성이 배어 있다.

특히 배설을 위한 화장실 문화는 다같이 농경문화의 전통을 이어오면서 분뇨와 가축의 배설물을 소중한 자원으로 이용하여 퇴비로 썼다는 점이다. 서양인은 분뇨를 버림으로써 갖가지 공해를 극복하기 위한 어려움을 겪었지만, 우리 조상들은 퇴비로 땅에 되돌림으로써 식량을 증산하는 '분뇨와 자연의 리사이클' 원리를 훌륭하게 이용해 왔다.

또한 한·일 양국에는 '뒷간과 처갓집은 멀리 있을수록 좋다' 는 공통된 속담이 있듯이 분뇨의 더러움과 악취가 오죽했으면 멀수록 좋다고 했을까? 또한 그 시대의 처갓집(사돈댁)에 대한 예절문화도 두 나라는 비슷했음을 말해 주는 대목이기도 하다.

일본이 한국을 통치하던 20세기 전반기에는 한국의 '뒷간', '칙간'

보다는 한 걸음 앞섰던 일본식 변소가 관공서, 철도, 학교 등 공공시설에 보급되면서 뒷간, 칙간의 호칭은 변소로 바뀌었다. 그러나 산업사회로 접어들던 70년대! 한국은 새마을운동을 전기로 아파트 생활로 환경이 바뀌면서 되도록 멀리 있던 변소는 안방 부속실의 세면대, 욕조와 같은 자리에 놓이게 되고 이제는 공중변소까지 '화장실'이란 이름으로 바뀌어졌다.

또한 서양은 침대와 의자생활의 입식문화이기 때문에 변기도 걸터앉는 좌변기로 발전한 것에 반하여 일본은 다다미방, 한국은 구들방 생활문화이기 때문에 쪼그려 앉는 와변식(臥便式, 和式) 변기를 이용하고 있다는 문화적 동질성을 지적하지 않을 수 없다.

2. 한·일 화장실 문화운동 협력의 필요성

일일생활권으로 바뀐 지구촌의 국제화 시대는 국가와 이데올로기를 초월한 공존공생(共存共生)의 차원에서 전문분야별 상호협력은 당연하며 필연적인 것이라 하겠다. 특히 위생공해를 추방하고 나아가 안락한 문화생활을 지향하는 화장실 문화의 발전을 위하여 서로의 기술과 정보, 지혜를 공유하고 협력하는 것은 때늦은 감이 있으나 어느 분야보다 우선해야 할 과제라고 믿는다.

금번 포럼을 통한 한·일 화장실 문화운동의 협력은 공중화장실의 설치자, 관리자, 사용자로 분류되는 분야별 문제점을 재조명하고 제도적·기술적으로 그 대책을 보완하며 재정비하는 획기적인 효과를 얻을 수 있으리라 믿는다.

일본토일렛협회는 일찍이 일·프 화장실포럼으로 동서양 화장실

제1회 한·일 화장실 포럼에서 기조연설을 하고 있는 모습

문화 협력의 길을 싹틔운 바 있고, 94년 홍콩에서 개최된 아·태지역 공중화장실 세미나와 95년 제2회 국제화장실 세미나를 지원 유도하여 중국 대륙과 아·태지역에 햇불을 지펴주기도 했다. 특히 화장실의 설치보다 관리가 더 중요하다는 인식을 고취하기 위한 문화운동 주체 간의 협력은 관·민 모두를 설득하는 데 큰 힘이 될 것으로 믿는다.

ㅣ 설치자의 측면에서 보면 도시행정의 각 분야와 연계된 공중화장실 설치의 허다한 문제점을 전문 단체 간의 상호협력으로 그 해답이 나올 줄 믿으며 또한 장애인, 남녀, 어린이 화장실의 미관, 구조, 위생설비와 계절에 따른 제반조건을 극복하는 기준 설정에도 큰 도움을 줄 것이다.

② 사용자 측면에서는 보다 쾌적한 유지관리를 위하여 공중도덕성 함양은 필연적인 과제이기 때문에 유년기 교육에서부터 그 방안을 도출하고 협의하는 과제도 간과해서는 안 된다. 또한 일시적인 행사장에서나 유원지, 공원, 등산로, 강변, 명절의 고속도로 등 엄청나게 증가하는 이동식 화장실 수요에 원활하게 대처하기 위한 제도적인 보완문제도 시급한 협력을 요하는 분야라 하겠다.

③ 관리자 측면에서는 청결, 완전무취, 환기, 냉난방, 설비 그리고 전문관리 용역제도를 통하여 완벽한 관리를 위한 기술적인 선진기법을 협력하는 계기가 될 것이다.

3. 한 · 일 화장실 문화운동 협력의 의의

한 · 일 양국은 이웃 같은 문화권이라는 점에서 서로 돕고 협력해야 될 시대를 살고 있다. '이웃사촌'이라는 한국적인 가족관이 한국민의 도덕성이라면 정직, 친절한 일본인의 국민성 또한 농경문화의 전통에 뿌리를 둔 우리의 공통분모가 아닐까 생각한다.

금번의 한 · 일 화장실 포럼을 계기로 우리는 생활문화의 공동체라는 인식을 재정립하며 나아가 21세기 아 · 태지역은 물론 온누리 화장실 문화 협력의 새 시대를 여는 전기가 될 것을 기대하며 한 · 일 간의 화장실 문화운동을 통한 민간외교의 큰 기틀을 마련한다는 그 역사적인 의의를 다짐하는 바이다.

「아름다운화장실」, 그 변화의 내용을 논함

- 변화의 확산과 심화를 위한 토론-

2000. 10. 27

필자는 1987년부터 국제간이화장실협회, 1990년에는 일본Toilet협회 회원이 되어 선진국의 화장실과 우리를 늘 비교하며 고민해 왔다. 86아시안게임, 88올림픽을 비롯한 국제행사에는 선진국의 이동식 화장실과 더러움과 악취를 제거하는 전문관리기법을 도입하여 위생한국의 국제적인 품위를 과시했다. 올림픽의 그 신선한 충격에 힘입어 1980년대는 꼭 있어야 할 곳에 공중화장실의 대안으로 간편한 이동식을 공급해 왔으나 그 당시 악취, 해충의 제거가 1차적이라면 분뇨탱크에서 악취를 배출하는 휘돌(굴뚝) 구조의 보급이 2차적이었다.

그 많은 국제행사와 각종 유형의 이동식을 공급하면서 설치보다는 관리가 더욱 중요하다는 사실을 절실히 체득하면서 관리의 의지가 없다면 화장실 설치를 하지 말라고 웅변해 온 것이 필자의 슬로건이었다. 소변기의 요석(尿石)을 비롯한 대변기, 세면기, 배수구 등 미처 생각지 못한 곳을 소상하게 지적하며 청결관리를 연구해 온 자료를 바탕으로 기술적인 조언을 했다. 공중화장실은 그 나라의 경제, 사회, 도덕성의 수준과 비례한다는 말을 되뇌며 공중화장실에는 사치로운 설비와 기자재보다 위생적인 청결을 더 중요시한다는 선진국의 실태가 보편화되기를 기대한다.

화장실 청결관리제도 및 기술적 접근

1. 화장실 개념의 현대화

분뇨를 자원으로 이용했던 농경문화의 전통 속에서 우리는 뒷간, 칙간이라는 구역질나는 환경을 예사롭게 보면서 살아왔다. 일본이 통치했던 20세기 전반기에는 한 걸음 앞섰던 일본식 변소가 관공서, 학교, 철도 등 공공시설에 보급되면서 그 호칭도 변소로 오랫동안 불리어 오기도 했다.

그러나 70년대의 새마을운동을 계기로 차츰 아파트로 생활환경이 바뀌면서 되도록 멀리 두었던 변소는 수세식이 되고 세면대, 욕조와 같은 공간에 놓이는 화장실의 혁명, 생활혁명이 이루어지게 되었다.

그 후 초유의 국제행사였던 86아시안게임, 88서울올림픽을 비롯하여 대전엑스포(세계박람회) 등 많은 국제행사를 치르면서 처음으로 보급된 이동식 화장실은 신선한 충격 가운데 임대·전문관리의 새 장을 열면서 널리 보급되기 시작했다.

간편한 경제성 때문에 일시적인 행사장은 물론 건설현장, 주차장, 공원, 등산로, 자연발생 유원지 등의 수요에 따라 갖가지 이동식 화장실로 대응해 왔다. 그러나 설치보다는 관리가 더 중요하다는 인식이 결여된 가운데, 저질적인 이동식 구조와 설비를 탓할 여유도 없이 미봉책으로만 대처해 왔다.

꼭 있어야 할 곳에 화장실은 없고 기존의 화장실은 변소 수준을 벗어나지 못하였고 관리엔 무관심하였으니, 낙후된 화장실 문제는 어느 시책보다 우선해야 된다는 공감대가 형성되기에 이르렀다.

2002년 월드컵대회를 준비하면서 각 지역마다 공중화장실의 현대화가 가속 페달을 밟으면서 이제는 배설기능과 함께 화장하는 장소로서 쾌적한 휴식 문화공간으로 용도와 개념이 바뀌어 가는 길목에 와 있다.

호텔, 오피스 빌딩이나 백화점 같은 곳은 이미 제3의 생활공간으로 자리를 잡고 있다. 아침에는 출근해서 흐트러진 몸매와 넥타이를 고쳐매기 위해서, 점심 후에는 양치질을 하고, 일과가 끝날 때는 퇴근을 준비하는 여직원들은 산뜻한 외출복을 갈아입는 곳으로 변했다. 은은한 색조의 간접조명 아래 대리석 바닥과 대형 거울이 비춰 주는 아늑한 분위기에 상쾌한 향과 음악이 흐르는 공간! 얽매인 환경과 주위의 시선을 벗어날 수 있는 휴식의 장소! 그야말로 심리적인 외출복을 벗고 생각을 가다듬는 나만의 공간은 복잡한 도시생활에 찌든 현대인 모두에게 주어져야 될 중요한 복리의 영역이 되어야 하겠다.

아울러 빌딩과 건물 이외의 도심, 공원, 지하철역을 비롯한 불특정 다수인이 모이고 왕래하는 모든 곳에 화장실도 잠시 쉬어갈 수 있는 거리의 오아시스로서 우리 모두가 소중하게 가꾸어야 할 새 시대의 과제로 발전해야 하겠다.

2. 공중화장실과 문화운동

현대가 추구해 온 물질문명의 재앙은 자연파괴와 공해를 유발하고 이윽고 인간의 정신적 황폐까지 불러일으키고 있다. 현대를 살아가는 우리는 이제 물질적인 소유보다 정신적인 충족에 차츰 관심을 기울이게 되었다.

그것은 위대한 자연에 대한 외경심을 바탕으로 우리 주변의 생활환경 자체에도 점차 자성과 재평가가 이루어져 가고 있다는 말이다. 오늘날 도시의 근대화는 미관, 안전성, 그리고 기능성은 눈부신 진보를 이루었지만 진정 쾌적한 환경을 지탱하는 화장실의 청결관리 노하우는 훨씬 뒤처졌음을 부인할 수가 없다.

맑은 물을 되살리고 깨끗한 공기를 지속적으로 유지하면서 화장실을 얼마나 안락한 공간 개념에 가깝게 접근시키느냐는 문제는 당국의 정책적인 조명에서부터 설치자(설계자), 관리자(청소관리업체), 사용자 모두가 참여해야 될 이 시대의 과제인 것이다.

모든 건축계획은 화장실의 유지관리에 초점을 맞춰야 하며, 마감자재와 기기들은 청소하기 쉽고 잘 더러워지지 않는 것을 선택해야 하며, 특히 공중화장실은 증설돼 가고 환경적 비중은 날로 커져 가는 마당에 화장실의 청소 및 관리는 바로 쾌적한 환경 그 자체라고 할 수 있게 되었다.

일본토일렛협회

1985년에 종합적인 화장실 환경 개선과 새로운 화장실 문화의 창출을 목표로 일본토일렛협회가 출범하였다. 이들에 의하여 냄새나고 더럽고 어둡고 무서움의 대명사였던 각종 역이나 빌딩, 고속도로, 백화점 등의 공중화장실은 잇따라 개선되고 새로운 화장실 기기와 개성 넘치는 오늘의 화장실 공간이 등장하게 되었다.

화장실 메인티넌스 연구회(maintenance)

협회 발족 7년 후인 92년에는 화장실 관리인, 제조업체, 빌딩관리업체, 설비기기 메이커와 설계자, 화장실 설치자 등 30여 개의 법인과 개인들이 모여 협회의 한 분야로서 연구회를 발족했다. 이들은 하느와 소프트 양면에서 화장실과 관리기술 향상 등을 꾀함과 동시에 회원사 간의 유대와 협동으로 연구회를 중심으로 사업적인 영역을 확장해 가고 있다.

본 연구회는 또한 보다 나은 화장실을 만들기 위하여 설치자와 설계자가 사용자의 입장을 파악하는 것이 중요하다는 데 결론을 내리고 여러 가지 제언과 연구서를 발표해 왔다. 또한 관리자(청소, 관리기업)의 입장에서 사회일반에게 화장실 관리에 대한 이해를 넓히기 위해 조사, 연구발표, 제언해 온 것이 오늘날 사용자의 도덕성이나 매너 향상에 큰 도움을 주고 있다.

화장실의 메인티넌스업계 동향

일본에서도 관청, 공공건물을 비롯한 각종 역과 빌딩 화장실의 관리는 자체 청소원을 채용하고는 있으나 기기 고장이나 파이프가 막힐 때 또는 일반 청소로는 어려운 특수한 경우에만 분야별 전문업체에 용역을 주어왔다.

그러나 근년에 화장실의 쾌적한 환경에 대한 욕구가 높아지고 전문

노하우의 필요성과 경제성 때문에 종합관리 용역은 점차 활력을 띠어가고 있다. 대도시 특히 도쿄에 본사를 둔 종합전문관리업체의 자회사는 도쿄 시내를 비롯한 각 지방으로 영역을 넓히면서 나아가 싱가포르, 홍콩, 베이징, 선전, 상하, 하와이, 타이완 등지에도 이미 메인티넌스 네트워크를 구축해 가고 있다.

3. 미국의 경우

현대 문명을 선도해 온 미국은 일찍이 그들의 생활수준에 걸맞는 문화공간으로서 화장실을 가꾸며 연구 개발을 거듭해 왔다. 공중화장실은 물론 공공건물, 오피스 빌딩, 대중이 이용하는 백화점 같은 곳이나 위생업소, 주거까지 모든 생활영역의 화장실은 그들의 이름 그대로 Rest room, Comfort station(쉬는 곳, 평안한 곳)으로서 급한 용무 외에 손 씻고 거울을 보며 몸과 마음을 정갈하게 하는 곳으로 정착된 지 오래다.

그들은 화장실을 보다 위생적으로 관리하기 위하여 동류 업자들이 연합하여 공동이익을 위해 전문관리의 체계적인 기법을 개발하고 나아가 첨단화된 분뇨수거차를 비롯하여 센서세정 변기, 세면기기, 손 말리는 기구나 휴지박스, 환기구, 소취용 케미컬, 향수, 요석제거제, 낙서제거제 등 날로 새로운 제품을 연구 개발하면서 등산로나 산간의 주거, 산악 관광지에는 자연발효식을 설치 이용하기도 한다.

건물 화장실로서 충당할 수 없는 일시적인 행사, 이벤트 등 헤아릴 수 없는 야외의 수요에는 이동식 화장실이 공급되고 있다. 화장실 임대에는 반드시 전문관리가 수반되며 일시적인 설치가 아닌 건설현장, 공원, 주차장 등 대부분은 주 1회 청소, 수거 원칙과 사용자 10명을 기준으로 1대를 설치함으로써 사용자의 위생과 임대자의 사업성 모두가 고려되어 있다.

또한 이들은 광활한 대륙에 종횡무진의 서비스를 위해 수세식 화장실 전용차와 분뇨를 소각하는 전기화장실차까지 등장했으며 이동식(수거식) 화장실을 조립한 트레일러식 등 괄목할 신개발품이 속출되고 있다.

국제공중화상실공급협회

ISSA(International Sanitary Supply Association)는 화장실 사업과 관련 있는 개인과 관리업체, 각종 기기제조업체, 케미컬, 향료, 홍보 출판 등 4,600명이 넘는 전문 멤버들로 구성되어 있다. 이들은 화장실 청소, 보수 등 관리산업분야에서 미국과 세계 주요 도시를 훌륭하게 선도하고 있다.

ISSA의 목적은 첫째, 회원들의 생산성, 수익성과 그 전문성, 그리고 지식, 사업윤리, 경영, 기술적 이론 등을 제공함으로써 화장실 관리의 발전을 촉진하고 둘째, 이 사업을 널리 홍보하여 궁극적으로는 깨끗한 지구를 만드는 데 있다.

본 협회의 유력한 멤버인 재니 킹을 예로 들면 미국 내의 3,000여 개 화장실관리 프랜차이즈를 비롯하여 14개국에 7,500개의 프랜차이즈 네트워크를 형성하고 있다. 또한 미국의 Swisser Int'l은 81년부터 '병원 수준의 위생'을 캐치프레이즈로 내걸어 맥도날드, 버거킹, KFC 등 전국 체인을 갖춘 외식업소의 화장실을 위탁관리하면서 '스위서가 보증하는 화장실'이라는 스티커를 업소에 붙여 줌으로써 마케팅을 돕고 있다. 북미지역에서 50대 프랜차이즈로 선정된 이 업체만 해도 6개국에 125개의 체인망을 구축하고 성업 중에 있다.

국제간이화장실협회

PSAI(Portable Sanitation Association Intil'l)는 이동식(간이) 화장실 제조, 임대(관리), 분뇨수거 트럭 및 화장실 전용차 화장실 기기와 부품, 케미컬, 방향제 등을 제조하는 개인 또는 기업을 멤버로 하여 1971년에 발족했다. 야외에서 일시적으로 이루어지는 헤일 수 없는 이벤트나 모임, 건설현장, 공원, 물이 없는 곳에 간편, 경제적이라는 장점 때문에 미국은 물론 전 세계 곳곳에서 연간 5억 달러의 산업으로서 140만 대의 화장실과 9,400대의 전문관리 차량으로 서비스하기에 이르렀다. 또한 PSAI는 이동식 화장실 사업에서 품질 향상, 전문성, 수익성과 더불어 사회복지 증진에 공헌하는 프로그램에 참여하여 오물처리, 장비에 관한 법률, 기구 사용에 필요한 안전 등 주요 산업에 관한 위생문제를 해결하고 있다.

4. 화장실 메인티넌스 체제의 개선

화장실 메인티넌스의 기본 체제란?

화장실의 이용 상황에 따라서 일상청소, 점검, 정기청소, 프로페셔널메인티넌스(전문관리), 보수 등 5가지 요소를 효율적으로 편성하여 쾌적한 화장실을 유지하기 위해 활용하는 구도를 말한다.

가. 화장실 메인티넌스 5요소

기본청소		
(1) 일상청소	(2) 점검	(3)정기청소
화장실을 이용해서 생긴 더러움이나 가벼운 장난에 대해 실시하는 청소. (1일 1회 이상 원칙)	설비나 건물의 미비점이나 불결함의 축적 상황을 체크 ○ 급수, 배수상태 ○ 전기계통 작업 상태 ○ 기구, 비품의 작업 상태	서서히 쌓이는 더러움이나 높은 곳, 옥외의 더러운 곳에 대해 실시하는 청소. (월 단위, 분기, 연 계획)

↓　　　　　　　　　　↓

외부지원 메인티넌스	
(4) 전문기술 메인티넌스	(5) 보수
기본청소로 제거할 수 없는 더러움을 제거하는 메인티넌스. 변기의 요석, 배수관 내의 요석을 제거하는 작업 (특별청소)	'점검'에서 확인된 설비나 건물의 미비점에 대해 처치하는 작업

나. 5가지 요소의 작업배분

첫째, 일반 청소원의 기능이 높아 일상청소＋점검＋정기청소가 가능한 경우.

둘째, 일반 청소원의 기능이 낮은 경우. 일상청소＋점검은 일상청소에 맡기고 정기청소는 전문가에게 맡겨 보완하는 경우

셋째, 5가지 요소를 모두 전문인에게 맡기는 경우. 위의 두 경우보다 비용은 비싸다.

청소원 기능이 낮은데 첫째 방법으로 하면 금방 더러워지고 전문기술관리의 빈도가 높아져서 비용이 오른다.

5가지 요소의 작업 배분표

	기본청소			지원메인티넌스		
	일반청소	점검	정기청소	전문가의 관리	수선	
1. 일반청소원 기능이 높은 경우	일반청소 작업			전문가 작업		비 용
2. 일반청소원 기능이 낮은 경우	청소원작업			전문가 작업		
3. 일반청소원 구할 수 없는 경우			전문가 작업			

관리담당자
└ 청소사업자
　├ 일반청소원 — 주로 기본청소원을 가리킨다. (작업기능 정도 가지 각색)
　└ 일반청소원 — 주로 지원작업자를 가리킨다. (전문지식 기술자)

다. 기본청소의 중요성

때나 얼룩 같은 더러움은 즉시 제거한다.

고장은 즉시 수리한다. 이것이 관리의 기본이다.

이러기 위해서 기본청소를 충실히 하는 것이 중요하다.

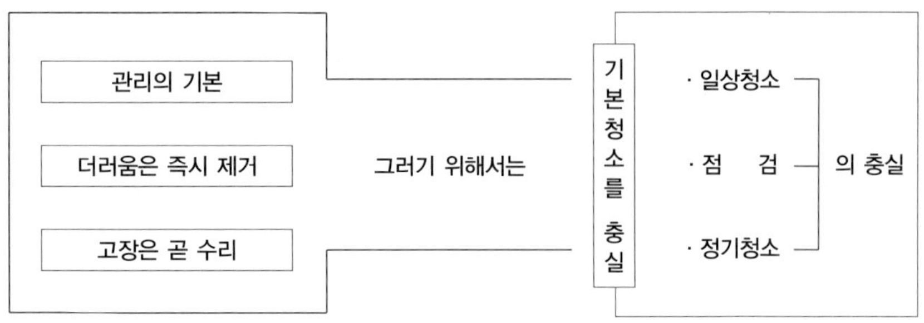

라. 기본청소체제의 문제점과 개선 포인트

일상청소를 부지런히 해도 어딘지 모르게 화장실이 청결하게 유지되지 못하는 원인은 청소시방서의 내용이 불충분했거나 작업자가 시방서대로 작업하지 않은 것이다. 또한 작업비가 터무니없이 싸기 때문에 관리작업자가 묵인해 버리거나, 담당구역이 지나치게 많은 점도 들 수 있다.

그리고 작업에 필요한 시간을 전해 무시한 스케줄을 계획하고 있는 곳도 적지 않다. 그리고 현장에서 발생하는 오염이나 이상에 대해 대처할 수 있는지의 문제는 작업자의 의식수준에 의존하는 바가 크며, 그것을 감독하는 관리담당도 청소에 관한 지식이 부족한 탓도 있다.

기본청소체제의 문제점과 개선 포인트

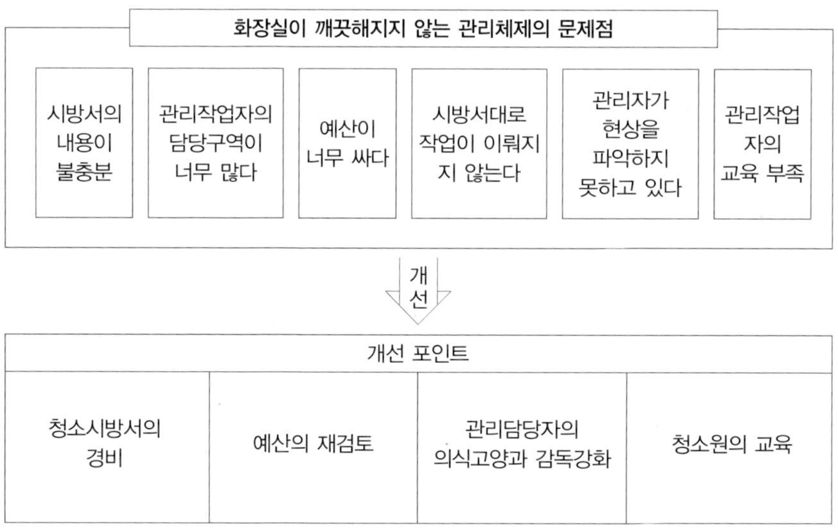

5. 화장실 청결관리의 기술적 접근

현대적인 공중화장실의 연륜이 일천하다는 우리 현실 때문에 관리(Maintenance) 또한 종래의 물청소 위주에서 새로 보급된 기자재를 이용하는 정도의 수준에서 맴돌고 있다.

그 동안 설치자의 어려운 사정도 있기는 했으나 그보다는 화장실 관리에 대한 인식의 부족부터 탓하지 않을 수 없다. 제도적인 전문 관리 용역은 앞으로의 과제라 하더라도 설치자(설계자)에게 화장실 관리에 관한 정확한 정보가 전달되고 있지 않기 때문에 청소원에 대한 교육이나 또는 관리자, 설계자, 청소원은 상호 정보교환을 통하여 메인티넌스의 작업내용이나 관리하기에 편리한 화장실에 대한 의견을 나눌 필요가 있다.

더욱이 사용자가 보다 불편 없이 사용할 수 있도록 하기 위한 의견도 서로 교환함으로써 쾌적한 환경을 유지하는 데 도움이 될 수 있을 것이다.

공중화장실의 메인티넌스에 대해서 아직까지 작업내용이나 작업방법에 관한 기준이 없기 때문에 관리담당자가 자신이 아는 범위에서 그 방법을 결정하고 있는 것이 우리 실정이다.

또한 일상청소, 정기청소 이외에 전문적으로 실시하는 메인티넌스(프로페셔널 메인티넌스) 분야가 정착되지 않았기 때문에 은은한 악취는 예사롭게 알면서 보이는 겉청소에만 치우치고 있다.

본인은 여기에서 작업방법을 표준화하고 일반청소로부터 전문적인 청소까지 그 분야를 정리함으로써 관리담당자가 관리체제를 정비하는 자료로 활용할 수 있기를 바란다.

이렇게 함으로써 우리 공중화장실이 쾌적해짐은 물론 건물이나 설비의 수명 또한 연장하는 데 도움이 될 줄 믿는다.

가. 변기류 등의 불결 부위

소변기의 불결 포인트

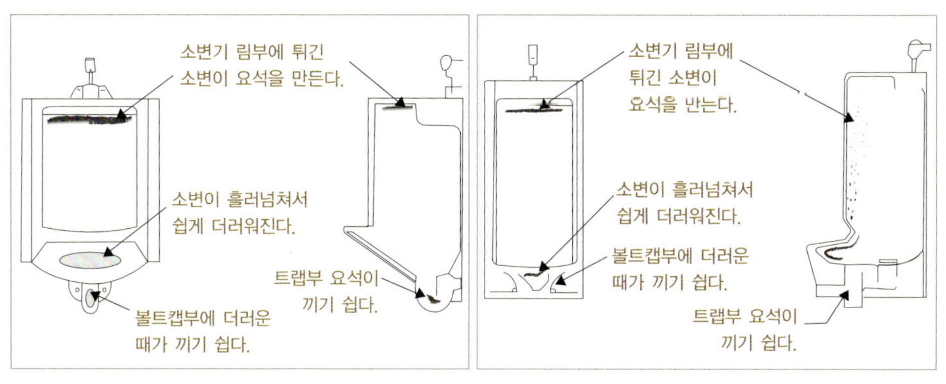

양변기의 불결 포인트

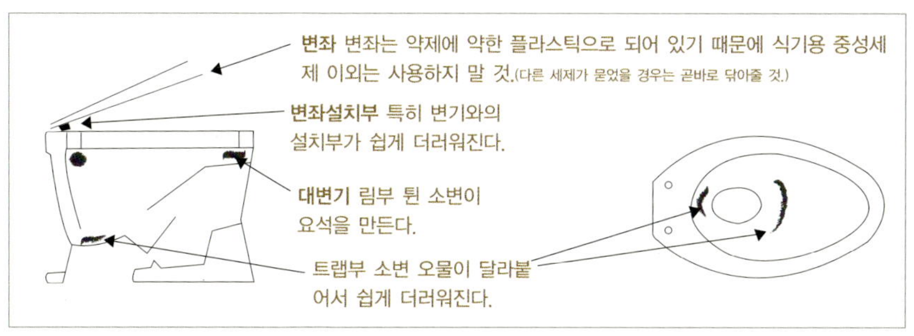

수세식 변기의 불결 포인트

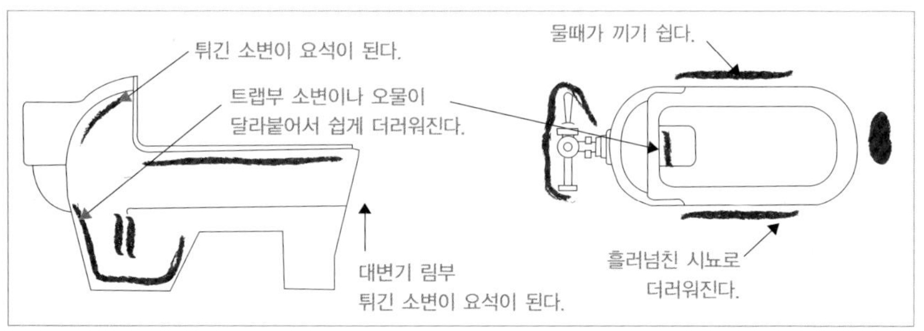

리버컵의 올바른 사용법

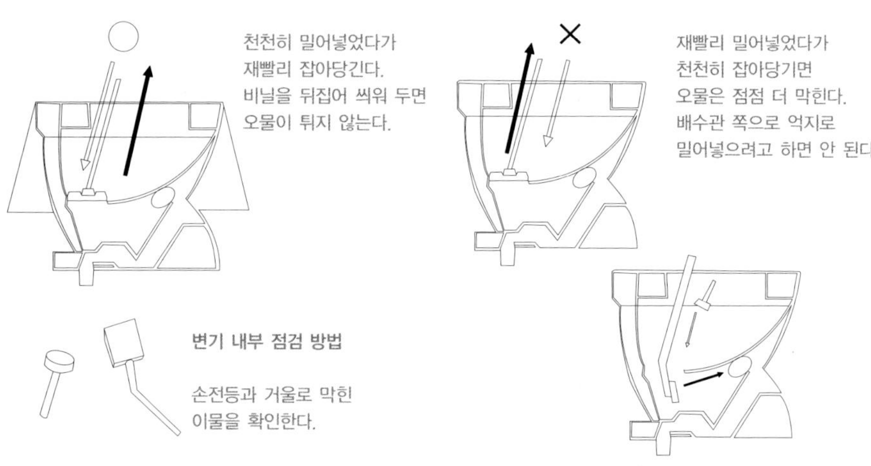

바닥 배수구 더러움의 포인트

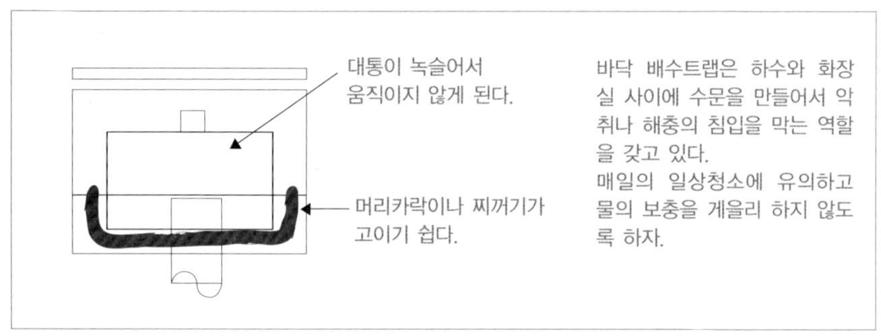

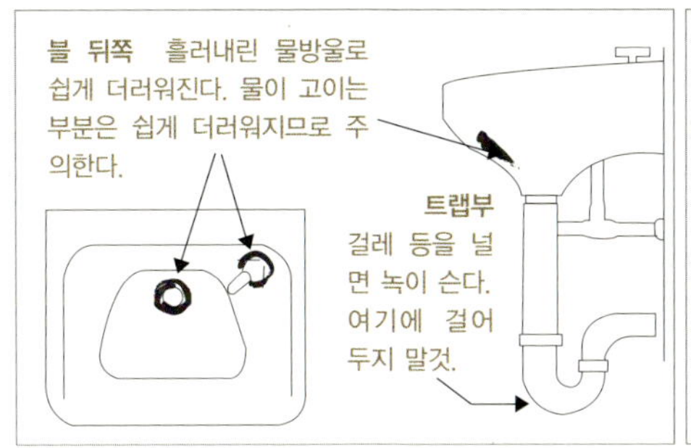

나. 화장실 악취의 주범 요석

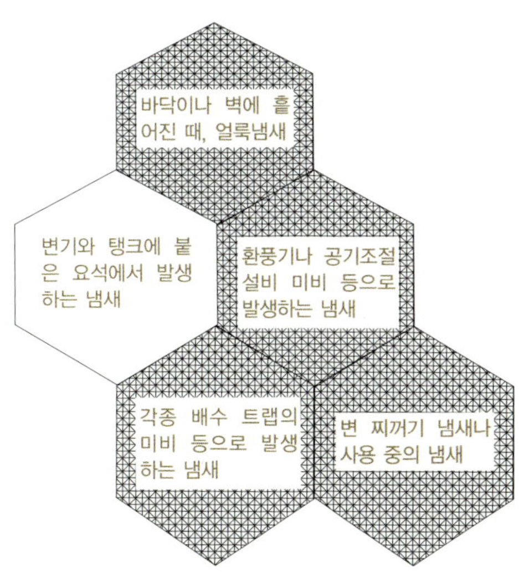

왜 화장실은 냄새가 나는 걸까?

화장실을 청결하고 쾌적한 공간으로 가꾸고 싶다면 '먼저 왜 화장실에서 냄새가 나는가'의 원인을 알 필요가 있다.

이들 중에는 일상적인 청소로 해결할 수 있는 것도 있지만 가장 성가시고 근본적인 악취의 원인이 되는 것은 요석(尿石)이다. 이 요석은 냄새뿐만 아니라 배수관이 막히는 등의 원인이 된다. 대변기보다 소변기가 자주 막히는 사고는 바로 이 때문이다. 더구나 요석은 한번 발생하면 보통청소로는 제거할 수가 없다. 따라서 이 요석의 발생을 어떻게 예

123

방하느냐, 그것이 쾌적한 화장실을 위한 필수 포인트라고 해도 과언이 아니다.

방치되어 온 요석의 문제

화장실의 그늘에 가려진 악취의 주범인 요석 관리는 지금까지 기술적인 추구도 진행되지 못한 채 홀대받아 왔다. 청소원의 의욕에만 맡겨진 채 요석이라는 근본적인 문제는 크게 표현화된 적이 없어 대책 없이 오늘에 이르렀다.

따라서 무엇보다도 쾌적한 화장실을 위해 절실히 요구되는 것은 하이테크에 의한 효율적인 관리의 도입이다.

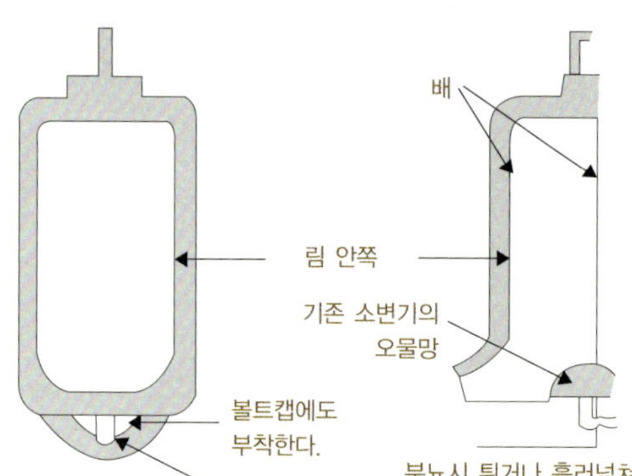

요석은 왜 발생하는가?

요석이란 소변 속에 포함되어 있는 탄산이나 인산 등이 칼슘과 화학반응을 일으켜 발생시키는 탄산칼슘이나 인산칼슘을 일컫는다. 변기 본체의 눈에 잘 안 띄는 림 부분, 변기 주변의 바닥이나 벽에 묻은 소변(소변이 튀거나 흘러넘쳐서)이 한참 방치되어 요석을 발생시킨다.

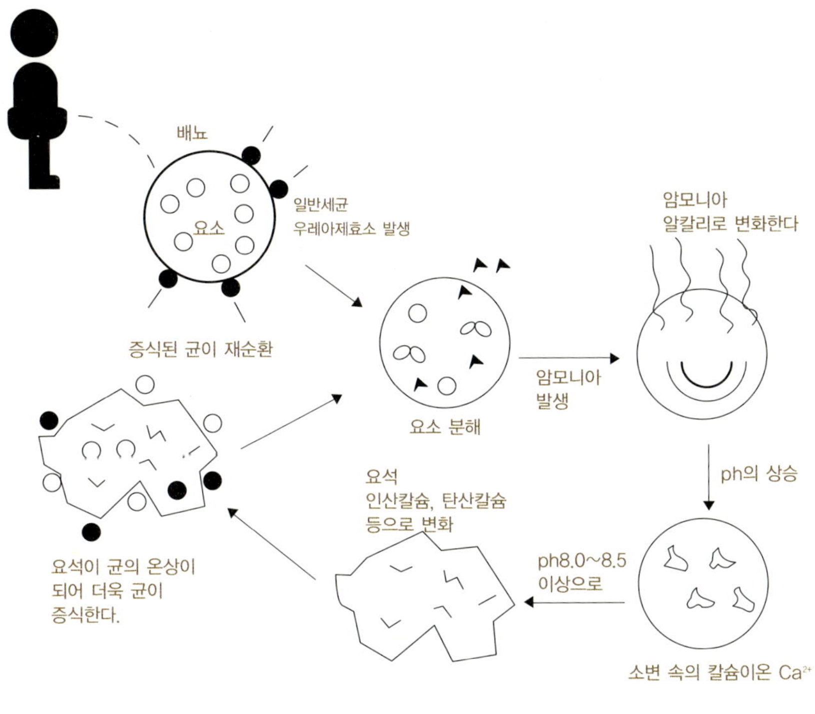

약품세정으로 녹여서 나온 요석

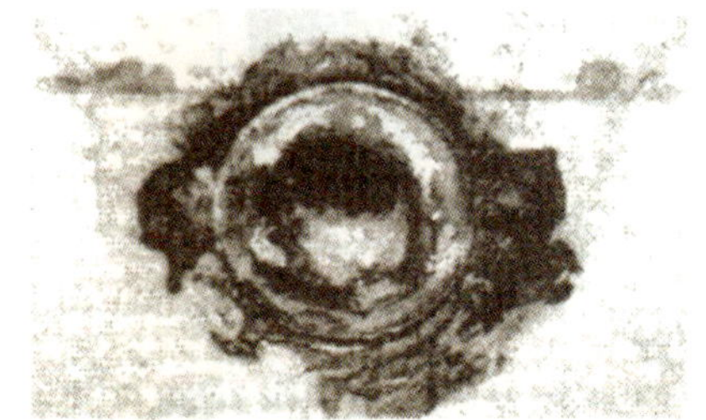

요석으로 반 이상 막혀 버린 배수관

요석 제거방법

- 약제에 의한 요석제거(변기, 바닥, 벽, 배수관 내부 등)

요석은 칼슘을 주성분으로 하지만, 그것을 제거하기 위해서는 가정용 계면활성제로는 전혀 효과가 없다. 보통은 강산성 세제를 사용

해서 단단하게 굳어 버린 요석을 부슬부슬하게 만든 후에 떼어내는
방법을 이용한다.

- 고압세정에 의한 요석제거(배수관 내부)

고압세정으로 요석을 파쇄한다. 요석을 완전 제거하기 위해서 약
제에 의한 세정과 함께 이루어진다.

- 와이어 등에 의한 요석제거(배수관 내부)

와이어 등으로 관내의 요석을 깎아내는 방법이다.

요석 예방방법

- 항균규정의 재질에 의한 요석예방

위생도기, 타일, 그 밖의 관련 상품이 항균규정으로 되어 있는 것
은 요석이 쉽게 부착하지 않는다고 한다. 은이온, 동이온, 광촉매 등
을 이용한 것이 있다. 위생도기는 항균규정이 표준화되기 시작하고
있다.

- 산계(酸系) 약제에 의한 요석예방

산계 약제를 소변기 속에 내장함으로써 액성이 알칼리성으로 변하
는 것을 막아 요석 부착의 속도를 늦춘다.

- 효소저해제에 의한 요석예방

세정수에 효소저해제를 섞어서 액성을 알칼리성으로 변화시키는
효소작용을 저해하여 요석의 생성을 예방한다.

- 전해수(電解水)를 이용한 요석예방

전해수를 세정수로 뿜어낼 수 있는 시스템을 가진 소변기가 상품화되어 있어 요석의 발생을 예방한다.

- 호기성 미생물 등에 의한 요석예방

호기성 미생물을 배양한 물을 변기의 세정수로 이용하거나, 청소 마지막에 배양수를 변기나 바닥, 벽에 뿌리는 방법이 있다. 호기성 미생물은 요석 중의 무기물(칼슘화합물 등)을 결합시키는 유기물(인간의 배출물 등)을 포식해서 물과 이산화탄소로 분해한다. 유기물을 상실한 무기물을 쉽게 물에 흘러 내려가게 된다.

- 일상적인 메인티넌스로 요석예방

일상청소나 정기청소로 트랩 안에 갈색 이물이 발생하면, 굳어지기 전에 솔 등으로 씻어내 두면 변기 부분의 요석의 고착을 막을 수 있다.

다. 화장실 청결의 체크포인트

메인터넌스 체제의 정비에 있어서는 우선 화장실의 더러운 때를 관찰하여 상태를 파악하는 것이 중요하다. '더러운 때'란 일상생활에서 해결할 수 있는 것과, 전문가에게 의뢰하여야 할 것, 수리해야 할 것 등 여러 가지가 있다.

대변기와 그 주변

요석에 의한 누런 때나 물때 등에 의한 검은 때가 묻는 원인 중의

변기 내의 물이 흐른 부분에 검은 때가 부착되어 있다.

하나는 실리카 때문이다. 실리카는 수돗물 속의 용해물(중금속)이 수분 증발로 변기 등에 부착되는 것이다. 부착되는 원인은 수질 때문이지만, 이용 빈도가 낮은 화장실에서는 변기 내의 물의 유동이 적기 때문에 비교적 부착되기 쉽다. 일단 부착된 검은 때는 유리와 같은 성질을 가지며 변기 표면의 유리질과 동화하여 일반청소법으로는 제거되지 않는다. 검은 때를 제거하려면 특수한 기술이 필요하다.

소변기와 그 주변

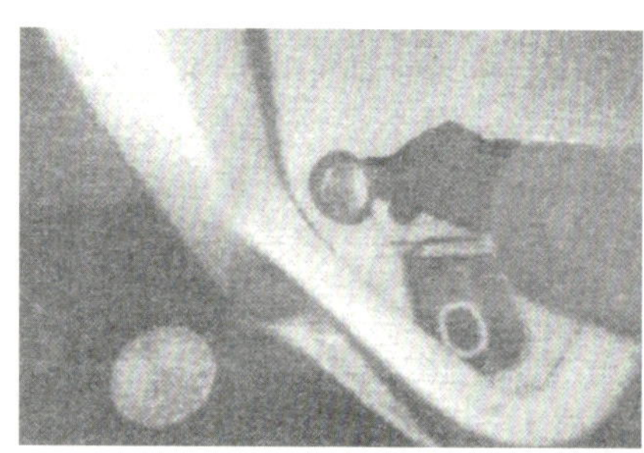

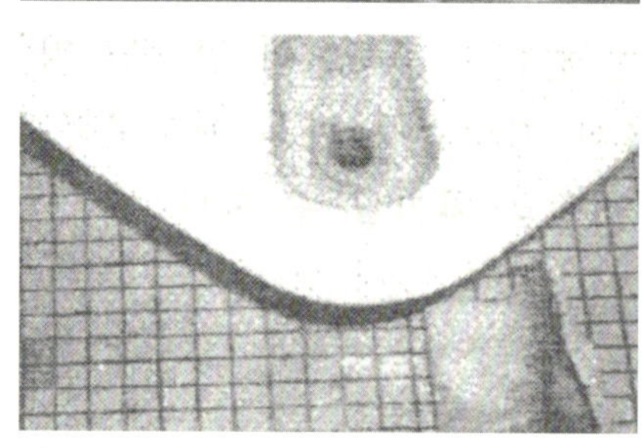

위 테두리의 내측을 거울로 들여다보는 장면, 요석이 부착되어 있다.
아래 트랩의 내측에 요석이 부착되어 있다.

세정수가 흘러내리는 곳에 줄무늬가 그어져 있거나 테두리 안쪽에 때가 묻어 있으면 거울을 이용하거나 트랩을 들어올려 체크한다. 표면은 깨끗하게 보여도 테두리 안쪽을 거울로 들여다보면 요석이 대량으로 부착되어 있을 때가 많다. 이 요석이 변기 고장의 가장 큰 원인이 된다.

트랩의 내측이 더러운 것은 장기간 방치된 트랩 속에 요석

128

이 쌓여 있기 때문이다. 이런 것들이 악취를 발생시키고 있는 것이다. 굳어 버린 요석은 기계나 약품을 이용하여야 제거할 수 있다.

세면기와 그 주변

세면기에 물때나 검은 때, 녹이 묻어 있거나 막혀 있거나 배수트랩관이 더렵혀져 있는 경우 배수트랩관 등의 금속부분은 녹이 슬거나 더렵혀진 상태로 방치해 두면 부식이 원인이 되어 수명을 단축시킨다.

세면대 거울은 도난당하거나 파손되어 있는 경우 즉시 세심하게 처리하여 흉하게 되거나 또 다른 장난을 막아야 한다.

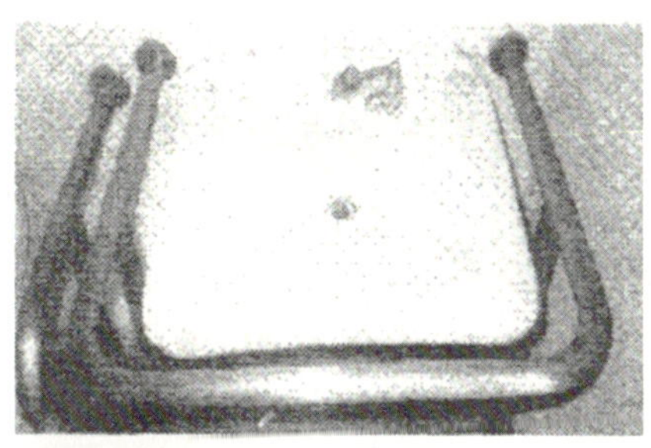

위 세면기 전체에 검은 때가 묻어 있다.
아래 화장실 바닥 전체가 더러운 때로 덮여 있다.

바닥면과 배수구

화장실 악취는 바닥 때에서 발생되는 경우가 대부분이다. 브러시로 닦어내도 제거되지 않는 때는 특수 기술로 제거해

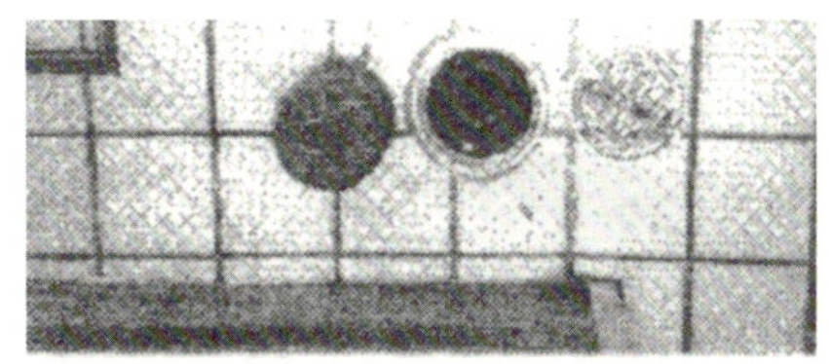

바닥 배수트랩에 오물이 쌓여 있다.

야 한다. 바닥 배수트랩이 막혀 있거나 트랩의 포트가 손상되어 있으면 악취가 발생한다. 물이 배수되지 않은 배수구는 전문적인 약제나 기술로 처리할 수 있다.

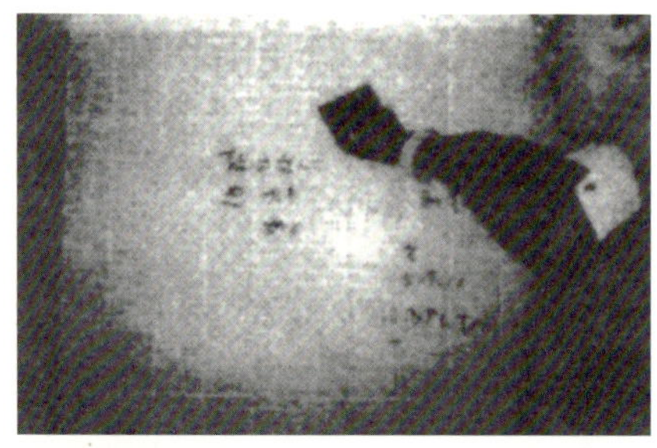

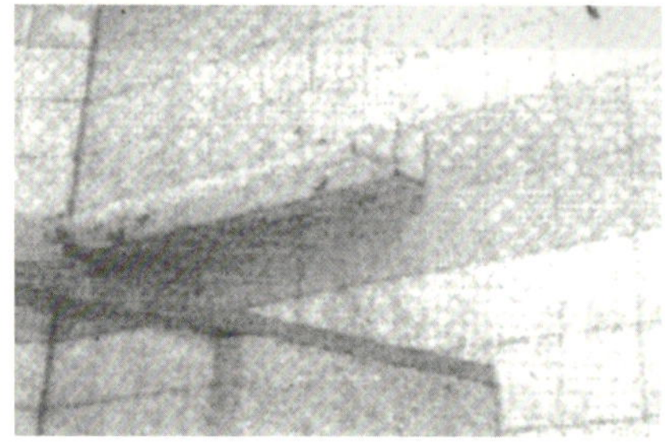

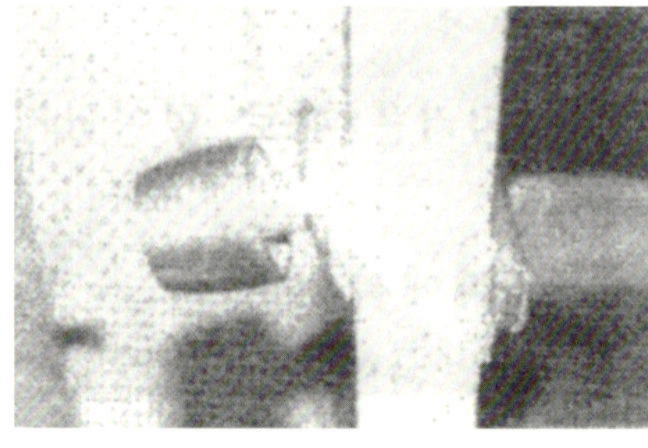

칸막이벽과 그 주변

낙서가 발견되면 곧바로 지워야 한다. 방치해 두면 또 생기기 때문이다. 간단한 낙서는 일반 작업자라도 지울 수 있으나, 깊숙이 패여 마감재에까지 영향을 미치는 경우는 전문가에게 의뢰하는 것이 좋다.

칸막이나 벽의 도장이 벗겨져 있거나 세면대 거울이 파손되어 있지 않는가.

물청소는 물을 대량으로 사용하기 때문에 마감재가 손상되기 쉬워 건물과 설비의 수명을 단축시킨다.

거미집이나 먼지는 간단히 없앨 수 있는데 의외로 방치되어 있는 경우가 많다. 특히 조명기구에 붙은 거미집이나 먼지는 조도를 떨어뜨려 화장실을 어둡게 한다.

도어의 경첩이나 자물쇠가 흔들거리면 도어 전체의 파손으로 연결된다.

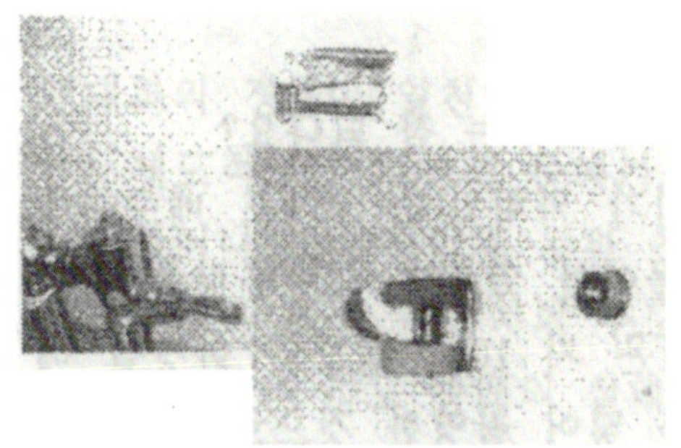

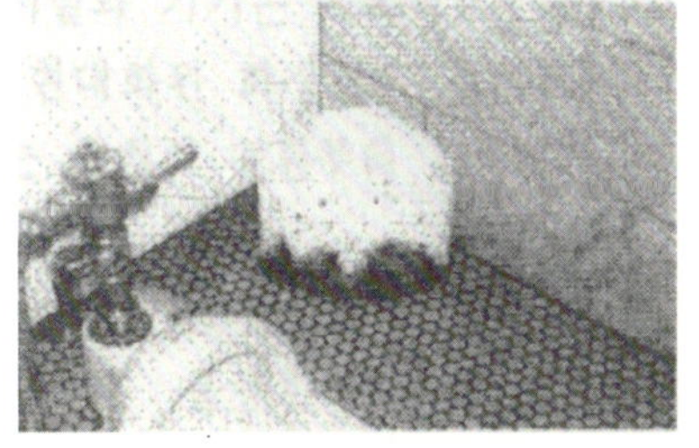

위　망가진 채 방치된 휴지걸이와 후크
아래 녹슨 채 놓아 둔 오물통

비품류

휴지걸이의 심봉이 없어져 휴지를 걸 수 없게 되어 있는 곳이 많아, 좋은 기능도 도움이 되지 못하고, 후크가 파손되어 있으면 짐을 두기가 곤란해진다. 봉이 있는 경우는 덜렁거리지 않는지, 안전상의 체크가 필요하다.

휴지통이나 오물통이 녹슬거나 변형되지 않았는지 너무 오래된 것이나 뚜껑을 분실한 경우는 새 것으로 교체하도록 한다.

외벽과 지붕 주변

건물 외벽에 낙서나 오물이 묻어 있으면 화장실의 인상이 나빠지며, 낙서나 오물을 방치해 두면 화장실이 더욱 더러워진다.

외관이 더러우면 주위환경까지 해친다.

물받이 부분에 낙엽이 쌓여 있다.

도장 등 마감재가 오래되어 전체적으로 더럽거나 손상된 경우는 도장 공사를 다시 하든가 해서 손을 볼 필요가 있다.

물받이도 막힌 것을 방치하면 외벽을 상하게 하거나 물받이가 부식되기도 하고 콘크리트가 벗겨지게 된다.

배수관 내부

소변기나 세면기가 막혀 있지 않아도 배수관 속에 요석 등이 들어차 있으면 배수 불량을 일으킨다.

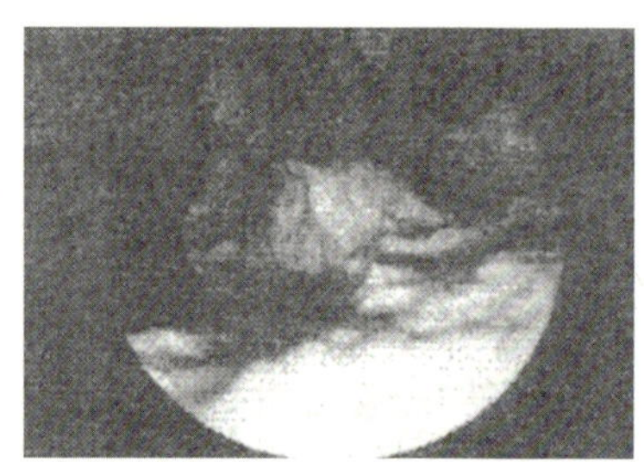

요석이 꽉 들어찬 배수관 내부

6. 새 시대를 위한 제언

현대화의 경륜이 일천한 우리 공중화장실은 그 동안 정책적인 조명을 받지 못했기에 제도적인 미비부터 문제가 된다. 설치자의 무관심으로 이루어진 설계 디자인 측면이나, 청결관리를 위한 청소체계와 그 기법 또한 정립될 여유가 없는 상태로 지내왔다. 또한 사용자의 부도덕한 매너로 인한 부서지고 더러운 화장실을 예사롭게 보아 온 것도 종래의 실태였다.

남녀노소, 장애인, 임산부, 어린이 동반자, 짐을 든 사람, 옷을 갈아 입고자 하는 사람 등 불특정 다수인의 편의를 위한 공중화장실의 다양한 용도와 이에 부응하는 시설과 기기는 지속적으로 연구 검토되어야 할 분야이며 허다한 문제점을 안고 있다. 현대화된 화장실의 설치도 중요하지만, 그 유지관리(Maintenance)가 더 중요하다는 인식의 전환부터 강력하게 짚고 넘어야 할 과제임을 전제하고, 몇 가지를 제언한다.

가. 청결 사용을 유도하는 동기부여

훌륭한 기자재로 완벽한 화장실을 설치했다 하더라도, 그 유지관리가 부실했을 때와, 반면에 불비한 시설이지만 철저한 관리가 이루어졌을 때를 비교한다면, 사용자는 분명 후자의 분위기에 따라 주의를 기울이게 될 것이다. 다시 말해서 건전한 양심에 자극을 줄 수 있는 환경에서만 사용자는 주의와 책임감을 느끼게 될 것이기 때문이다.

예를 들면 휴지가 없을 때, 낙서나 바닥이 지저분할 때, 변기에 배설물 등이 묻어 있을 때, 재떨이가 망가졌거나 담배꽁초가 가득 찼을 때, 세면대 언저리가 불결할 때 등… 사용자는 공중도덕보다는 부득이 자기만이라는 순간적인 무책임이 발작하게 됨을 나무랄 일만은 아닐 것이다. 그러므로 화장실 관리 예산만은 어느 분야보다 우선해야 하며 너무 인색해서는 안 된다.

일상적인 청소로 될 수 없는 부분은 전문가에게 위탁하는 배려도 반드시 병행하는 새로운 인식이 절실하게 요망된다.

나. 이동식 화장실의 활성화

지금까지 공중화장실의 개념은 건축물(고정식)로만 되어 왔고 고정식 화장실의 그늘에 가려진 채, 오늘날 이동식 화장실의 용도는 사실상 공중생활의 필수품으로까지 용도가 넓어졌으나, 법규의 미비로 책임 있는 전문관리는 배제되고 비능률적인 지난날 수준에 머물고 있어 사용자의 혐오대상이 되고 있다.

이동식 화장실의 외관과 구조, 질적인 문제는 시장원리에 맡기더라도 임대화장실에서 배출되는 분뇨수거에서부터 그 처리문제는 전문용역회사에 맡겨야 한다.

오수분뇨 및 축산폐수처리에 관한 법률

제18조(분뇨처리의무) 3항에는 이동식 화장실을 설치 관리하는 자는 그 화장실에서 배출되는 분뇨를 자가수거 및 처리를 의무화했고, 동 5항에는 전 3항의 이동식에서 배출되는 분뇨는 분뇨처리시설 운영업자(법21조)가 그 처리를 거부하여서는 아니 된다.

이에 규정된 지 오래되었으나 아직도 시행령이나 규정에 세칙이 없는 관계로 이동식 화장실 임대에 수반되는 자가수거를 못함으로 인하여 소취제 투입, 휴지공급, 하자보수, 청소 등 일관작업을 해야 하는 전문관리가 빛을 보지 못하고 있다.

명절 고속도로 귀성객을 위한 이동식 화장실의 수요나, 전국권의 대형 행사장에 이동식 행사장 임대에도 전문관리를 할 수 없기 때문에 첫째는 분뇨수거 관할 규제로 제약을 받고, 둘째는 지난날 변소 수준을 탈피하지 못한 가운데 불결과 비위생의 민원이 야기되고 있다.

1. 이동식 화장실의 임대관리업 허가제
2. 임대화장실에서 배출되는 분뇨의 자가수거 인정
3. 행정관할에 구애되지 않는 분뇨처리시설 이용
4. 위생적인 관리를 위한 각종 서비스 기준 설정
5. 임대 설치시 1대당 사용인원의 기준 설정

다. 화장실의 전문관리용역

전문 관리용역의 효과

정책을 추진할 중앙 직제가 없는 상태에서 특별시, 지방 시도는 물론 중앙부서의 지방청은 세분화된 업무별 부서의 말단직원에 의하여 각 화장실을 관리하고 있다. 이러한 현실은 그 동안 공중화장실이 얼마나 무관심의 대상이었음을 극명하게 설명해 주고 있다고 하겠다.

화장실 관리에 견문이 없는 공무원들이기에 청결관리 문제에 대한 지도와 능동적인 대처도 불가능하다. 특히 비위생적이며 노하우가 필요한 업종일수록 관리는 전문화되어야 하며 용역화해야 한다.

관리용역의 효과

책임 있는 전문관리용역으로 청결환경 혁신

예산절감 및 인력관리 난점 해소

엄청난 행정수요의 원천적 절감(시, 군, 구청 4~5개과)

선진국의 실태

미국을 비롯한 유럽 제국과 일본 등지에는 도심지의 대규모 공원, 관광지, 유원지의 공중화장실은 대부분 용역으로 이루어지고 있으며, 동남아의 싱가포르, 홍콩, 타이페이에도 초기 시범과정을 거쳐 확대 시행중에 있다.

한국의 이벤트와 화장실 문화

세계화장실대표자회의

2002. 10. 31

1. 한국 화장실 문화의 역사적 배경

분뇨를 소중한 자원으로 농경문화의 전통을 이어오던 가난 속에서 치명적이었던 6·25전쟁의 상처를 치유하면서 산업사회로 진입하는 60년대를 한국 화장실 문화의 암흑기로 본다면, 산업사회가 초래한 도시의 인구집중화 현상은 도시의 구조개편으로 이어지고 근대화의 거센 바람 속에 특히 우리 생활문화를 혁명적으로 바꾼 것은 70년대부터 출현된 공동주택 아파트를 꼽지 않을 수 없다.

새마을운동의 불길이 온 땅에 번지면서 종래의 변소는 화장실로 이름이 바뀌었고, 주거에서 되도록 멀리 두었던 변소는 아파트의 세면대, 욕조와 함께 화장실로서 우리 생활의 한가운데 놓이게 되었으니 이때를 화장실 문화가 꽃피기 시작하는 시기로 보아야 할 것 같다.

그러나 서울을 비롯한 대도시의 공동화장실은 그 당시 찾기도 어려웠지만 간혹 있는 화장실은 고질적인 악취와 더러움으로 구역질나는 위생의 사각지대 바로 그것이었다. 후미진 골목이나 주택가 빈터의 방뇨를 예사롭게 여겼으니, 학교 같은 곳이 아닌 야외 운동회나 각종 행사에는 구석진 곳에 구덩이를 파고 나무를 걸친 채 텐트를 쳐서 사용하는 한편, 소변 문제는 플라스틱통을 진열해 놓고 해결하기도 했다.

화장실의 필요성이 절실했지만 공동화장실은 언제나 우선순위에서 밀려났을 뿐만 아니라, 공동화장실은 으레 건축물로만 아는 고정관념에 매여 대지 확보의 문제 앞에 멈춰 서서 답보하기만 했다.

지구촌 시대의 세계화 물결은 1984년 바오로 교황이 참석한 세계가톨릭성체대회와 1985년 제33회 세계양궁대회를 기점으로 이어진 86아시안게임과 88서울올림픽과 함께 밀려오기 시작했으니 그 동안 무관심했던 공동화장실은 다급한 현안문제로 떠오르기 시작했다.

국제행사지만 소규모였던 양궁대회는 육사 교정에서 이루어졌으나, 아시안게임과 서울올림픽은 개발도상국인 한국의 위상을 온 누리에 과시해야 될 거국적인 행사였기에 전국 관광지에 공동화장실을 확충하기도 하고 시설을 개선하는 전기를 맞았다.

서울에서 이루어진 양대 행사 기간에는 공공건물과 대형빌딩은 물론 위생업소나 주유소 등 관허 업소까지 화장실을 개방하는 한편, 셀 수 없는 각종 경기장을 비롯한 선수 숙소 주변이나 대회와 병행되는 문화행사 등 각종 이벤트에는 처음으로 등장한 이동화장실로 성공적인 대회를 훌륭하게 뒷받침했다.

이동식의 간편성과 경제성은 우아하고 수려한 외관, 불편 없는 설비

86아시안게임 때 일본 교포가 기증한 이동식 화장실

구조와 함께 우리의 문화적 품위를 돋보이게 했으며 더구나 완전무취, 청결, 상쾌한 향취는 신선한 충격 가운데 놀라운 찬사를 받으면서 우리 화장실 문화의 새 시대를 개막하는 역사적인 전기로 승화시켰다.

올림픽에 즈음하여 한강시민공원에 설치된 1,000여 대의 이동식 화장실은 위생한국의 새 시대를 선도하는 모델이 되었으며, 화장실의 불모지였던 국립공원을 비롯한 대소 공원이나 유원지에서부터 주차장까지 판매 또는 임대 형식으로 일파만파로 보급되기 시작했다. 대통령 취임식장에서부터 학교 졸업식장이나 인파가 일시적으로 운집하는 각종 이벤트에 필수장비로 자리하는 새로운 화장실 문화의 패러다임을 형성하기에 이르렀다.

일시적인 이벤트에는 간편하고 비용이 저렴한 이동식으로 대처했지만 등산로, 유원지와 도시 변두리는 유지관리의 비용절감을 위해

탱크를 매설하는 준이동식과 오수를 자체 정화하여 리사이클링하는 자기완결식, 컨테이너 박스형, 트레일러형 수세식 화장실 등 이 모두가 이동식 수요에 부응하는 고급화된 제품이며, 특히 최근 서울 번화가에 출현된 센서에 의한 전자동 화장실은 급변하는 첨단제품으로 관심을 모으고 있다.

2. 한국 공중화장실의 현대화 운동

대도시의 빌닝, 호텔, 백화점 등 공공시설과 부유층의 화장실은 문화공간으로 용도를 넓혀 가고 있었으나 공동화장실은 올림픽을 치른 후에도 가장 뒤처진 분야로 꼽혀 왔다.

공동화장실의 문제점을 가장 예민하게 접해 온 한국관광공사가 1998년부터 전국 화장실을 대상으로 Best 5와 Worst 5를 선정하여 시상 홍보함으로써 설치자인 중앙과 지방관청 간의 깨끗한 화장실을 위한 상호 경쟁의 계기를 마련했다. 이를 시작으로 월드컵 개최지인 수원시에서는 97년부터 처음으로 공동화장실을 주제로 심포지엄을 열게 되어 공동화장실에 대한 관심을 유도하는 한편, 그 지역 특성에 조화되는 공동화장실을 건립하여 호화롭다는 비판도 받은 바 있지만 화장실의 모델이 없었던 그때 시범화장실로서의 큰 효과를 거둘 수 있었다.

또한 수원시장이 중심이 되어 97년에는 관광공사와 더불어 기관, 단체, 기업인과 독지가들을 망라하여 한국화장실문화협의회를 발족하였다. 협회에서는 화장실의 월간지를 발간함으로써 계몽적인 씨를 뿌려왔으며, 그 즈음 서울시에서는 화장실의 표준설계를 공모하여 적지 않은 예산을 투입하여 연차적인 시범화장실을 건립하는 한편, 노후된 화장실의 개보수를 시행하면서 산하 송파구를 선두로 '깨끗한 화장실 관리 시민모임'이 발족되어 자율적으로 관내 화장실 청소를 경쟁하는 분위기를 유도했다.

특히 2002년 월드컵대회를 앞두고 관, 언론, 시민단체가 연합하여 발족한 '월드컵시민문화운동추진협의회'는 시도에 지역협의회를 두고 공중도덕 캠페인을 지속하는 한편 '깨끗한 화장실 대상' 제도를 마련하여 화장실 문화 발전에 불을 붙였으며, 의식 개선을 유도하면서 시도에 시민운동센터를 개설하여 화장실 문화운동을 지속하였다.

화장실은 설치보다 관리가 중요하다는 인식의 확산과 더불어 도시, 관광지, 고속도로 휴게소나 공공시설에서 음식점까지 화장실은 이제 깨끗한 위생시설로서 차츰 휴식 문화공간으로 바뀌어 가려는 길목에 이르고 있다.

3. 한국의 이벤트와 화장실 문화의 현주소

□86, 88 양대 행사를 전환기로 하여 화장실 문화의 현대화에 불을 지핀 이동화장실은 거대한 이벤트였던 89년 세계가톨릭성체대회와 93년의 사상 최대 관광객을 기록한 대전엑스포(세계박람회), 그해 여름에는 한국청소년잼버리대회를 치렀다. 이어서 94년에는 세계 청소년 5,000여 명이 일주일간 야영했던 잼버리대회를 이동식으로 뒷바라지하기도 했다.

그 후 몇 차례의 에어쇼 같은 장기적인 이벤트를 비롯하여 지금까지 많은 대소 행사에 확고한 수요 기반을 구축하고 있다. 그러나 수요자의 요청에 따라 자생적으로 임대와 관리가 이루어지고 있을 뿐, 이동식 화장실이 깨끗해야 한다는 국민의 공통적인 욕구를 담당할 수 있는 근본적인 제도가 마련되어야 하며, 또한 인원수를 감안한 적정 대수의 설정과 위생적인 유지관리를 위한 기준도 설정되어야 한다.

② 월드컵대회에 즈음하여 국내의 이벤트 현장에는 차량으로 이동하는 트레일러형 수세식 화장실이 개발되어 특정 고급이벤트 현장에 새로운 뿌리를 내리려 하고 있다. 또한 종래의 컨테이너 박스형 수세식 화장실도 건설현장 위주의 임대시장에서 이제는 한층 업그레이드된 제품으로 고급화하여 고급이벤트 현장을 넘보며 영역을 넓혀 가고 있다.

종래의 쪼그려 앉는 화식(和式) 변기는 좌변식 수세식 또는 포세식(거품세척)으로 바뀌었고, 재래식은 차츰 경수세식 등으로 분뇨가 보이지 않는 형태로 바뀌어 가고 있다.

이동식 화장실도 종래에는 대소변 겸용 1대 단위였으나 이제는 여러 개의 대소변기를 각각 설치하는 대형으로 발전되어 가고 있다. 또한 한국의 이벤트 시장의 화장실에는 반드시 손 씻는 시설이 병설되어 가고 있는 것이 특징적인 추세이다.

4. 제언 : 이동식 화장실의 활성화

공동화장실이 건축물로만 인식되던 시대는 가고 일시적인 모임이나 이벤트에 유동적으로 대응하기 위해서 이동식 화장실은 새로운 문화로 정착된 지 오래이다. 화장실 임대로서 수요에 대응해야 하는 현실 속에서 화장실에서 배출되는 분뇨는 자가 수거할 수 있어야 하며 그 처리문제 또한 대책이 마련되어야 할 것이다.

그러나 한국의 분뇨 수거는 시, 군, 구의 허가업체만이 관청의 관할에서 독점 수거권을 갖고 있다. 이동하며 수요에 대응해야하는 임대화장실의 분뇨를 임대업체가 자가 수거하지 못하는 문제점은 임대수요의 현실과 관리를 거부하는 결과를 낳고 있다. 한국의 경우 명절이면 고속도로상에 설치한 임대화장실의 분뇨수거와 처리는 여러 관청의 관할과 연결된다.

이제 전국적으로 광역화된 임대수요에 원활하게 대응하기 위해서는 지역을 초월하는 법규를 제정하지 않으면 안 된다.

또한 이동식 화장실의 보다 위생적인 유지관리를 위해서는 기준을 정하는 것은 필연적이라고 할 수 있겠다.

한국 이동식 화장실의 당면과제

1. 이동식 화장실 임대관리업의 허가제

2. 임대화장실에서 배출되는 분뇨의 자가수거 인정

3. 지역 관할에 구애되지 않는 분뇨처리시설의 이용

4. 임대화장실 1대당 사용인원 기준 설정

5. 위생적인 관리를 위한 각종 서비스의 표준 설정

제2장

언론에 비친 화장실 문화

직장인 | 주간조선 | 레저신문 | 월간조선 | FEEL | 기독실업인

서울경제 | 이벤트 | 매일경제신문 | 일간스포츠 | 미소공

발굴취재

희한한 기업 · 기업인

남들 뒷북 칠 때 앞북 친 사장님들

사장되기란 쉬운 일이 아니다
돈이야 어떻게 둘러댈 수가 있다지만,
남이 하던 사업이
잘된다는 소문만 듣고 뛰어들다가는
하루아침에 사장에서 빚쟁이로 전락하기 십상.
소위 뒷북을 친다는 경운인데,
남들보다 머리 한 번 써서
'앞북쳐 승승장구하는'
이색적인 기업과 사장들이 화제다.

간이화장실 전문임대 · 관리업체

무림교역 李 相 禎 사장

골목골목에
'솔바람 화장실'을

방치된 화장실 문화, 이대론 안 됩니다

'화장실' 하면 우선 냄새를 떠올리게 된다. 10여 년 전만 하더라도 웬만한 동네에 살지 않는 한 공동변소 신세를 지지 않으면 안 되었는데, 그 공동변소의 냄새와 지저분함은 생각하기조차 싫을 정도로 지독한 것이었다.

공동변소로 쓸 수 있는, 깨끗하고 오히려 솔냄새 그윽한 간이화장실이 나왔다. 요즈음 어느 세월인데 공동변소 타령이냐고 할지 모르지만, 서울 한복판에서 뒤가 마려워 배를 움켜쥐고 이 빌딩 저 빌딩 기웃거려 본 사람들은 대한민국 수도 서울의 화장실 문화의 수준을 알 것이다. 설악산이네 지리산이네 똥산(?)에 올라가 봤던 사람도 물론 공동변소의 참상을 알 것이고.

무림교역은 위생적인 간이화장실을 전문적으로 판매·임대해 주는
업체.

"우리나라의 화장실 문화는 사실상 방치상태입니다. 시내 골목골
목이 모두 천연 화장실화 되어 있어요."

특히 종교·정치 집회가 자주 열리는 여의도의 경우, 그 넓은 광장에
변변한 화장실이 없어 집회 때마다 '오물집회판'이 되는 실정이라고
이상정 사장은 지적한다.

그가 부끄러운 한국의 화장실 문화를 개탄하고 간이화장실 판매·
대여업체 무림교역을 차린 것은 지난 85년. 경북도청 문화공보실장,
비서실장 등 공직생활을 청산한 80년부터 5년이 지난 후였다. 퇴직
후 사업을 시작했으나 공직생활 한 사람들이 대부분 그랬던 것처럼
이런저런 사기를 당해 가지고 있던 자본금을 다 털어먹기도 했다.

그러다 84년, 로마 교황이 방한하여 여의도광장에서 미사를 집전
하는 광경을 보고 이동식 간이화장실 사업을 착안하게 되었다. 남한
산성, 관악산, 설악산의 간이화장실을 다 둘러본 결과 내린 결론은
사업과 동시에 문화운동이 될 수도 있는 간이화장실 임대업이 전망
이 있다는 것이다. 그렇지만 화장실의 제조에서 어려움에 봉착하고
말았다.

"우리나라엔 간이화장실이 있기는 했지만 조악했어요. 그래서
문화 선진국들은 어떻게 하고 있나 알아봐야겠다는 생각이 들었습
니다."

미국, 영국, 프랑스, 일본 등 각국의 주한 대사관을 찾아다니며 간이
화장실 팸플릿을 구걸(?)하고 다니다, 마침내 일본 것을 손에 넣었다.

그는 아직도 이 팸플릿을 무슨 가보(家寶)나 되는 것처럼 여긴다.

현재 일본엔 이 간이화장실을 판매·임대하고 있는 전문대리점이 118개소.

일본식 간이화장실이 사실은 미국 새틀라이트사의 제품을 모방한 것이라는 것을 그가 알아낸 것은 85년 초였다. 물론 일본이 자기네 특성을 살려 외장을 변경, 자기들 제품인 양 선전하고 있었다.

88서울올림픽 통해 화장실 선진국 만들어야

그 당시 그는 수중에 돈 한푼 없는 빈털터리였다.

"안사람이 이젠 돈 꾸는 데 도사가 됐지요. 자금은 없지, 자존심은 있지, 그래서 안사람을 내세워 '돈꾸기 작전'을 감행했던 거지요."

그렇게 남의 돈으로 시작한 게 바로 무림교역. 현재 미국 내 350여 개의 대리점을 거느린 새틀라이트사와 한국총판 계약을 맺고 85년 5월 간이화장실 샘플을 들여옴으로써 시작했다.

그는 자신이 사운을 걸고 덤볐던 사업으로 86년에 열린 아시안게임을 든다. 간이화장실의 임대는 물론 분뇨수거, 청소 등 전문관리를 전담했던 것이다.

분뇨수거는 일주일에 한 번 꼴로 하는데, 그때 소취제를 뿌린다. 이 소취제는 냄새를 없애는 것은 물론 열흘 동안 솔잎 냄새가 나게 해 상쾌한 기분이 들도록 한다. 아무튼 아시안게임을 통해 간이화장실의 진가를 인정받은 셈이다.

그 이후 월드컵육상대회, 성화봉송달리기대회, 대통령선거 여의도 유세 등 사람 좀 모이는 곳이면 그의 간이화장실이 세워졌다. 노태우 대통령 취임식장에도 100개의 간이화장실을 임대했고, 여의도 유세 때는 150개를 운영했다. 삼성 창업주인 고 이병철 회장의 장례식에도 무림교역의 간이화장실이 등장했다.

그러나 하룻거리 임대는 별 '재미'가 없다는 것이 그의 설명. 단지 화장실 문화의 형성에 일조하기 위해 하는 것뿐이지, 하루 쓰려고 그 큰 화장실을 옮기고 청소하고 하려면 오히려 경비가 더 많이 드는 경우도 있다는 것이다. 지금 북한산 등 산꼭대기에도 간이화장실을 설치하고 있는데, 그 경우는 장기임대이거나 납품 형태이므로 큰 문제가 없다.

한강 선착장과 일반 건설현장에도 임대를 하고 있는 무림교역의 연 임대 댓수는 10만 대.

"지금까진 그럭저럭 적자를 면하고 있지만, 올림픽 후엔 정상궤도에 올라설 겁니다. 그땐 우리나라의 문화수준이 화장실을 지금대로

방치하도록 내버려두지
않을 거거든요."
　단지 폐기물관리법
에 의한 분뇨처리장
사용 문제가 있고, 자가
수거를 위해 들여온 2,600만원짜리
자동분뇨수거차를 분뇨수거업자들의
반대로 사용하지 못하고는 있지만.

자동분뇨수거차

　"문익점 선생이 목화씨를 가져와 역사에 이름을 남겼는데, 간이화
장실을 시작한 제 이름이 문화사의 한 줄을 차지할지 누가 압니까?"

주간조선

화제의 인물

화장실 문화운동을 선도한
무림교역 대표 　李 相 禎

이동식 무취 화장실 보급으로
선진 공중문화 정착시키겠다

미제를 수입하여
한국형으로 개조 보안한
화장실은 공중집회장,
건설현장, 고속도로변,
버스정류장 등에
설치되어 있다.

아시안게임 · 올림픽 때 '코리아 화장실 원더풀'

"한 나라의 문화수준과 대중위생의 척도를 알려면 그 나라의 공중화장실을 보라"는 말이 있다. 우리나라 공중화장실의 수준은 어떠한가. 86아시안게임, 88서울올림픽 등 국제적인 행사를 치르면서 공중화장실의 수가 늘어나고 위생상태가 상당히 개선됐다고 볼 수 있다.

그러나 우리 화장실 문화는 선진국 대열에 들어서려는 나라답지 않게 우리 생활 주변에 가장 낙후되어 있다는 따끔한 지적을 서슴지 않는 사람이 있다. 화장실 얘기는 되도록 화제에 올리지 않는 것이 예의였으나, 화장실 얘기에 열을 올리는 이가 바로 무림교역 이상정 대표다.

그는 우리나라 화장실 문화를 선도적으로 견인을 해 오고 있다고 자부하고 있다. 그도 그럴 것이 이 대표는 86아시안게임과 88서울올림픽, 그리고 장애인올림픽 때 완전 무취 이동식 화장실을 공급해 한국을 방문한 외국인들의 입에서 '코리아 공중화장실 원더풀'이라는 칭찬이 나오도록 했으니까.

이 대표는 공중화장실 문화의 선진화 문제는 자신이 시작하기 이전에 정부 당국이 먼저 앞장섰어야 옳았다고 지적했다. 88서울올림픽의 공식 스케줄이 발표되어 우리나라가 한창 올림픽 무드에 젖어 있던 85년, 많은 외국인들이 이용하게 될 공중화장실의 개선에는 적극적인 관심을 보이지 않고 있음을 안타깝게 여겨 악취가 전혀 나지 않는 이동식 야외 화장실을 공급한 이 대표는 만일 우리나라가 대규모 국제스포츠 행사를 개최하지 않았더라면 자신은 화장실 개선에 그렇게 열을 내지 않았을지도 모른다고 했다.

이 대표가 판매 혹은 임대 관리하고 있는 이동식 야외 화장실은 가로, 세로가 1.1m, 높이 2.2m로 필요한 장소에 정화조 시설과 상하수도 시설이 없어도 쉽게 설치할 수 있는 매우 간편한 것이다. 분뇨를 수거해야 하는 수거식 화장실이지만 분뇨 저장탱크에 특수 화학약품으로 만든 소취제가 투입돼 구더기 발생을 예방함은 물론, 악취가 전혀 나지 않아 재래식 화장실의 골칫거리를 거뜬히 해결한다.

이 대표는 이 이동식 화장실을 미국의 이동식 화장실 제조원이며 전문 관리업체인 새틀라이트사와 독점계약을 맺고 수입해 오고 있다. 이 대표는 '화장실' 까지 수입해 와야 하느냐는 질문에 "수입하는 것이 국내에서 자체 제작하는 것보다 훨씬 경제적입니다. 이동식 화장실에 대한 수요가 어느 정도 한정돼 있는 만큼 굳이 국산을 만들 필요가 없습니다"라고 했다. 이 대표는 세계 45개국이 새틀라이트사로부터 이동식 화장실을 수입하고 있으며, 또 기술 모방 능력이 뛰어나다는 일본도 자체 제작하지 않고 2만 5천 대나 수입하고 있다고 말했다.

이 대표는 사업 목표를 단순히 치부하는 데 두었더라면 짭짤한 수익을 남기지도 못하는 '화장실 사업' 에 뛰어들지 않았을 것이라고 말했다. 그는 사업을 하기 전 공직생활을 15년간이나 했다고 밝히면서, 공직에 몸담았을 때 제대로 발휘할 기회가 없었던 '애국하는 마음' 을 사업을 통해 실천하고 싶어 그 많은 사업 중에 공익과 연결된 문화사업이라고도 볼 수 있는 '화장실 사업' 을 하게 되었다고 말했다.

이 대표는 경북 영일군 기계면에서 대지주의 5남매 중 막내로 태어났다. 해방과 함께 실시된 토지개혁과 6 · 25로 가운이 기울기 시작했으며 16세 때 아버지를, 18세 때 어머니마저 여의었다. 이 대표는 매우 고독하고 배고픈 학창시절을 보냈다고 회상했다. 포항중 ·

고등학교를 거쳐 대구대 법대를 어렵게 졸업한 그는 집안을 다시 일으키고야 말겠다는 야망을 가지고 사법고시에 도전했으나 수차례 패배의 쓰라림을 맛보아야 했다. 사법고시를 포기한 그는 63년 대학시절의 은사인 당시 엄민영(嚴敏永) 내무장관의 비서관으로 발탁되면서 공직생활을 시작했다.

교황 여의도 집회 때 착안, 미 새틀라이트사제 수입

그 후 부산광역시, 경북도, 서울시 등을 거친 이 대표는 서울시 모 부처의 국장을 지내던 79년 타의에 의해 공직생활을 마감해야 하는 아픔을 겪었다고 털어놓았다. 하루아침에 실직자가 된 그에게 온갖 유혹의 손길이 뻗쳤다. 퇴직금은 사기꾼에게 말려들어 모두 날려버렸고, 그에게 고급정보를 빼내려는 사람들에게 이용만 당해 정신적으로도 큰 상처를 입었다. 가정도 무일푼의 무능력한 가장을 외면했다. 아이들의 성적은 자꾸 떨어졌고 부부 사이도 '위험수위' 직전까지 갔었다고 고백했다.

그를 절망의 늪에서 건져준 것은 바로 신앙이었다. 공직생활시 신앙보다는 세상사가 우선이라는 자세로 살아왔던 그는 멀리했던 신앙을 다시 찾았고, 서울에 있는 한 교회의 장로가 되었다. 5년이라는 긴 어둠의 터널을 빠져나와 제2 인생의 출발점에 선 그는 다시 한 번 열정을 바칠 수 있는 일을 찾았다.

"84년 교황 요한 바오로 2세가 한국을 방문했을 때의 일입니다. 여의도에서 1백만 명의 신도들이 운집한 가운데 대집회가 열린 광경을 텔레비전으로 지켜보면서 저 많은 사람들이 화장실 문제를 어떻게 해결할까 하는 생각을 문득 했지요."

어찌 보면 그가 이런 엉뚱한 생각을 하게 된 것은 서울 영등포구의 청소와 위생을 관할하는 영등포구청 시민국장으로 2년간 봉직한 때부터다. 영등포구청 관할지역인 여의도광장에서는 각종 행사가 열려 행사가 끝난 뒤 쓰레기와 오물로 범벅이 된 광장의 청소작업 때문에 골치를 앓았던 경험이 있어, 사실 화장실 문화 개선에 대한 관심을 가지고 있었다고 했다.

화장실 사업을 해야겠다고 결정한 이 대표는 즉시 서울시 환경담당 책임자를 만나 우리나라 공중화장실 문화의 실상에 대해 알아보고 직접 현장을 조사하기 위해 국립공원 등을 돌아보았다. 땅 밑에 분뇨탱크를 묻은 고정식 화장실은 배설물이 뒤범벅이 되어 악취를 풍기고 있었다. 아시안게임과 올림픽 때 5천년 문화를 자랑한다는 한국을 방문할 외국인들이 이렇게 비위생적인 화장실을 보고 깜짝 놀랄 것을 상상하니 부끄러움에 얼굴이 후끈 달아올랐다.

이미 올림픽을 치른 선진국들은 화장실 문제를 어떻게 해결했는지 궁금해 일본과 미국을 방문하는 친지에게 자료를 구해 달라고 요청, 일본과 미국 변기 제조업체의 카탈로그를 구했다. LA올림픽 때 야외 화장실을 독점 공급한 미 새틀라이트사가 일본을 비롯하여 전 세계에 이동식 화장실을 수출하고 있다는 사실을 알고 당장 새틀라이트사에 연락을 취해 수입 의사를 밝혔다.

당시 국내 모 재벌에서도 야외 화장실 수입에 눈독을 들이고 있었다. 그러나 새틀라이트사는 화장실 사업은 일종의 봉사사업으로 대기업보다는 직접 발로 뛰며 서비스를 할 수 있는 작은 회사가 더 적격이라는 이유로 국내 유일의 국제간이화장실협회 회원인 이 대표의

무림교역과 독점계약을 체결하기에 이른 것이다.

　이 대표는 85년부터 이동식 화장실을 수입하고 있다. 수입이라고 하지만 화장실의 용변기는 우리 실정에 맞는 각종 유형으로 개발해 쓰고 있다. 이 대표가 들여온 이동식 화장실은 현재 국도변 공원, 공중집회장, 건설현장, 아파트단지 내, 고속도로변 버스정류소 등에 설치돼 있다.

　화장실 임대와 전문관리가 완벽한 책임용역 하에 이루어져야 화장실 문화의 정착이 가능하다고 강조하는 이 대표는 기존 분뇨처리업체의 반발 때문에 이동식 화장실의 분뇨를 무림교역이 자체 수거하지 못하고 있는 실정이라며 안타까워했다. 이씨는 이 문제는 곧 해결되리라 낙관한다면서, 우리나라 화장실 문화가 선진국 수준에 이르는 날이 빨리 와 그 동안의 고생을 모두 떨쳐 버리고 큰소리 내서 웃었으면 좋겠다고 말했다.

행사장마다 이동식 화장실
공급 · 관리

엑스포 간이화장실 임대
무림교역 이상정 사장

"휴식공간이나 대규모 행사장에서 우리가 가장 등한시 여기면서도 절실한 것이 있습니다. 무엇이겠습니까?"

국내 최초로 이동식 간이화장실을 보급한 무림교역 이상정 사장의 문제제기다.

대전세계박람회의 화장실 용역을 맡아 전시장 내에 4백여 개의 간이화장실을 임대한 이 사장은 스스로를 '화장실에 미친 사람'이라고 표현할 만큼 우리나라 화장실 문화의 산증인으로 잘 알려져 있다.

8년 전 무림교역 창립 이래 이 사장은 한강시민공원, 국립공원 등

레저현장은 물론 전국체전, 서울올림픽, 세계잼버리대회 등 크고 작은 행사장에 이동식 화장실을 임대·공급·관리해 왔다.

이 사장이 화장실 문제에 관심을 갖게 된 것은 그의 공직생활 말기인 영등포구 시민국장 시절이었다.

"당시 관할구역이었던 여의도광장에서는 대규모 행사가 잦았습니다. 노상방뇨가 비일비재했지만 화장실 문제를 걱정하는 이는 없었습니다. 안타까움에 속이 타다 못해 칙간 문화의 개선이 곧 내가 감당해야 할 소명이라고 생각하게 되었습니다."

이때부터 이 사장은 미국, 일본 등 세계 각지에 출장을 다니며 자료를 수집, 연구를 시작했다. 이 과정에서 코오롱그룹 이상철 부회장이 자료수집에 많은 도움을 주었다고 한다.

국제간이화장실협회(PSAI) 이사로서 유일하게 한국 화장실 문화의 대외 창구역도 맡고 있는 이 사장은 국내 화장실의 절대 수가 부족할 뿐 아니라 사용 형태 등 문화수준도 크게 못미치는 실정이라고 지적했다.

月刊 朝鮮 1993년 9월

변기통을 손으로 청소한다는 사실을 알고 이용했으면…

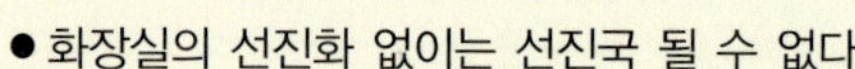

- 화장실의 선진화 없이는 선진국 될 수 없다
- 공무원이 관리하는 공중화장실은 기업에 넘겨야
- 이동화장실이 가장 싸게 먹힌다
- 설치와 관리는 같은 화사가 맡아야

한국 화장실… '앞이 캄캄하다'

요즘 서울 한강시민공원이나 야외 행사장에 가 보면 이동식 화장실을 흔히 볼 수 있다. 우리나라에 최초로 이동식 화장실을 보급한 무림교역 이상정 사장은 스스로 '화장실에 미친 사람'이라고 말한다. 그는 현재 이동식 화장실 임대·공급·관리 전문회사를 운영한다. 무림교역의 역사는 8년에 불과하다. 이 사장은 "무림의 역사는 곧 한국 간이화장실의 역사"라고 말한다.

이 사상은 지난 6월 초순 일본 고베에서 열린 국제화장실협회 심포지엄에 한국인으로는 유일하게 참가했다.

"올해로 여덟 번째 회의였습니다. 화장실 공급업자, 부품업체, 관리업체, 시·군 담당자 등 1천여 명이 참가, 진지한 회의를 했습니다. 솔직히 일본과 우리 실정을 비교하는 것 자체가 무리라 생각됐습니다. 이 협회에서는 1년에 하루 11월 10일을 '토일렛 데이'로 지정해 놓을 정도입니다. 또 매년 깨끗한 '화장실 베스트 10'을 선정하기도 합니다."

이 사장은 한국의 화장실을 생각할 때마다 '앞뒤가 캄캄하다'는 느낌을 지울 수 없다고 한다.

"선진국으로 가겠다는 나라치고 화장실이 가장 더럽고 미비한 나라일 겁니다. 물론 지구상에 용변을 볼 때 휴지를 쓰는 인구가 전체의 30%에 불과하다곤 합니다만, 이제 우리 경제수준에 맞는 화장실 문화의 정립이 절실합니다. 우리의 화장실 인심은 세계 최하일 겁니다. 사업장마다 자물쇠로 잠가놓고, 혹 열린 곳은 더럽기 짝이 없고, 공중화장실은 턱없이 모자라고… 거기에 정부에서도 관심이 없습니다. 어디부터 손을 대야 할지 답답합니다.”

이 사장이 화장실 문제에 처음 관심을 가진 것은 76년쯤이다. 서울 영등포구청 시민국장 시절이다.

“여의도광장에서 행사가 있을 때마다 노상방뇨를 처리해야 할 위치에 있었습니다. 화장실이 없으니 어떡하겠습니까. 정말 속 많이 태웠습니다.”

80년에 공직에서 물러나

80년 서울시 주택행정과장을 끝으로 공직에서 물러난 그는 아파트 관리회사를 운영하다 84년에 다시 화장실 문제에 빠져든다.

그때 계기가 된 것이 교황 요한 바오로 2세의 서울 방문. 환영식장인 여의도광장에 몰린 1백만 명의 인파를 텔레비전에서 보는 순간 가슴이 덜컥 했다고 한다.

“텔레비전 화면 어디에도 간이화장실이 보이지 않았어요. 어떻게 행사를 치렀을까 걱정되더군요. 군중들이 아무 데나 방뇨하는 것이 머릿속에 그려졌어요. 그때 문득 ‘내가 한번 이 문제를 해결해 보자’고 생각했어요.”

당시 국내에 있던 것이라고 해야 국립공원 언덕에 고정식으로 만들어 놓은 FRP 화장실 정도였고, 간이화장실이란 것으로는 예비군 교육장 등에 소변통을 늘어놓은 정도였다.

그는 선진국은 어떻게 하는지 궁금했다. 즉시 미국, 일본, 영국 대사관을 찾아가 자료를 신청했으나 본국에 조회를 해 봐야 한다는 대답뿐이었다.

주위 사람들 중 외국 물정에 밝은 사람에게 부탁했다. 얼마 후 코오롱그룹 이상철 부회장이 미국을 여행한 후 카탈로그를 가져다 주었다. 지금의 간이화장실이었다.

"미국 새틀라이트사에서 만든 것인데 세계 60개국에 화장실을 수출하는 회사예요. 일본의 日建사도 미국의 이 회사 것을 수입해 쓰더군요. 새틀라이트사는 로스앤젤레스올림픽 화장실 관리업체이기도 했어요."

이 사장은 즉시 미니애폴리스에 있는 새틀라이트사에 주문, 50개의 간이화장실을 들여왔다. 그 중 한 개를 집으로 가져다 놓았다. 1985년 5월 2일, 무림교역은 이 날을 창립기념일로 정했다고 한다.

"아파트 경비의 허락을 받아 지하실에 놔두었어요. 매일 두세 시간씩 화장실 변기에 앉아 생각에 빠져 동네 사람들이 이상하게 생각할 정도였어요. 문짝은 어떻게 만들고 지붕은 어떻게 만들었는지 만져보고 또 만져보고… 그러다가 국산화를 생각하게 된 겁니다."

이 무렵은 86아시안게임과 88서울올림픽 준비로 한창 사회가 들뜰 때였다. 그는 아시안게임에 3백여 대, 서울올림픽 때 1천여 대의 간이화장실을 공급했다.

담당공무원 설득이 문제였는데 "서울은 그래도 나았어요. 지방 시도의 경우 제품을 설명하느라 시간을 다 보냈어요."

이 사장의 무림교역은 올림픽 이후 엄청난 신장을 했다. 그러나 그는 간이화장실의 보급만이 능사가 아니라고 생각한다. 문제는 관리와 청소이다. 또 사용인원에 걸맞은 대수의 설치였다.

올림픽 당시 탄천주차장에 설치된 간이화장실

북한산장에 설치된 준이동식 화장실

나만 쓰면 끝이라는 의식이 문제

"선진국은 10명 당 1대씩 설치합니다. 우리가 그 기준은 아니더라도 조금 더 돈을 써야 합니다. 행사장에 한두 대 갖다놓고 50~60명이 줄을 서 있는 걸 보면 답답하기 짝이 없어요. 그런 화장실의 청소는 또 어떤가요. 선진국 기준으로 하면 일주일에 1회 청소로 유지가 가능합니다."

이 사장의 주장은 이렇다. 1인당 보급대수는 선진국의 10분의 1도 안 되고, 청소는 선진국처럼 일주일에 한 번씩 하다 보니 더러운 화장실이 될 수밖에 없다는 것이다.

"매일 청소한다고 나아지는 것도 아니더군요. 문제는 화장실을 나만 쓰면 끝이라는 의식입니다. 한번 청소하는 걸 보면 정나미가 떨어집니다. 문짝을 담뱃불로 뚫는 건 예사이고 변기통 속에 빈 깡통, 신문지, 생리대, 지갑(소매치기들이 돈만 빼내고 버리는 것)이 들어 있고 그 위로 온통 휴지를 풀어 버립니다. 그런 것은 펌핑으로 빼낼 수 없습니다. 용역회사 직원들이 고무장갑을 끼고 손을 변기통에 넣어 꺼내야 합니다. 그나마 요즘은 보급 초기보다는 나아져서 화장지를 들고 나가는 사람은 거의 없어졌어요."

이 사장은 완전 무취의 간이화장실을 보급하는 게 꿈이라 한다. 그런데 우리나라엔 아직 이동화장실의 운영을 담은 법조문조차 없다고 한다. 그러다 보니 보급하는 회사, 청소하는 회사, 관리하는 관청이 다 따로라고 한다.

한강시민공원에 무림교역이 납품한 간이화장실은 모두 8백 대, 관할 구청은 모두 여덟 곳, 각 구청의 지정 청소업체가 또 여덟 곳이다.

그러다 보니 화장실의 관리가 어렵다. 지역 편차가 생기기 일쑤. 더러운 화장실을 본 시민들은 '무림교역'이란 화장실에 붙은 회사 이름을 원망한다고 한다. 그래서 이 사장은 최근 서울시에 건의를 해놓고 있다.

"한강시민공원에 설치한 화장실의 청소와 관리를 제게 맡겨 달라는 겁니다. 저는 돈을 벌기 위해서가 아닙니다. 같은 사람이 설치하고 청소해서 간이화장실 하나만은 깨끗하게 만들 수 있다는 것을 보여 주고 싶습니다. 한강시민공원이 시범지구가 되어 우리나라 전국에 산재한 간이화장실과 공중화장실이 정말 깨끗해질 수 있다면 그 이상 좋은 일이 어디 있겠습니까."

유료화장실 운영이 대안

이 사장은 이제 우리나라도 화장실 문화가 정립돼야 할 때가 되었다고 말한다.

"장기적인 안목으로 볼 때 유료화장실의 설립이 필요합니다. 사용자 부담 원칙으로 해야 합니다. 그래야 청소도 제대로 됩니다. 현재 공무원들이 공중화장실을 관리하는데 이것도 민간으로 넘어가야 합니다. 일 많은 공무원들이 왜 이런 것까지 챙겨야 합니까."

그가 주장하는 유료화장실은 동전을 넣고 사용하는 이동식 화장실을 말한다. 그는 "일본이 그 길로 가고 있고 다른 선진국들이 이 방식을 택하고 있기 때문"이라고 덧붙였다.

그는 공중화장실의 건립만이 능사가 아니라고도 했다. 화장실을 만드느라 필요한 땅을 사야 하고 또 그것을 짓고 관리하는 어려움을 해소하기 위해 도로변 곳곳에 이동식 화장실을 설치·관리하는 것이 경비가 적게 든다고 말한다. 그의 말을 듣다 보면 자신이 운영하는 회사가 발전하는 데 필요한 제안들이란 느낌을 갖게 된다. 그 말에 그는 펄쩍 뛴다.

"이건 내 개인의 치부를 위해 하는 말이 아닙니다. 우리나라 공중 화장실 정책이 나아갈 길이 이것 외에 다른 게 있으면 한번 얘기해 주십시오. 이동식 화장실보다 깨끗하고 돈이 적게 드는 방법이 있다면 그걸 택해도 좋습니다. 지금 당장 우리의 선택은 이것밖에 없다고 감히 말합니다."

이상정 사장은 "그렇게 해도 문제가 다 해결되는 건 아니다"라고 여운을 남겼다.

"앞서 얘기했지만 사용자의 의식이 바뀌어야 합니다. 화장실 안에서는 무슨 짓이든 할 수 있다는 의식, 다음에 누가 쓰든 내가 신경 쓸 바 없다는 생각이 있는 한 깨끗한 화장실을 기대하기는 어렵습니다."

이 사장은 그 해결책으로 어린이들에 대한 교육이 절실하다고 했다. 그는 올 가을 발간을 목표로 유아용 화장실 사용 요령을 담은 그림책부터 펴내겠다고 했다.

"길게 보고 해 나가면 언젠가 깨끗한 화장실의 꿈을 이룰 수 있을 겁니다."

서울 소망교회 집사이기도 한 그는 "똥치는 일이 하나님이 내게 주신 역할이라고 생각할 때가 많다"고 했다. **– 김동현 기자**

화장실 개혁 없이
선진 복지국가를 바라다니

사후 관리할 자신 없으면 공중화장실은 아예 만들지 말아야 한다.
언제까지 더럽다고 감추기만 할 것인가.

불편 없는 화장실인가

올해는 외국인들이 우리나라에 와서 보아 달라는 '한국 방문의 해'다. 몰려드는 외국 관광객을 위해 불편 없는 화장실 제공은 어느 시책보다 우선해야 될 과제임을 필자는 주장한다. 또한 정부의 강력한 의지만이 화장실 문제의 시급한 해결책임을 건의한다.

야외 이동식 화장실이란 용어도 새로웠을 뿐 아니라 '완전 무취'가 신기하게 들리던 때에 이동식 화장실을 개발하여 86아시안게임과

88서울올림픽의 눈부신 성과를 뒷받침했던 필자는 뜻한 바 있어 1987년부터 미국에 본부를 둔 국제간이화장실협회(PSAI)의 일원이 되어 선진국 첨단화장실 전문업체들과의 교류를 통해 견문을 넓혀 왔다.

필자는 또 매년 지역을 바꾸어서 열리는 협회 화장실 세미나 및 각종 행사에 빠짐없이 참석해 한국 화장실 문화의 국제적인 창구역도 해 왔다.

1993년 6월 일본 고베의 국제화장실 심포지엄, 지난 5월 말 홍콩시가 주관한 아·태지역 공중화장실 세미나에 참석한 필자는 각국 화장실 선분가들의 열띤 연구 토론을 지켜보았다.

"1997년의 제3차 국제화장실 심포지엄은 당연히 한국이 맡아야 될 것 아니냐" 하는, 홍콩 시장을 비롯한 각국 참가 대표들의 한결같은 제언이 있었으나 수락할 처지에 있지 않은 필자로서는 매우 난처했다.

지난 5월 30일부터 6월 1일까지 3일간 홍콩문화센터에서는 '1994 아세아·태평양 지역 공중화장실 세미나' 가 개최되었다. 이 세미나는 홍콩 시청(시장 梁定邦)이 주관한 것으로, 주제는 '아·태 지역사회 공중화장실의 문제점과 그 대책' 이었다. 이 세미나에는 아·태 지역 국가들의 대표와 홍콩의 관계기관 인사 등 약 4백 명이 참석해 성황을 이루었다. 25명의 각국 대표들이 발표한 주제의 대부분은 공중화장실의 구조 및 설계, 유지관리 방안, 위생문제, 화장실 문화, 분뇨처리 문제 등 다양한 것이었다. 이들 주제 발표자 가운데 중국에서 세 명이나 참가한 것은 필자에겐 이색적으로 느껴졌다.

이번 세미나에는 한국에서 동아대 김성환 교수와 같은 대학의 정덕주 교수도 토론자로 참석했다.

세미나 마지막 날인 6월 1일에는 홍콩 시내의 공중화장실을 답사

홍콩 빅토리아 공원에 설계공모에서 당선된
공중화장실의 내부

하는 스케줄이었다. 대부분 시내 골목에 위치한 좁은 공간의 화장실을 3층 또는 2층으로 재건축하여 층별로 남자, 여자 전용 화장실로 사용하거나 기존 화장실 내부시설을 이용자에게 편리하도록 현대화한 것이었다.

오가는 시민이 많은 거리 모퉁이에 있는 기존 건물의 2층이나 3층을 이용하여 공중화장실로 개조, 사용하고 있는 곳도 있었다. 홍콩 당국이 공중화장실을 위해 얼마만큼 세심한 노력을 기울이고 있는지 직접 확인할 수 있었다.

그 중에서도 홍콩의 빅토리아 공원 부근의 힝 패트 거리에 새로 세워진 공중화장실은 공중화장실 설계 공모에서 당선된 작품이라 했다. 건축의 우아한 세련미도 두드러지거니와 내부의 자연광을 이용한 밝고 쾌적한 분위기, 그리고 냄새 제거를 위한 최신 통풍 설비, 물 절약을 위한 자동센서장치, 장애인과 젖먹이 어린이를 동반한 어머니들을 위한 특수 시설들도 구비되어 있어, 어둡고 냄새나고 무서운 곳이라는 이미지를 밝고 깨끗하고 편안한 곳으로 바꾸어 놓았다.

일본의 '화장실협회' 활동

일본에서는 이미 1986년과 1988년 두 차례 국제화장실 포럼을 개최한 바 있다. 또한 일본화장실협회 주최로 1986년 이토시에서 제1회 화장실 심포지엄을 개최한 바 있다. 그간의 심포지엄마다 내건 테마도 '여행과 자연과 화장실', '화장지와 환경', '21세기를 향한 화장실 문화를 생각한다' 등 매우 다양하다.

특히 필자가 참석했던 고베의 제1차 국제심포지엄 때는 신문, 텔레비전 등 언론매체들이 이 행사를 크게 보도하여 화장실 문화의 국민계도를 유도했다. 행사에 필요한 예산의 상당부분은 고베시에서 지원해 주었다고 했다.

참석자들은 학자, 전문인, 화장실 제조 및 유관 기업체 동호인들도 많았지만 중앙과 각 지방자치단체에 속한 환경위생담당 공무원들이 대부분이었다. 이런 사실로 그들이 환경위생의 현안 문제에 얼마나 관심을 두고 있느냐를 짐작할 수 있었다.

일본화장실협회에서는 매년 심포지엄 개최, 화장실 베스트 10을 선정하여 시상하는 이외에도 화장실에 관한 논문 공모 선정, 화장실에 관한 책자 발간, 화장실 관계 전시회 개최와 화장실에 관한 국민계도, 홍보, 조사, 협력 등 사업을 활발하게 추진하고 있다.

또한 그곳 서점에서 화장실 문화의 역사서를 비롯한 화장실 구조, 디자인, 유지관리, 수상집, 변기 제조업체들이 연구 발표한 문헌, 외국 번역물이 잘 팔린다는 얘길 듣고 놀랍고 부러웠다.

우리나라의 화장실 문화는 현재 어디에 와 있는가. 이를 간략하게 더듬어 보기로 한다.

참고로 인근 몇 나라 주요 도시의 공중화장실 현황을 살펴보면 다음과 같다.

아시아 각국 도시별 공중화장실 설치현황

도시	공중화장실 수 (개소)	인구 (명)	화장실 개소당 인구비 (명)
홍콩	313개	600만	19,000
타이페이	500개	300만	6,000
도쿄	3,000개	1,000만	3,300
서울	710개	1,000만	14,080

오늘날의 화장실은 쉬고 사색하고 몸단장 하는 곳으로 누구나 부담 없이 이용할 수 있는 쾌적한 장소가 되어야 한다.

한국 공중화장실의 여섯 가지 개선안

화장실은 첫째, 어둡지 않고 밝고 쾌적해야 한다. 둘째, 불쾌한 냄새가 없고 오히려 향기가 나는 공간이 되어야 한다. 셋째, 용변 후 손을 닦고 화장을 고칠 수 있는 시설을 갖춰야 한다. 넷째, 장애인이나 노약자가 안심하고 사용할 수 있는 세심한 배려가 있어야 한다. 다섯째, 유아를 동반한 어머니나 쇼핑백을 든 사람도 불편 없이 이용할 수 있는 부대시설이 있어야 한다. 여섯째, 여름의 냉방시설은 어렵더라도 겨울철의 수도관 동파를 방지하기 위해 난방시설은 마련되어야 한다. 또 우리 공중화장실의 천편일률적인 건축양식도 새 시대에 걸맞게 개선되어야 한다.

공중화장실은 각 나라마다 고유의 건축양식이 있기는 하나 필자가 답사한 나라들의 근래 화장실 건물은 지붕을 세련된 각으로 하여 입체미를 살리고 기와 대신 컬러 유리로 한 곳도 많았다. 콘크리트와 벽돌의 벽체는 사라져가고 점차 새로운 자재로 세워지고 있다. 이 외관은 우아하고 아담한 예술품에 비길 수 있었다. 과거의 화장실 같은 모습을 피하려고 애쓰는 것은 모든 선진국의 공통적인 추세였다.

그리고 다음으로 화장실의 유지관리 문제이다. 가장 더럽고 비위생적인 분야일수록 관리는 전문화시켜야 하고 또한 용역화해야 한다.

화장실의 설치보다 사후 관리가 더 중요하다는 인식이 필요한 때다. 다시 밀해서 사후 관리할 의지가 없다면 미봉책으로 화장실(임시)을 설치하여 예산낭비와 민원을 쌓는 일은 이제 그만해야 한다고 본다.

공중화장실은 그 나라의 종합적 문화수준을 말한다. 한 사회의 공동체 의식은 그 사회의 공공시설을 내 것처럼 아끼는 데서 비롯된다.

일본에서는 초등학교 때부터 화장실에 대한 재미있는 만화책도 만들어 읽히고 있다. 이제 우리 사회에서도 화장실 사용에 대한 공중도덕 운동을 적극적으로 펴나가야 할 때라 본다.

대도시 번화가, 시장 또는 인파가 운집하는 곳에 화장실의 필요성은 예나 지금이나 절실한 문제로 남아 있다. 과다한 설치비와 유지관리도 문제이긴 하나 그보다 근본적인 것은 공중화장실을 설치할 대지를 구할 수 없다는 것이다.

공중화장실은 그 나라의 문화수준

공중화장실 대지 확보가 어려운 현실에서 필자는 몇 가지 제안을 하고자 한다.

첫째, 일본 고베시와 같은 '시민화장실제도'를 제청한다. 대로변의 공공기관 또는 대형 건물의 화장실 그리고 가로변 건물의 화장실을 당국에서 시민화장실로 지정하고 적정한 유지관리비를 지급하여 시정에 협조토록 하는 방안이다.

둘째, 도심지 대형 건물의 건축 허가 시에 가각(街角) 어느 부분에 최소한의 공중화장실 설치를 조건으로 부과한다든가 해서라도 문제를 풀어가는 대안. 일본 도쿄의 긴자에서도, 신바시에서도 가각에 있는 4~5층 건물의 1층에 설치된 두세 칸의 수세식 화장실을 보고 도심지의 공중화장실 확보를 위한 도쿄 시의 세심한 노력을 엿볼 수 있었다.

셋째, 공중화장실의 유료화 시책이다. 유료화장실은 프랑스의 파리가 유명하다. 이 경우 최첨단 자동화 시설을 갖추어 동전을 넣으면 문의 개폐에서부터 점등, 수세, 심지어 바닥청소까지 센서에 의한 자동화가 이루어져 있다. 국민복지제도가 세계에서 가장 발달되어 있다는 파리가 어떤 이유로 공중화장실을 유료화했을까? 그 이유는 수익자 부담의 원칙에서 찾을 수 있다.

이웃나라와의 비교표에서 보았듯이 우리 화장실은 분명히 절대 수가 부족하다. 외람되게 언급한 몇 가지 방안이 당국의 시각에서 공감되어 막힌 곳이 뚫어지는 계기가 되었으면 하는 마음 간절하다.

증권을 살 때는 경제신문만을 보지 말고 그 기업의 화장실을 보고 결정하라는 말이 있다. 공중화장실은 그 사회의 경제수준뿐 아니라 문화 교육수준과 비례한다는 말을 되새겨볼 필요가 있다.

'화장실 박사' 이상정의 화장실 미학

국립공원이나 한강시민공원 등
야외 공공장소에 가면 플라스틱으로 된
간이공중화장실이 있다.
이를 우리나라에 처음으로 도입한
이상정 씨(무림교역 대표이사)가
10년간의 화장실 짝사랑을 책으로
펴냈다. '뒷간과 화장실 미학'이라는
부제가 붙은 〈호모 토일렛〉이 그것.
이 대표가 말하는 화장실 미학.

‘처가와 뒷간은 멀수록 좋다.’ 그런데 속담을 무시하고 화장실에 매달려 있는 남자가 있다. 무림교역 대표이사 이상정 씨가 그다. 이상정 대표는 86아시안게임과 88서울올림픽 기간에 간이화장실을 공급했던 사람이다. 이상정 씨가 화장실에 관심을 가지게 된 건 84년 로마 교황 요한 바오로 2세가 내한한 사건에서 출발한다. 당시 서울 여의도광장에서 교황이 직접 집전하는 대미사가 열렸다. 운집한 군중도 대단했다. 이상정 씨는 그 엄숙한 광경을 텔레비전으로 지켜보면서 엉뚱하게도 이런 생각을 했다. “저 많은 사람들이 용변은 어떻게 해결할까?”

그런 이 대표의 궁금증은 지금까지 이어져 〈호모 토일렛〉이라는 책을 쓰기까지 이르렀다. 그는 세계 각국의 화장실 문화와 역사를 소개하면서 인간의 배설행위는 음식과 동격의 대접을 받아야 한다고 역설하고 있다. 보통사람들은 화장실 말만 해도 얼굴을 찡그리게 마련인데, 이 대표는 화장실 문화를 정착시키기 위해 애국심에 가까운 소신을 가지고 화장실 연구에 매달린 것이다.

“유럽에서 왜 향수가 발달한지 아십니까? 바로 분뇨 냄새를 없애기 위해서입니다. 특히 프랑스 루이 14세는 변기에 앉아서 집무를 해 알현하는 신하들은 코를 막는 진풍경을 자아냈다고 합니다. 뿐만 아니라 루이 14세는 항상 신체 어딘가에 변을 묻히고 다녀, 그 냄새를 없애기 위해 향수를 뿌렸다고 합니다.”

이 대표의 설명은 끊이지 않는다. 프랑스 베르사유 궁전에는 화장실이 없어서 당시 그 궁에 살았던 왕을 비롯한 4천여 명의 귀족들이 정원과 숲, 외진 길가 등에 마구 배설했다고 한다.

유럽 남자들은 신사로도 소문나 있다. 검정색 모자에 코트, 그리고 여성을 동반할 때에는 길 안쪽에 세워 에스코트한다. 그러나 모자며

코트, 에스코트가 모두 유럽의 화장실 사정에서 비롯된 풍습이다.

중세 유럽에는 화장실이 없고 우리나라의 요강과 비슷한 변기를 사용했다. 아침이면 이집 저집에서 가득 찬 변기를 창문 밖으로 내던졌다. 그러니 아침 산책이라도 나온 사람들은 언제 어디서 변을 당할지 모르는 상황이었다. 그 오물 세례를 조금이라도 막아 보려는 방편에서 나온 것이 모자와 코트이며 여성을 보호하기 위해 에스코트라는 것이 생겨났다. 요즘은 멋내기 위해 신는 여성들의 하이힐도 길거리에 널려 있는 오물이 드레스 자락에 묻을까 봐 생겨난 생활의 지혜였다.

"불과 얼마 전까지만 해도 우리 가정에서 썼던 요강은 참으로 지혜로운 변기입니다. 유럽의 볼타르, 중국의 호자, 일본의 수병이 우리 요강과 비슷한 것이지만 요강과는 많은 차이가 있습니다. 요강은 손잡이는 없지만 배설구가 둥글고 넓어서, 앉아야 배설하기 편한 여성의 경우와 무릎을 꿇어야 편하게 쓸 수 있는 남자의 경우를 모두 충족시키는 구조입니다. 또 뚜껑이 있어서 악취와 배설물을 차단할 수 있는 아주 합리적인 변기입니다."

이 대표가 이런 냄새 나는 책을 쓴 것은 지금까지 더럽고 부끄럽게 생각하여 드러내놓고 논의하기조차 꺼렸던 화장실 문제를 이제는 더 이상 피할 수 없는 문제라고 생각했기 때문이다.

"음식 문화가 있는 것처럼 배설 문화, 화장실 문화도 있어야 합니다. 이제는 더 이상 화장실을 냄새 나고 지저분한 곳으로만 치부해서는 안 됩니다."

이 대표가 말하는 화장실 문화란 이렇다. 화장실은 혼자만의 전용 공간이다. 그 전용 공간에서의 매너는 곧 그 사람의 도덕심과도 연결된다. 한 나라의 문화 척도를 잴 때 화장실 사용 상태를 보는 것도 그래서

다. 따라서 화장실에 대한 의식 개혁이 뒤따라야 한다는 것이다.

"일본만 해도 이미 82년부터 매년 11월 10일을 '화장실의 날'로 정해놓고 전국에서 '좋은 화장실 베스트 10'을 뽑아 상을 줍니다. 그러니 각 현이나 시가 선의의 경쟁을 해 깨끗한 화장실을 유지할 수 있습니다. 우리도 국가적인 인식의 전환이 필요합니다."

이 대표는 우리나라에서는 유일하게 국제간이화장실협회 회원이다. 일본과 홍콩에서 열린 국제화장실 세미나에 참석하는 것도 이 대표 혼자다. 화장실에 매달리기 전까지 이 대표의 직업은 공무원이었다. 경상북도 도청 문화과장, 서울시청 주택관리과장 등을 역임하면서 이 대표는 '아이디어맨', '공무원 교수'라는 별명을 얻을 만큼 별난 아이디어맨이었다.

이 대표는 79년 서울시 주택행정과장을 끝으로 20년간의 공무원 생활에 종지부를 찍고 여러 가지 일을 전전하다가 84년 교황 방한이 계기가 되어 화장실에 관심을 갖게 된 것이다.

이 대표는 신문에서 '어느 국립공원에 있는 공중화장실 상태가 엉망이다', '피서철 관광지에 공중화장실이 턱없이 부족하다'는 기사를 접하면 그곳이 어디든 카메라를 둘러메고 찾아갔다. 가서 사진을 찍고 이용실태, 관리상태를 기록해 보고서를 썼다. 이 대표는 처음에만 해도 엉망인 화장실을 보면 코를 막았으나 전국을 돌아다니며 화장실 상태를 조사하면서 점차 화장실의 악취를 향기로 맡게 되었다.

"그러던 차에 86아시안게임이 서울에서 열렸고 우리 회사에서 대회 기간에 화장실 문제를 떠맡게 되었습니다. 그런 대규모 대회는 처음인지라, 당연히 화장실 문제를 어떻게 해결해야 하는지도 고민이었지요. 얼른 생각나는 것이 일본이었습니다. 일본은 이미 64년에

올림픽을 치렀으니까 공중화장실 운영에 대한 자료가 있을 거라는 생각이었지요. 그러나 일본대사관에서 나온 대답은 기대에 차지 않았습니다. 독일대사관, 미국대사관도 마찬가지였어요."

이 대표는 마침 일본에 자주 가는 친구에게 부탁해 일본에서 나오는 화장실 카탈로그를 얻어 볼 수 있었다. 화장실 임대만 전문으로 하는 회사의 카탈로그는 바로 이 대표가 원하는 자료였다.

당시만 해도 이동화장실이란 생각도 할 수 없었던 일인데 이를 이 대표가 도입한 것이다. 이 대표는 강화 플라스틱(FRP) 소재로 된 화장실 건물을 수입하고 내부 시설은 우리 사정에 맞게 개발해 아시안게임 기간에 화장실을 공급했다. 연이어 88서울올림픽 때에도 1,500대의 이동식 화장실을 공급했다.

"아시안게임, 올림픽대회에 화장실을 공급한 것을 계기로 많은 사람들이 화장실에 대한 인식이 달라졌어요. 저는 경제적인 이득은 별로 없었지만 공무원을 비롯한 많은 사람들의 인식을 바꿔 놓았다는 것만으로도 보람있었습니다."

이 대표의 관심사는 오로지 화장실이다. 그는 처음 만나는 사람에게도 아무렇지 않게 화장실 얘기를 꺼내고, 친구와 만나는 사석이건, 공무원을 만나는 자리이건 가리지 않고 화장실을 주제로 얘기한다. 요즘은 가끔 화장실 전문가로 강연에 불려가기도 한다. 그러면 어김없이 화장실에 대해 열변을 토하는데, 대개 강연을 마치고 식사 일정이 잡혀 있어 남의 식사를 망칠 때가 한두 번이 아니라고 한다. **– 최혜정 기자**

외길 중소기업을 찾아
이동식 화장실의 개척자

동서고금의 화장실 문화를 다룬 〈호모 토일렛〉을
펴낸 이상정 회장.

무림교역은 1985년 국내 최초로 이동식 화장실을 개발한 업체다. 86년 아시안게임에 300대를 납품한 것을 필두로 무림교역의 이동식 화장실은 88서울올림픽을 비롯, 94년 서울정도 600주년 행사, 97년 광주 비엔날레 등 크고 작은 각종 행사장의 필수품목이 되었다. 괌 참사를 당한 KAL 유족들이 모여 있는 서울 강서구

구리시에 있는 이동식 화장실 조립생산 현장. 고속도로 휴게소, 건설현장, 각종 행사장 등 약 2천여 대의 이동식 화장실이 시중에 나가 있다.

88년 서울올림픽 당시 잠실 주경기장에 설치되었던 무림교역의 이동식 화장실. 크고 작은 행사장의 필수품이 되었다.

88체육관에도 설치했다.

현재 국립공원이나 고속도로 휴게소, 건설현장 등 시중에 나가 있는 규모는 총 2천여 대. 이를 본사 관리직원 30여 명과 용역 직원들이 설치에서 분뇨수거까지 일괄 관리해 주고 있다.

"기본적으로 용역사업의 성격이 강합니다. 수익이라 해 봐야 겨우 수지를 맞출 정도지요. 화장실 설치뿐만 아니라 분뇨수거까지 모두

미국에서 경영학을 공부하고 돌아온
이 회장의 큰아들 승준씨(30).
3D업종인 탓에 일손이 달려 직접
현장에 나서고 있다.

냄새 제거를 위해 솔향이 나는
약품을 뿌려준다.

해야 하는 3D업종이라 요즘 사람 구하기가 무척 힘듭니다."

　무림교역 이상정 회장은 인건비와 제작원가는 올라가는 데 비해
임대료는 묶여 있어 채산성이 악화되는데다 유사업체들이 난립해 덤
핑 공세까지 펼치고 있어 안팎으로 힘겹지만 우리나라 화장실 문화
의 발전을 위한 사명감으로 버텨내고 있다고 한다.

　"화장실 인심이 박한 나라가 우리나라예요. 공중화장실 수준은 그
나라 문화수준을 보여 주는 바로미터입니다. 그런 면에서 우리나라
공중화장실의 문화수준은 선진국에 비해 아직 뒤떨어져 있습니다."

분뇨 수거 장면

이 회장은 정부의 안일한 공중화장실 행정과 일반시민들의 공중도덕 부재를 지적하면서 화장실 문화를 높이기 위해서는 업체(설치자)와 정부(관리자), 그리고 시민(사용자) 모두 인식의 전환이 필요하다고 역설한다.

"행사를 치르면서 예산을 절약한다고 화장실 예산부터 깎아요. 자연 화장실 수가 줄어드니 화장실 앞은 장사진을 이룹니다. 웃지 못할 풍경이죠. 거기다 분뇨를 처리하다 보면 버려진 팬티로 분뇨 차량의 호스가 막히는 경우도 왕왕 발생합니다. 이래선 안 돼요. 공중도덕 교육이 필요합니다."

이상정 회장이 화장실 사업과 인연을 맺게 된 것은 지난 84년. 당시 교황

위에서부터 건설현장의 이동식 화장실
지붕이 없는 수레식 이동 화장실
장애인용 이동식 화장실의 내부

181

서울 동대문구 장안평 시민공원의 자연발효식 화장실. 톱밥과 박테리아를 이용한 환경친화적인 화장실이다.

바오로 2세가 내한하여 여의도광장에서 미사를 집전하는 장면을 텔레비전으로 지켜보면서 '저 많은 사람들이 생리적인 문제를 어떻게 해결하고 있을까' 하는 의문에서 시작되었다.

이때 착안한 것이 이동식 화장실. 이 회장은 64년 도쿄올림픽, 76년 몬트리올올림픽, 84년 LA올림픽 등 대규모 행사를 치렀던 각 나라의 대사관을 찾아다니며 이동식 화장실에 관한 정보를 수집했다.

80년 서울시 주택과장직을 끝으로 공직생활을 마감한 후 퇴직금 사기를 당하는 등 모진 어려움을 겪은 이 회장으로선 마지막 승부였다.

85년 친구들과 교회 사람들이 십시일반으로 모아 준 돈으로 역삼동 셋집 마당에서 처음으로 2대를 조립 생산, 교회 야외 주차장에 설치하면서 원가만 받고 넘겼을 땐 눈물이 앞을 가렸다.

"무에서 유를 만들었다는 뿌듯함도 밀려왔습니다. 86년 아시안게

서울 송파구 잠실 야외수영장에 설치되어 있는 이동식 화장실. 한강시민공원의 이동식 화장실은 모두 무림교역이 납품한 것이다.

임에 300대를 납품했죠. 아내와 처제까지 달려들어 행사장 화장실 청소를 했습니다.”

어렵사리 출발한 일이라 화장실에 관련된 일이라면 남다른 애착을 느끼는 이 회장은 87년 국제간이화장실협회(Portable Sanitation Association Internationl) 회원에 국내 최초로 가입하고 각종 국제 세미나에 참석하는 등 견문을 넓히는 일이라면 불원천리 달려간다.

“21세기에는 70%의 인구가 도시에 거주하게 됩니다. 분뇨 문제가 커지는 거지요.”

이 회장은 지금의 수세식 처리방식은 ‘wash-forget’ 문화로 오염을 가속화하는 것이어서 소변과 분뇨의 분리처리를 통한 환경친화적인 화장실 개발에 노력을 기울이고 있다. 톱밥과 박테리아를 이용한

이동식 화장실의 조립 장면. 벽체와 지붕은 미국에서 수입하고 있다.

자연발효식 화장실도 그 같은 노력의 산물이다.

하지만 우리나라의 현실은 이 같은 이 회장의 열의를 수용하기에는 아직 역부족. 공중화장실의 절대 수가 일본의 5분의 1 수준밖에 되지 않는데다 국립공원의 장애인용 화장실은 30%도 되지 않는 등 예산책정부터 관리에 이르기까지 선진국 수준에 턱없이 미치지 못하고 있는 실정이기 때문이다.

"대통령 후보들에게도 찾아가 우리 화장실 문화의 개선을 위한 대책을 건의할 생각입니다. 화장실은 국제화 시대의 우리 얼굴입니다. 화장실 문화가 선진화되지 않고서는 진정한 선진국이라고 할 수 없습니다." – **김형식 기자**

月刊 朝鮮 1999년 11월

화장실 개혁운동의 현장
무림교역 이상정 회장 대담 취재

외국 사절들이 화장실 앞에 줄 선 까닭

대통령 취임식장에 참석한 외국 경축 사절들이 화장실이 부족해서 행사장 한켠에 마련된 화장실 앞에 줄지어 서 있는 모습을 상상해 보았는가. 유감스럽게도 야외에서 열리는 우리나라 대통령 취임식장에서는 어렵지 않게 볼 수 있는 일이다.

1998년 2월 25일 서울 여의도 국회의사

당 앞 광장에서 열린 김대중 대통령 취임식에는 전직 대통령과 외국 경축 사절 및 각계 인사 등 4만 5천여 명이 참석했다.

행사가 진행되는 동안 '국민의 정부' 탄생을 축하하기 위해 온 각계 인사 및 외국 사절 중 일부는 행사장 주변에 설치된 이동화장실 앞에 줄을 서 있었다. 대통령 취임식이라는 엄숙한 분위기에서도 배설이라는 '생리적 욕구'를 어쩌지는 못했던 것이다.

문제는 그 줄을 선 정도였다. 이동화장실 하나에 보통 50~60명이 서 있었다. 무림교역에서 1백 대의 이동화장실을 설치했으나 참석자에 비해 턱없이 부족한 숫자였다.

화장실 문화의 개척자인 이상정 회장은 세 번의 대통령 취임식과 전국체전 행사에도 여러 번 공급했으나, 행사 주최 측은 1백여 대가 적정 개수라면 30~40대만 설치하는 게 다반사여서 식당이나 숙소의 적당 수보다 턱없이 부족했다고 한다.

'뒷간과 처가는 멀어야 한다'는 의식 때문인지 화장실은 행사 관련 시설 설치에서 늘 뒷순위로 밀려날 뿐만 아니라 예산 배정에서도 인색하다는 것이다. 이런 문제점을 거론하던 이상정 회장은 다음 대통령 취임 행사에서도 화장실 앞에서 줄을 설 것을 예상하며 화장실에 관한 의식 전환을 걱정했다.

이상정 회장은 우리나라의 화장실 문화수준을 보여 주는 사례를 하나 들었다. 서울 잠실 올림픽 주경기장에서 마이클 잭슨의 자선공연 때 매스컴은 '지상 최대의 쇼'라는 표현을 써가며 수준 높은 공연이었다고 보도했으나, 첨단 조명장비와 3차원 초대형 입체무대에서 장장 5시간 20분 동안 공연은 펼쳐졌고 공연장을 찾은 많은 사람들 중 '볼일'이 급했던 관객들은 한국 화장실의 인색한 현실을 체험해야 했다. 공연 후 조선일보 독자투고란에는 당시의 화장실 상황을 알리는 다음과 같은 글이 실렸다.

"…관중석이 아닌 1층으로 입장한 관객을 위한 화장실은 이동화장실을 몇 개 붙여서 만든 임시화장실이었다. 그러나 용변을 본 후 손을 씻을 곳은 한 군데도 없었다. 내 옆에 있던 일본인은 '어처구니없다'는 말을 몇 번씩 했다. 화장실 줄서기도 줄 잘 선 사람이 먼저인 '한국식 줄서기'만 존재했다."

시사체가 숭심이 된 화장실 개선사업

외국 속담에 '주식을 사려면 그 회사의 화장실을 먼저 가서 보고 결정하라'는 말이 있다. 이 말처럼 화장실은 그 회사의 도덕성과 능력으로 연결된다. 화장실은 한 나라의 교육과 문화수준을 보여 주는 척도라고 언급하는 이상정 회장은 행락철 유원지와 다중이 이용하는 기차역이나 터미널에 설치되어 있는 화장실의 모습이 우리 문화수준의 바로미터라고 한다. 또 우리나라를 다녀간 외국인 관광객들은 언어 소통의 어려움, 여행 경비와 함께 화장실 문제를 대표적으로 꼽는다고 한다.

화장실 문화의 변화는 몇몇 지자체의 공중화장실 시설 개선사업으로 화장실에 대한 기존 이미지를 변화시키고 있었다. 최근 2002년 월드컵 개최를 앞두고 화장실에 대한 관심이 높아지면서 화장실 문화를 선진국 수준으로 끌어올리기 위한 움직임이 활발해지고 있다.

이런 움직임은 월드컵 경기를 유치한 서울, 수원, 대전 등 지방자치단체와 문화관광부, 철도청, 한국관광공사 등 외국인 관광객들과 밀접한 관련을 가진 정부투자기관들 중심으로 진행되었다.

지자체 가운데 화장실 문화수준 높이기에 적극적인 도시는 서울과 수원이다. 시내 음식점과 유흥업소의 화장실 개선을 위해 구청과 동 직원들이 실태조사를 벌여 13만 3,217곳에 달하는 식품위생업소를 직접 방문, 조사하는 형식이라고 한다.

또 2000년에는 25m 이상 대로변과 상업지역 내 식품위생업소까지, 2001년에는 골목길 변과 주거지역 내 업소에 대해서도 화장실 개선을 유도해 나갈 방침이라고 한다. 식품진흥기금 융자시 이자율을 현행 7%에서 3%로 인하하는 방안을 검토중이라고 한다. 또 우수 화장실 보유업소는 모범업소로 지정해 인센티브를 제공함으로써 화장실 개선에 자발적으로 참여하도록 유도할 것이라고 한다.

서울시는 기존 식품위생업소의 화장실 개선을 유도하는 한편, 12월부터 외국 방문객이 자주 이용하는 인사동, 이태원, 동대문, 남대문 지역부터 위생과 도시 미관을 함께 고려한 유료 공중화장실을 설치, 시범 운영한다고 한다.

유료 공중화장실은 세계적 추세

서울시가 유료화장실을 설치, 운용할 경우 시민들의 입장에서 보면 세금으로 지은 시설물을, 그것도 인간의 기본 생리적인 문제를 해소하기 위해 돈을 내게 하는 행위는 시민에 대한 기본 서비스를 외면하는 것으로도 생각할 수 있다. 그러나 공중화장실의 유료화는 세계적인 추세이며, 쾌적한 서비스를 이용하기 위해서는 사용자가 비용을 지불해야 한다는 당국의 설득이다.

일본 공원의 화장실 앞에서

1987년 일본 요코하마시는 공중화장실을 명상과 휴식을 하는 쾌적한 장소로 가꾸겠다며 시민을 상대로 공중화장실 유료화에 대한 여론조사를 실시했다. 결과는 찬성 62%, 반대 30%로 유료화를 지지, 공중화장실 유료화를 추진하여 화장실 문화의 발전에 기여했다.

프랑스 파리의 유료 캡슐형 화장실은 전자동이다. 동전을 투입하면 문이 열리는데 화장실 안에 세면대, 거울, 화장지가 구비되어 있다. 게다가 일을 보는 동안 향기와 음악이 흘러나와 상쾌하고 즐거운 분위기를 제공한다. 사용 후에는 냄새 제거제가 분사되어 용변시 발생되는 냄새를 말끔히 없애주고 이용자가 밖으로 나오면 자동 시스템에 의한 청소가 시작된다. 독일 베를린과 영국의 공중 유료화장실 역시 이와 비슷한 수준이다.

우리나라도 화장실 문화에 대한 새로운 시도가 없는 것이 아니다.

석촌호수 안의 송파나루 공중화장실은 생화로 실내를 꾸미고 음악을 항상 틀어주어 지난해 한국관광공사가 주최한 '제1회 전국화장실대회'에서 최우수상을 받았다. 1997년부터 '아름다운 화장실 가꾸기 운동'을 펼쳐오고 있는 수원시의 목표는 '수원의 화장실을 세계에서 제일 깨끗하게 만드는 것'이다. 화장실 문화 발전을 위한 세미나를 개최하고 '음악과 그림, 꽃과 향기가 있는 공중화장실 건설'에 의견을 모았다.

수원에서 진행중인 화장실 혁명

수원시는 1997년 7월부터 시·구 청사, 동사무소와 공원 등 시가 관리하는 화장실부터 바꿔 나가기 시작, 1998년 말까지 36억원의 예산을 들여 시내 791개 공중화장실의 절반이 넘는 407개 화장실을 개선했다. 또 매월 '으뜸화장실 콘테스트'를 열어 선정했다.

선정된 으뜸화장실은 클래식 음악과 꽃은 기본이고, 도서와 잡지까지 구비된 파우더 룸도 마련되어 찻집이나 카페로 착각할 정도였다. 무심코 들어온 사람이 잘못 들어온 줄 알고 돌아나가는 해프닝도 벌어졌다.

이런 것을 가능케 한 주된 요인은 자치단체장의 의지에도 있다. 심재덕 시장은 시청에 화장실 문제 전담부서인 화장실계를 설치할 정도로 열성이어서 '화장실 시장'이라는 별칭이 붙을 정도다.

화장실을 개선해 나가는 과정에서 도시 이미지는 물론 시민들의 품격도 함께 높아지는 효과를 감안하여 관광코스로 개발할 계획까지 세우고 있다.

"한 나라의 선진국 여부를 가늠하는 기준은 그 나라의 화장실 문화다. 이제 화장실은 단순히 대소변, 손씻기 같은 기본적인 생리현상 해결 장소 차원에서 쾌적함과 휴식으로 활력을 창출하는 사회적 생활공간으로 바뀌어야 한다."

한국화장실문화협의회 창립

2002년 월드컵을 앞두고 시작된 지자체들의 화장실 개선 노력은 외국인 관광객을 더 많이 유치하려는 한국관광공사의 노력과 맞물려 해외 관광객 유치에 걸림돌이었던 '더럽고 지저분한 화장실 문화'를 개선하기 위한 시민단체를 출범시켰다.

1999년 8월 27일 한국관광공사 회의실에서는 정부와 시민단체 등 각계 대표들이 참가하여 한국화장실문화협의회(韓化協) 창립총회가 열렸다. 국내 최초로 전국 규모의 화장실 문화운동 조직이 탄생한 것이다.

전국시민단체연합, 정신개혁시민협의회, 한국소비자연맹 등 14개 시민단체와 문화공보부, 해양수산부, 수원시, 강원 도청을 비롯해 12개 정부기관, 지자체 등 민·관·재계 46개 단체와 일반 시민들이 참여한 한화협은 아래와 같은 추진 목표를 정한다.

- 외국관광객들에게 청결한 관광한국 이미지 제고
- 국민의 올바른 공중화장실 문화정착 유도
- 화장실 관련 각종 시설 및 관리 서비스
  선진국 수준으로 개선 선도한다.

이를 위해 화장실 문화 전시회, 한·일 화장실 문화 심포지엄 개최, 공중화장실 '베스트 5, 워스트 5' 선정사업, 한국청결화장실 표준모델 공모전 등 화장실 문화의 인식 제고를 위한 홍보, 전국 화장실 실태조사 등 화장실에 관한 정보 자료수집 및 해외 화장실 관련 단체와의 교류 등을 벌여 나갈 예정으로 일반인의 참여의 문을 활짝 열어놓은 범국민운동으로 창립되었다.

국내외 화장실 문화를 주제로 한 〈호모 토일렛〉의 저자인 이상정 무림교역 회장은 "우리나라에서도 화장실 관련 범국민운동단체가 생긴 것은 소망스러운 일"이라면서도 "이번에 출범한 한화협은 전문가와 독지가 그리고 봉사자가 한데 뭉쳐야 하는 시민단체로서의 요건을 갖추지 못했다"고 지적했다.

이 회장은 또 "1985년에 출발한 일본화장실협회는 관의 지원 없이 민간 차원에서 화장실에 대한 여론조사나 의식조사, 정책조사 연구 등의 용역을 받아서 협회가 운영되고 있으며 일본 화장실 문화 개선에 크게 기여하고 있다"며 "프랑스, 호주, 미국, 캐나다 등에도 화장실협회가 오래 전부터 구성돼 활동중이지만 관 주도로 협회 활동이 이루어지는 나라는 거의 없다"고 덧붙였다.

이 회장의 지적에도 불구하고 우리나라 화장실의 문제점은 공중화장실 등 다중이 이용하는 화장실에서 발생하고 있고, 이를 관리 지도하는 곳이 관이나 정부투자기관인 것을 감안하면 화장실 문화 개선운동에 관이 참여하는 것은 어쩔 수 없는 일인지도 모른다. 시설을 개보수하거나, 개보수 명령을 내릴 수 있는 힘은 관에 있기 때문이다.

좋은 시설이 의식 개선 이끈다

화장실 문화 개선운동의 주체에 대한 문제를 떠나, 한화협 출범 이전의 화장실 문화 개선운동은 주로 관련업계에 종사하는 사람들을 주축으로 한 민간 차원에서 이루어져 왔다. 대표적인 사람이 이상정 무림교역 회장이다. 이 회장은 1985년 국내 최초로 이동식 화장실을 공급함으로써 냄새나는 방뇨문화 추방에 크게 기여했다. 또한 각종 저술활동과 세미나 참석 등을 통해 화장실 문화적인 안목을 불어넣는 일에 앞장서 왔다. 또 이 회장은 국내에서 유일한 국제간이화장실 협회(PSAI) 회원으로 국제화장실 심포지엄에 언제나 단골로 초청되어 참석해 왔다.

미국에선 여성용이 남성용보다 2배 넓다

시설과 관련한 또 하나의 문제는 우리나라 공중화장실은 여성이나 노약자, 장애인 등에 대한 배려가 부족하다는 점. 특히 생리적인 욕구 해결에 여성이 남성보다 더 많은 시간을 필요로 한다. 그럼에도 불구하고 공중화장실 설치 현황을 보면 공간을 절반씩 나누어 시설한다.

미국의 경우는 남녀간의 생리적·신체적 차이를 고려해 공중화장실의 전체 넓이는 대개 여성용이 남성용보다 2배 정도 크고 넓다. 또 외국 화장실에는 보편화된 것이 여자화장실의 기저귀 교환대 설치다. 우리나라에는 백화점을 비롯한 몇몇 곳에만 있을 뿐이다.

이상정 회장은 여기에 화장실 행정 문제를 더한다. 화장실 문제를 담당할 주무부서가 중앙부처에 없는 것은 물론, 자치단체 역시 화장실 위치별로 담당부서가 달라 일원화된 관리가 안 되고 있다는 것이다. 도로변 화장실은 청소과가, 공원 화장실은 공원과가, 주차장 화장실은 교통과가 관리 감독하는 식이라는 것이다.

서울 한강변에 있는 7백 개의 간이화장실은 한강관리사업소가 일원화해 관리를 맡는 게 업무의 업무의 효율적 관리를 위해서도 바람직하다. 그런데 한강이 지나는 8개 구청이 각자 지역별로 관리를 담당하고 있어 관리가 제대로 이루어지고 있지 않다는 지적이다.

물론 환경청 오수관리과를 화장실 담당 주무부서라고 볼 수 있다. 그러나 이 과의 화장실 관련 업무는 오염 방지 차원의 소극적인 관리일 뿐이다. 이 회장은 "한 나라 문화의 얼굴이라는 화장실 정책을 일관되게 추진할 주무부처가 없으니 제대로 된 정책이 있을 리가 없고, 제대로 된 정책이 없으니 미봉책만 나오고, 미봉책만 나오니 화장실 문화 개선이 이루어지지 못하는 것"이라고 지적했다.

이 회장의 우려대로 어쩌면 '꽃이 있고 음악이 흐르는' 우리의 수준 높은 화장실은 올림픽 기간 동안 잘 지켜지던 교통질서가 올림픽이 끝난 후 한순간에 무너졌듯 2002년 월드컵 종료와 함께 사라질지도 모를 일이다.

서울시는 1995년에도 공중화장실 정비계획을 세우고 점진적인 개선을 시도했다. 그로부터 4년이 지난 지금도 여전히 서울시의 공중화장실은 낯 부끄러운 수준이다. 우리는 진정 깨끗하고 편안한 화장실, 쾌적하고 여유로운 화장실을 가질 수 없는 나라인가.

– 김성동 자유기고가

화장실 문화에 대한 에피소드

베르사유 궁전에는 화장실이 단 하나?

베르사유 궁정에는 왕이 사용하는 화장실이 단 하나뿐이었다. 그렇다면 왕을 제외한 궁에 거주하는 다른 사람들은 배설물을 어떻게 처리했을까. 건물 구석의 벽이나 바닥, 또는 정원의 풀숲, 나무 밑이 화장실로 이용되었다고 한다. 물론 수백년 전의 일이다.

인간의 오물이 패션을 창조

하이힐은 17세기 초에 최초로 출현했다. 중세 유럽 대부분의 가정에서는 요강에 담진 오수, 오물, 분뇨 등을 창문 밖으로 버리는 것이 예사로운 습관이었다. 이렇게 버려진 오물로 인해 거리는 더럽고, 그런 길을 지나가야 하는 여성들은 걸을 때 드레스의 끝이 오물에 닿지 않게 나무 등을 다듬어 굽이 높은 신발을 만들어 신었다. 높이가 60센티나 되는 것도 있었다고 한다. 바로 그 신이 나중에는 오물을 옷에 묻히지 않기 위한 본래의 목적은 사라지면서 섹시함을 강조하는 하이힐 형태로 발달한 것이다.

남자들이 외투를 걸치고 모자를 쓰게 된 것도 사실은 길을 걷다가 어느 창에선가 머리 위에 쏟아질지도 모를 오물로부터 피해를 줄이기 위한 데서 출발한 것. 오물이 유럽의 패션을 창조한 셈이다.

수세식 변기 국내 유입 시기

정확한 기록을 찾기는 어렵지만 우리나라에 수세식 변기가 처음 들어온 시기는 일제시대를 전후해서다. 일제시대 당시 특급호텔(현 롯데호텔 자리) 등에서는 이미 수세식 변기를 설치하고 있었으며 조선호텔은 좌변기를 설치했다. 이밖에도 화신백화점을 비롯한 일부 은행이 수세식 변기를 사용했다. 또 서울역에도 수세식 화장실이 설치되어 전 국민들 사이에 화제가 되기도 했다.

현재와 같이 좌변기, 양변기는 1945년 해방과 더불어 미군이 진주하면서 호텔, 백화점, 빌딩, 유흥업소를 중심으로 보급됐다. 일반 사무실 건물이나 상류층 저택에 수세식 화장실이 일반화된 것은 1970년대 중반부터였고, 1977년부터는 음식점과 유흥업소 등 접객업소에 수세식 화장실의 설치를 허가조건으로 했다.

서울경제

2000년 11월 1일

"화장실 문화 개선에 평생 바치겠다"

 인 터 뷰 　　李 相 禎 무림교역 회장

'화장실 문화의 르네상스를 꿈꾼다.'

이상정(李相禎·사진) 무림교역 회장이 소명으로 여기는 모토다. 李회장은 현재 간이화장실 임대 및 관리업과 캡슐화장실, 위생변기 수입 판매 등의 사업을 한다. 이와 함께 그는 세계의 모든 화장실을 직접 돌아보고 화장실 관련 논문 발표 등으로 일명 '화장실 박사'로 통한다.

지난 70년대 서울시 주택행정과장, 영등포구청 시민과장 등 공직생활에 역임할 때부터 유난히 화장실에 관심이 많았던 李회장은 96년 우리나라와 선진국 화장실 문화 등을 다룬 '호모 토일렛'을 출간, 화제를 모으기도 했다.

李회장은 "84년 교황 요한 바오로 2세가 방문했을 당시 여의도에 모여든 인파들이 화장실이 없어 고생하는 모습을 보고 이동식 간이화장실의 필요성을 절감했다"며 이 사업에 뛰어든 배경을 설명했다.

이후 86년 아시안게임, 88년 올림픽 등 대규모 주요행사 때마다 李회장은 이동식 간이화장실 임대 관리사업을 거의 독점하다시피 해왔다.

李회장은 이 사업을 단순히 돈을 버는 일이 아니라 신앙적인 소명으로 생각한다. 그런 만큼 화장실문화 개선에 대한 다수의 논문도 발표했다. 또 일본·미국·홍콩 등에서 열린 화장실 관련 국제 심포지엄에는 무조건 참가해 화장실 문화 개척의 선교사 역할을 담당해왔다.

"우리나라 사람들은 유난히 화장실을 천시하는 경향이 있다"며 "화장실은 인간의 기본적인 욕구를 해결하는 곳일 뿐 아니라 그 나라 문화의 척도"라며 李회장은 화장실 문화 개척의 중요성을 강조했다.

그는 또 2002년 월드컵 등 중요행사를 앞두고 있는 만큼 우리나라 사람들의 화장실에 대한 인식이 완전히 바뀌어야 한다고 역설한다.

/윤혜경기자
light@sed.co.kr

국내 이동화장실업계의
명실상부한 선두주자

'무림의 역사는 한국 화장실의 근대화' 자부심 가져

만일 수만 명 이상의 관객이 동원되어 잘 치러진 행사가 공연이 끝나는 것과 동시에 화장실을 찾는 관객에 비해 그 숫자가 턱없이 모자라면 어떤 일이 벌어질까.

그 답은 실패했다는 것이다. 잘 치러진 행사였다 하더라도 부대시설이 미비하다는 지적과 비판을 받게 될 것이며, 심한 경우에는 기본적인 기획에서도 실패한 행사였다는 말을 들을지도 모른다.

지금은 한강변 둔치를 비롯, 야외 공연장이나 축제 현장에서 흔히 만날 수 있는 이동식 화장실은 언제부터 사용되기 시작했을까. 생각만큼 오래되지 않았다. 86년 아시안게임과 88년 서울올림픽을 계기로 본격적으로 사용하기 시작하였고, 90년대 들어 대전엑스포 등 국제적 행사를 거치면서 보편화되었기 때문에 이제 10여 년의 짧은 기간이 지난 데 불과하다.

그러나 무림교역의 이상정 회장과 화장실 문화와의 관계는 이보다 더 오래 전부터 시작되었다. 부산광역시, 경상북도, 서울특별시 등에서 비서관, 공보관, 감사관 등으로 16년의 엘리트 관료 생활을 거친 이 회상은 여의도를 관할에 두는 영등포구청 시민국장으로 재직하던 77년부터 화장실 문화와의 만남을 갖게 된다. 대규모 집회가 자주 열리던 여의도광장의 청소 및 관리 문제에 대해 생각하게 되었던 것이다.

이후 84년 공직생활을 떠나게 되어 어려운 과정에 있었을 때, 여의도광장을 가득 메운 교황 환영 인파를 보면서 본격적으로 이동식 화장실에 대한 사업을 구상하게 되었고, 이것이 무림교역의 시작이 되었다.

신앙의 힘으로 무장, 문화사업가라 불리길 원해

이런 우연에 대해 독실한 신앙을 갖고 있는 이 회장(소망교회 시무장로)은 오직 하나님의 은혜라는 점을 강조하며, 따라서 적정수준 이상의 이윤은 원치도 않고 추구하지도 않기 때문에 이윤을 좇는 장사꾼처럼 비쳐지지 않도록 상당한 주의를 기울이고 있으며, 자신은 문화운동가라는 점을 항상 강조한다.

그러나 무림교역이 이상만 좇는 회사는 아니다. 오히려 펼치기 위해 전문경영인 체제를 도입하고 있으며, 세계적인 이동화장실 제조업체인 미국 새틀라이트사의 제품을 공급받아 철저히 품질을 관리하는 한편, 지난 87년에 일찌감치 PSAI(국제간이화장실협회) 국내 유일의 회원사로 가입해 있다.

뿐만 아니라 94년 아·태지역 공중화장실 세미나, 99년 아시아·태평양 토일렛 심포지엄 등에 적극적으로 참여하여 국내 화장실업계의 위상을 높였으며, 96년에는 화장실 문화에 대한 서적인 〈호모 토일렛〉을 출간하는 등 개인적으로나 무림교역의 입장에서나 전체 업계를 위한 활발한 활동을 전개해 왔다.

현재 업계의 시장 점유율면에서 부동의 1위를 지키고 있다는 평가를 듣고 있다. 회사측의 공식적인 입장이 대외적으로 매출액 등을 밝히지 않는 것이지만 관계자들은 후발업체들에 비해 물량면에서 평균 5배 이상을 항상 대여하고 있을 뿐 아니라 관리까지 겸하고 있어 단순하게 수치만으로 비교할 수 없을 정도로 우열의 차가 드러나고 있으며, 특히 제품에 대한 이해도와 관리능력면에서 크게 두드러질 것이라고 말한다.

그럼에도 불구하고 무림교역은 현재의 편안함에 안주하지 않고 21세기 환경친화적인 상품과 공간의 효율성을 배려한 신제품 등도 속속 선보이고 있다. 현재 다양한 제품군을 갖추고 있는 무림교역의 주요 제품들은 각각 사용도에 따른 특성을 보여 주고 있다.

최근 무림에서 주력으로 내세우고 초절수식 모델은 '사용자의 입장, 관리자의 입장에서 연구 설계한 첨단 화장실' 임을 강조하고 있다. 이동식 화장실에 첨단이 어울리지 않는다고 생각할 수 있으나 박카스

1병 정도의 물(0.15리터)로 깨끗하게 수세되고 악취와 불결을 차단하는 자동닫힘변기나 이중단열로 화장실 몸체를 구성, 더위와 추위에도 사용상의 어려움이 없으며 이동에도 간편하게 지게차로 운반하기 쉽게 조립되었다. 또한 폐수 탱크가 500리터에 달해 적은 양의 물로 수세하는 것을 감안하면 사실상 관리에 별다른 신경을 쓸 필요가 없음을 알 수 있다.

이밖에도 21세기형 화장실인 밀레니엄 화장실로 좁은 공간에서 남녀용, 장애인용을 모두 수용할 수 있으며, 벽과 바닥 등을 타일로 처리, 깔끔한 환경 속에서 사용하고 유지와 관리도 기존에 비해 간편하기 때문에 회사측은 앞으로 많은 수요를 기대하고 있다. 이런 제품 말고도 다양한 제품군을 선보이고 있는 무림교역은 '민족의 품위'를 생각한다는 문구에 어울리는 선두를 달리는 회사임에 틀림없다.

(1966年 3月24日 創刊)　**1985年6月10日**（月曜日）1版　【日刊】

中小企業

毎日經濟新聞

이동식화장실 등장

茂林交易

(株) 茂林交易 (대표李相禎) 은 美國새틸라이트社와 기술제휴로 이동식화장실을 개발, 시판에 들어갔다. 〈사진〉

특수消臭劑를 사용, 악취를 완전제거할수있도록 제작된 이 제품은 꼬원·관광지·골프장·해수욕장등 공공장소및 야외어느곳에서나 간편하게 설치, 사용할수 있는것으로 알려졌다.

이색 임대산업 각광

이동식 화장실 빌려 줍니다

무슨 물건이든지 자기 것으로 만들어 놓고 써야 직성이 풀리는 것이 우리네 소비자 마음. 이러한 우리의 소비문화에도 변화가 일고 있다. 필요한 물건을 직접 사지 않고 빌려 쓰는 임대문화가 바로 그것이다. 과거에는 특정한 날 하루만 사용되는 물건도 돈을 주고 사는 사람이 많았는데 최근에는 임대료만으로 필요한 물건을 빌려 쓰는 사람이 부쩍 늘었다.

이 때문에 성장산업으로 새롭게 부상하고 있는 것이 물건을 빌려주고 임대료를 챙기는 임대산업. 몇 년 전만 하더라도 카메라, 자동차 등 내구제를 빌려주는 것이 고작이었으나 요즈음은 비디오테이프, 잡지, 주방용품, 그림, 화분, 예복 등 생활에 소용되는 거의 모든 물품은 물론 서비스까지 빌려주고 빌려 쓸 수 있게 되었다.

화장실 문화는 그 어느 것보다도 한 나라의 문화수준을 가늠케 한다. 올림픽 때의 이동식 화장실은 우리나라의 공중위생 이미지를 내외에 크게 높이는 데 기여했다.

(주)무림교역(사장 李相禛)도 임대산업의 정착화에 따라 생겨난 기업이지만 임대품목이 특이하다. 무림교역이 취급하는 임대품목은 이동식 화장실. 자칫 무시하기 쉽지만 옥외집회나 야유회 등에서 가장 필요한 물건이다. 더군다나 수십에서 수백만 명이 모이고 웅성거렸던 여의도광장의 종교 및 정치집회, 올림픽을 비롯한 각종 크고 작은 국제경기·국내 체육대회 등의 성공도 이들 이동식 화장실이 한몫을 했다. 사업이라고 크게 내세우지는 않더라도 지극히 공익적인 사업임엔 틀림없다.

무림교역이 이동식 화장실 임대를 시작한 것은 지난 85년 봄. 교회 장로로 84년 가을 교황의 서울 방문 때 여의도 미사를 지켜보면서 1백만 명이 모여 장시간의 집회를 하는데도 불구, 화장실 설치가 빈

204

약해 수많은 사람들이 고통받는 것을 보고 착안, 이동식 화장실 임대를 생각해 냈다.

지금은 세계위생협회 이사의 직책까지 얻은 이 사장은 장동목(張東睦) 전무와 함께 6개월여 동안 미국과 유럽, 일본 등을 돌아다니며 각국의 이동식 화장실 실태를 연구하고 난 뒤 본격적인 사업으로 귀착시켰다.

무림교역이 우리나라에 최초로 이동식 화장실을 임대해 준 것은 지난 86년 아시안게임 때. 그 전까지 한강시민공원 등에 설치하기도 했지만 징식 임내료를 받고 일정기간 동안 빌려 준 것은 이때가 시초라는 것.

당시 무림교역은 아시안게임조직위로부터 임대료를 받고 화장실이 부족한 주경기장 주변, 상무체육관 등에 1백여 대의 이동식 화장실을 설치하고 관리에 온 신경을 기울였다. 이 때문에 대회가 끝났을 때는 조직위원회로부터 감사패를 받아 일석이조의 성과를 얻었다.

이후 전국체전, 기업체 체육대회, 단체야유회, 공사현장 등에 반드시 등장하게 되었고, 87년 대통령선거 유세 때도 한몫을 단단히 했다. 이동식 화장실이 가장 빛을 본 것은 88서울올림픽 때. 무림교역은 1천여 대의 이동식 화장실을 올림픽주경기장 주변, 올림픽공원 등에 모양 있게 설치, 깨끗하고 질서있는 올림픽을 치르는 데 독톡한 역할을 했다. 뿐만 아니라 장애인올림픽 때는 장애인용 이동식 화장실을 곳곳에 세워 우리나라 화장실 문화의 이미지 제고에 큰 기여를 한 셈이다.

이동식 화장실의 생명은 청결. 무림교역 직원들이 가장 애를 먹는 것은 이를 관리하는 것이다. 분뇨수거는 다른 용역업체에서 처리하게 되어 있지만 수많은 사람들이 사용하고 또 외국인들에게는 우리나라에 대한 인식을 좌우하게 되는 것인 만큼 이동식 화장실은 항상 깨끗한 상태로 유지되어야 하며 냄새가 나지 않아야 된다. 분뇨가 수거된 이동식 화장실은 하치장에 집결시켜 무림교역 직원들에 의해 새롭게 단장된다. 보통 320리터짜리 변기통 밑바닥부터 구석구석까지 청소를 완벽하게 한 다음 소취제를 살포한다. 이 때문에 무림교역 직원들은 '자신은 냄새가 날지 모르지만 이동식 화장실만큼은 그 무엇보다고 깨끗하다'고 강조한다.

현재 무림교역이 보유하고 있는 이동식 화장실은 모두 2천여 대. 종류별로 한식과 양식, 장애인용이 있는데 어느 것이나 아파트에 설치된 화장실처럼 소변기와 대변기, 화장지걸이, 옷걸이 등이 구비돼 있다. 이동식 화장실의 설치는 일단 주문을 받으면 현장을 답사, 위치를 선정한 다음 집회 규모에 따라 필요한 대수만큼 설치해 주고 사용이 끝날 때까지 관리를 한다. 임대료는 이용기간에 따라 다르다. 보통 1대를 하루 임대하는 데는 5만원이고, 2일째부터는 2만원씩 부과된다고.

이제는 친구들이나 주위사람들로부터 '똥박사'로 불린다는 장동목 전무는 "하필이면 지저분한 화장실이냐고 핀잔을 받지만 공중위생과 국민보건을 위해 꼭 필요한 일을 하고 있다는 데 자부심을 갖고 있다"며 지난 86아시안게임과 88올림픽 때를 다음과 같이 회고한다.

"솔직히 말해 우리나라 사람들이 화장실 질서를 더 잘 지킵니다. 외국인 전용 화장실보다 훨씬 깨끗했어요. 다만 간이화장실 사이사이 설치돼 있던 손씻는 간이수도 사용이 적었습니다"하며 이제부터라도 화장실 이용 후 손씻는 습관을 더 길러야 할 것 같다고 밝혔다.

무림개발 이상정 회장

지난 몇 년간 화장실 문화 개선운동이 활발히 전개되어 우리 화장실 문화가 눈부신 발전을 거듭하여 고속도로 곳곳의 휴게소 화장실과 전국 여러 곳의 화장실이 비약적인 성장을 했으나 화장실에 대한 전문적인 지식이 아직 많이 부족한 것이 사실이다. 그 동안 쉽게 접할 수 없었던 화장실에 대한 역사와 참고자료들을 제공하기로 한다. 본 내용은 〈호모 토일렛(Homo Toilet)〉에서 발췌하여 기술한다.(편집자)

1. 한국 화장실 문화의 어제와 오늘

지난날의 속담에 '뒷간과 처갓집은 멀리 있을수록 좋다'는 말이 있다. 서양은 분뇨를 버렸는데 우리는 분뇨와 가축의 배설물을 퇴비로 쓰면서 악취와 비위생 속에서 농경문화의 전통을 이어왔다.

일본 통치시대에 이르러 일본식 변소가 관공서나 학교에 보급되면서 그 이름도 '뒷간'에서 '변소'로 바뀌어 불리게 되었고, 그 당시 신축된 조선총독부, 관청, 특급호텔, 백화점 등에 설치되었던 변소는 물통을 높이 두고 줄을 당기면 물이 나오는 초기의 수세식이었다.

1945년 2차 세계대전 후 주둔한 미국군과 유엔군의 영내에는 양식 변기가 있었으나, 일반에 보급되기 시작한 것은 폐허 위에 세워진 빌딩, 공공건물, 고급주택에서부터였다.

6·25동란의 휴전 후 수도 서울의 폭발적인 인구집중과 산업사회가 몰고 온 60년대 이후의 도시 비대화 현상과 화학비료의 보급으로 도시의 분뇨는 그 가치를 잃게 되어, 도시 기능의 재편과 더불어 분뇨수거 처리의 큰 혼란기를 겪기도 했다.

70년대 후반에는 공동주택이 서울에서부터 시작되었는데, 특히 아파트 생활방식은 그토록 혐오했던 지난날의 변소를 욕조, 세면대와 같은 자리에 놓게 되는 화장실의 혁명을 이룩하게 되었다.

그러나 그때에는 공중화장실이 보기 드물었으므로 사상 초유의 86 아시안게임과 88서울올림픽이 이동식 화장실의 새 시대를 여는 전환점이 되었다. 그 당시에는 신선한 충격과 함께 공중화장실의 필요성이 널리 인식되고 무취, 상쾌, 청결의 화장실 위생의식을 깨우치는 계기가 되었다.

서울올림픽에 이어 89년에는 가톨릭성체대회, 93년의 대전엑스포, 94년 세계청소년잼버리대회 등 국내외 대소행사를 거치면서 이동화장실이 행사의 필수품으로 자리를 잡았다. 또한 아파트 세대의 증가와 더불어 전반적인 생활수준이 향상되었으나 상대적으로 낙후된 공중화장실 문제가 떠오르던 90년대에 이르러 그 동안 화장실에 관한 말을 되도록 피해왔던 매스컴에서도 적극적으로 공론화하기에 이르렀다.

유동성을 요하는 일시적인 장소에는 완전이동식으로 설치하고 등산로, 유원지, 도시 변두리 같은 곳에서 지하 탱크를 매설한 준이동식을 설치하며, 특히 자연친화적인 자연발효 시스템이 도입되어 여러 곳에서 이용되고 있다. 이제 한국의 산, 강, 바다, 마을 야외에서 사용하는 이동식은 고정식보다 비용이 적게 들고 간편하다는 장점 때문에 더 넓고 큰 용도를 갖게 되었다.

도시의 공중화장실이 대부분 건축물이어서 대지 확보가 어려워 증설이 더디었으나, 이제는 필요한 곳에 있어야 한다는 요구가 계속되어, 특별시책으로 증설에 행정력이 동원되고 있다. 그러나 현존하는 건축물이나 이동식 모두가 깨끗해야 한다는 보편적인 욕구에 응해서 지금까지 해 왔던 물청소보다 위생적인 관리로 전환해야 되는 시점에 와 있다.

가장 더러운 곳일수록 관리는 책임질 수 있는 용역관리에 맡기고 노하우가 필요한 분야는 전문화해야 한다는 일반적인 인식 하에 늦어도 2~3년 안에는 여러 면에서 개선될 줄로 믿고 있다.

2. 한국 공중화장실의 현대화 운동

대도시의 빌딩, 호텔 등 공공시설과 고급 위생업소나 부유층은 화장실을 장식하여 안락한 문화공간으로 그 용도를 넓혀 가고 있지만, 특히 내 것이 아닌 공중화장실은 국제화, 세계화 시대인 오늘에도 정책적인 조명을 일찍 받지 못한 탓으로 가장 뒤처진 분야로 꼽히어 왔다.

그러나 화장실 문화의 새 시대를 유도하는 저서나 논문과 관광지의 공중화장실 문제를 가장 예민하게 접해 온 한국관광공사가 관광지를 중심으로 공중화장실의 문제점과 시책을 검토하면서 지속적인 개선을 유도해 왔다.

특히 작년에는 관광공사가 전국의 공중화장실을 대상으로 Best 5와 Worst 5를 선정하여 시상, 홍보함으로써 화장실에 대한 당국과 대중의 관심을 환기시키고 있다. 1995년에는 내무부(현 행정자치부)와 서울특별시에서도 시범 화장실 설치 계획과 공중화장실 정비 계획을 수립하였다. 또한 2002년 월드컵대회 개최지인 수원시에서는 97년부터 매년 1회 '공중화장실 심포지엄'을 열고 있다.

옛날 성곽 안과 밖을 중심으로 도시화된 지역의 특수성을 감안하여 성곽 모형을 화장실 지붕으로 하고, 원통형에 컬러 유리를 벽으로 하여 좋은 경관을 보면서 사용할 수 있게 했다. 클래식 음악과 꽃향기, 파우더 룸을 기본으로 책이나 잡지를 놓아 두거나 새소리를 들려주는 등 자연과의 조화와 환경친화적인 완벽한 설비를 갖추어 시내, 공원, 등산로 입구 등에 설치했으며, 그 밖에도 각종 시범 사례를 창출하고 있다.

특히 공공장소인 시장 같은 곳에는 수원시가 비용의 50%를 부담하여 개선하고 있으며, 최근 관광공사와 더불어 기관, 단체, 기업과 독지가를 망라하여 '한국화장실문화협의회'가 출범하기도 했다. 또한 서울 송파구에서는 화장실과 휴게실을 나란히 세워 휴게실 수입으로 화장실 관리비를 조달하는 모범적인 첨단 화장실이 화제가 되고 있다.

주부들이 발족한 '깨끗한 화장실 관리 시민모임'이 추진하고 있는 거주지별 책임봉사도 성공적인 미담을 남겼으며 초등학교 순회 방문 교육, 특히 인근 학교와 공중화장실을 연계하여 관리하게 함으로써 학생 교육과 사회참여라는 이중 효과를 거두고 있다.(2001. 8. 미소공)

한국 화장실 문화운동의 선구자
무림개발 이상정 회장을 찾아서

미소공 사무국장 송철호와 대담

꽃샘추위라더니 오늘따라 눈발이 흩날리고 찬바람이 옷 속 깊숙이 파고든다. 이상정 고문을 만나러 가는 길이다.

정자역에서 성남 방향으로 약 5분 거리에 폴라리스빌딩이 있었다. 무림개발은 이 건물 603호에 있는데 사무실 안에 들어서니 언뜻 보기에도 매우 분주하다는 느낌이다.

회장님을 잠시 기다리는 동안 주위를 둘러보니 성경의 시편 편액이 눈에 들어온다. "복 있는 사람은 악인의 꾀를 쫓지 아니하며 죄인의 길에 서지 아니하며 오만한 자의 자리에 앉지 아니하고…."

또 다른 벽에 "베푼 정은 기억 말고 받은 사랑 잊지 말자"는 슬로건을 보며 독실한 크리스천 기업 이미지를 느낄 수가 있었다.

잠시 후 반가운 얼굴로 맞아주신다. 인사를 나누자 첫 말씀이 어린 시절의 이야기부터 꺼내신다. 엄격하고 완고한 가정에서 태어났으나

인재까지 겹쳤던
6·25전쟁의 참화로
온 집안이 몰락해
가던 고교 시절, 힘에
겨워 기진맥진해 있던
그는 처음으로 교회를 나
가게 되었다고 했다.

찬송가를 부르고 나면 조금
이나마 마음에 평안을 느껴 시작
된 신앙생활이 좌절과 절망의 고난 가운
데서도 그를 지켜주는 힘이 되어 오늘에 이르렀다고 했다.

그리고 중앙, 지방의 관청은 물론 어느 누구도 화장실에 대한 문제의식이 없었던 그 당시 나 홀로 깨닫고 뛰었으니까 더구나 내무부 계통의 정통 공직자였기에 당초부터 사업은 생각할 겨를도 없어 우국충정의 열정으로 뛰어왔을 뿐이라고 털어놓았다.

화장실 문화와의 인연은?

1970년대 후반 저는 40대 초반 나이에 서울시 주택관리와 주택행정의 책임자로서 공동주택 아파트 정책의 산파역을 했던 보람찬 경력을 가지고 있습니다. 그러나 뜻하지 않은 풍운에 좌절을 겪으며 절망의 늪에 헤매던 그곳에서 하나님은 나에게 남이 못 보는 눈을 뜨게 하셨으니 그것이 야외 화장실이며 내 인생의 이모작이 되었습니다.

1984년 5월 3일 여의도에서 있었던 교황 요한 바오로 2세의 가톨릭

성체대회를 텔레비전으로 보면서 저 많은 사람들의 생리문제를 어떻게 하나 하는 강력한 의문이 생기면서, 그것이 나에게는 사업가로서 의욕과 정열의 숨결이 되었지요.

그때가 86아시안게임과 88서울올림픽이 결정되었던 때였으니, 일회성 행사마다 건축물로 된 공중화장실을 지을 수 없다는 판단이 서자 이동식의 간편한 화장실이 아니면 안 된다는 생각에 미치게 되더군요….

이동식 화장실이 공중화장실의 현대화로 이어진 과정은?

그 당시 우리나라 공중화장실은 우리 주변에서 가장 낙후된 위생의 사각지대였습니다. 너무도 혐오의 대상이었기에 변소(화장실)는 언급도 안 하는 것이 예의처럼 되어 그대로 방치하고 있었습니다.

도시의 후미진 곳에 어둡고 더럽고, 배설의 장소로서만 있었던 공중화장실. 그마저 드물게 있었기에 골목길에서 소변을 봐도 나무랄 수 없었고, 주택가 빈터에는 택시를 세워 둔 채 소변 보는 모습도 가끔 볼 수 있었지요.

1985년 세계양궁대회에 이어 역사상 초유의 국제행사였던 86아시안게임, 88서울올림픽에 처음으로 우리 회사가 이동식 화장실을 공급하여 세상을 놀라게 한 그때가 우리나라 화장실 문화의 여명기였습니다.

그 후 대전엑스포, 한국청소년잼버리대회와 세계잼버리대회, 그리고 한강시민공원에 설치되었던 이동식 화장실은 그 절묘한 용도에 세인의 이목을 집중시켰지요.

더구나 이동식 화장실의 임대와 전문관리는 국내외 대형 행사장에 신선한 충격을 주면서 요원의 불길처럼 번지기 시작했으며, 공중화장실에 대한 새로운 인식이 싹트기 시작하였습니다.

전국체육대회, 선거유세장, 특히 대통령 취임식장을 비롯한 불특정 다수인이 운집하는 곳이면 수요에는 부족하였지만 설치되는 사례가 차츰 늘어나게 되었지요….

국립공원, 도시공원, 유원지에도 차츰 보급되기 시작하여, 땅을 파고 공사가 끝나면 묻어 버리던 건설현장에도 이동식은 형식이나마 한두 곳에 설치하는 추세로 이어졌습니다.

이동식 화장실은 분뇨탱크가 적기 때문에 자주 수거해야 하는 번거로운 문제가 있어 저희는 FRP를 자재로 한 보다 큰 탱크에 화장실 모체를 조립한 이동식으로 제작하게 되었고, 또 한편 공원 같은 곳이나 자주 수거하기 어려운 등산로에는 지하에 큰 탱크를 매설하고 그 위에 이동식 모체를 조립하는 소위 준 이동식으로 다급한 수요에 대응하기도 했습니다.

준이동식 역시 분뇨수거의 문제점 때문에 차츰 발효식이라는 분뇨소멸식 화장실이 등장하였지요. 인색한 예산 때문에 화장실의 절대수가 부족한 문제점, 사후관리를 외면해 왔기 때문에 자연발효식은 본래의 기능을 발휘할 수 없어 원성을 듣는 억울한 때도 한동안 있었습니다.

1990년대 후반부터 우리나라 아파트는 급속도로 일반화되고 멀리 있던 화장실은 세면기, 욕조와 함께 안방의 부속실로 자리 잡으면서 공중화장실의 청결과 위생에 대한 욕구는 절실한 과제로 모두의 관심을 끌게 되어 어느 것보다 우선해야 한다는 공감대를 이루게 되었지요.

2002년도 월드컵대회를 준비하면서 그때 정부는 월드컵문화운동본부를 설치하고 활동을 개시하던 1998년부터 월드컵 경기장으로 선정된 10개 대도시마다 축구장 건립과 병행하여 공중화장실은 가장 큰 현안으로 정부의 강력한 뒷받침이 이루어지게 되었습니다.

1999년에는 한국화장실협의회가 발족하여 화장실문화운동본부와 손을 잡고 세계적인 잔치에 손색없는 화장실과 관리, 사용자의 계도를 위해 역사상 처음으로 화장실 문화운동이 활발하게 꽃피게 되었습니다. 월드컵대회에 즈음하여 이동식도 수세식으로 변모되고 새로 건축된 공중화장실은 첨단화된 위생, 청결, 환기, 냉난방을 구비하게 되었으며 화장실은 설치보다 그 관리가 중요하다는 인식이 보편화되면서 최고급 기자재와 불편 없는 설비와 관리로 사용자를 놀라게 하기에 이르렀습니다.

이동식에서 준이동식으로, 자연발효식에서 수세식 콘테이너식으로, 콘테이너식은 바퀴 달린 선진국형의 트레일러로 발전을 거듭하

여 이제는 한국을 방문하는 외국인에게 우리의 문화적 품위를 자랑
하게 되었답니다.

지난번 이사회에서 은퇴 아닌
또 다른 일을 하시겠다고 하셨는데…

그 동안 화장실 문화의 개척자라는 사명감을 가지고 87년에는
PSAI 회원으로서, 90년부터는 일본 토일렛협회 회원으로서 선진국
의 문화를 우리 것으로 접목해 온 지난날을 되돌아보면서 이제는 우
리의 협회가 세계 화장실 문화의 주역으로서 깃발을 든 지금에 저의
견문과 지식을 아껴두어 무엇에 쓰겠습니까?
오는 11월 세계화장실협회 창립은 역사적인 의의도 있지만 특히
개발도상국의 위생문제를 인도적으로 깨우친다는 의미와 국제간 민
간외교의 틀을 만든다는 취지에 박수를 보내며 화장실 문화운동의
대열에 중단 없이 참여하고자 합니다.

가장 기억에 남는 일은?

1993년 홍콩에서 아·태지역 화장실 심포지엄이 개최되었을 때 저
혼자 처음으로 참가하여 큰 충격을 받았습니다.
동남아 각국에서는 공중화장실 개선의 물결이 뜨겁게 달아오르는
데 우리는 모두가 잠만 자고 있으니 너무나 답답해서 '화장실 문화
의 르네상스를 제의한다' 는 제호로 작은 책자를 만들어 중앙정부,
유관부서는 물론 언론기관, 시군구의 말단부서까지 배포하는 것을

비롯해 매스미디어를 통한 화장실 문화의 인식 제고를 위해 뜨거운 사명감에서 뛰어든 일이며, 이동식 화장실 문화의 새 시대를 열었던 추억들이 생각납니다.

화장실 문화운동을 하는 후배들에게 하고 싶은 말씀은?

공중화장실은 설치자, 사용자, 관리자의 열의와 노력 없이는 결코 이루어질 수 없는 그 나라 문화수준의 척도입니다. 유치원, 초등학교 에서부터 공중의식 교육이 이루어지게 함은 물론, 화장실 문화운동 은 화장실 유관 기업인의 사회적 책무이며 외면해선 안 될 과업일 것 입니다.

오고 오는 세월 우리 협회의 사명적인 행보가 나라의 발전과 함께 하기를 기원합니다.

노익장을 과시하듯 약 1시간 30분 동안 거침없이 쏟아내는 말씀 속에 아직도 일에 대한 열정이 대단해 보인다. 무림개발 사무실을 뒤 로하고 나오면서 이상정 고문의 인자함 속에 비쳐나는 열정 넘치는 모습 속에서 세계에서 가장 몸값이 비싸다는 프랑스의 발레리나 '실 비 길렘'이 한 말이 생각난다.

"한계란 갖고 있는 것이 아니라 그렇게 여겨서 생기는 것"이라고.

뒷간과 화장실 미학

동양의 정전법

농업용 비료에는 분뇨 이외에도 풀을 썩힌 초비(草肥), 나무나 풀을 태워 재로 만든 회비(灰肥), 풀을 베어다 덮는 녹비(綠肥), 분뇨를 짚 또는 풀과 모래를 섞어 발효시킨 퇴비(堆肥) 등이 있다.

옛날에는 인구에 비해 유휴 농경지가 많았으므로 동양에서는 소위 정전법(井田法)이라는 것이 실시되었다. 정전법이란 밭은 [田]자 모양으로 4등분하거나 [井]자 모양으로 9등분하여, 해마다 그 구역을 차례로 돌아가며 곡식을 재배하는 방법을 말한다. 따라서 전법(田法)이라면 4년에 한 번씩, 정법(井法)이라면 9년에 한 번씩 윤작 하는 셈이 된다. 이는 연작으로 인한 지력의 감소를 방지하고자 하는 방법이었다.

사람이나 가축의 분(糞)을 농경에 이용한 것은 그 이전의 일이었으므로 이와 같은 정전법은 사람이나 가축의 분을 밭에 뿌리는 이전의 방법이 연작으로 인한 지력의 감소를 막는 데 만족할 만한 방법이 되지 못했음을 뜻하는 것으로 볼 수도 있다.

중국의 은나라 시대부터 실시되어 온 것으로 여러 가지 정전법은 그 후 기자조선(箕子朝鮮)을 통해 한반도에 전해졌다고 하며, 한국의 경주에는 정전의 유지가 남아 있다. 그러나 기자동래설(箕子東來說)을 부인하는 사학자들은 이를 진한(辰韓)의 유제(遺制)라고 하여 상반된 견해를 제시하기도 한다.

분석(糞石)

앞서 말한 바와 같이, 문자에 의해 알 수 있는 과거의 사실들은 시간적으로 보아 인류 역사 전체에 있어 20분의 1도 채 되지 않는다. 인류사 속에서 문자가 발명된 이후 줄곧 쓰여진 수많은 사서(史書)들 중 그 어떤 것도 인류의 상고사(上古史)를 연구하는 데 아무런 도움도 주지 못한다. 이 부분에 있어서 태고의 비밀을 가르쳐 주는 거의 유일한 단서는 화석(化石)뿐이라고 할 수 있다.

과거 지구의 주인은 공룡이라는 거대한 파충류의 무리였으며, 지각의 변화는 어떠했고, 인류가 어떤 시행착오의 과정을 거치면서 문화를 발전시켜 왔는지 등에 대한 사실을 상식화시킬 수 있었던 것은 오로지 자연발생적 타임캡슐이라고 불리는 화석의 공로였다.

지구상의 모든 과거는 화석이 될 수 있다. 화석이 되지 않는 것이란 아무것도 없다. 벌레와 꽃, 새와 짐승, 지구상에 존재하는 모든 것들은 화석이라는 형태로 자신의 자취를 남긴다.

시베리아의 얼음 속에서 맘모스의 화석이 나오고 호박(琥珀) 속에서 공룡의 피를 빨아먹던 모기의 화석이 나오는 것처럼 어디엔가 인간의 화석이 남아 있는 것은 아닐까. 사람의 화석을 발굴해 낸다는 것, 그것은 오랫동안 여러 고고학자들의 숙원이었다. 그러나 어디서고 인간의 화석은 발견되지 않았다. 적어도 1961년까지는 그랬다.

화석

1961년 7월 이스라엘의 아무르 동굴에서 20만년에서 10만년쯤에 살았던 것으로 추정되는 네안데르탈인의 화석이 도쿄대학 조사단에 의해 발굴되었다. 이때까지 고대 인류의 완전한 뼈 화석이 발견된 것은 처음 있는 일이었다.

고고학자들은 흥분했고 이로써 선사시대 인류에 대해 많은 부분을 알게 되었다. 그러나 고고학자들은 네안데르탈인의 화석은 고대 인류의 생물학·해부학적인 특성에 대해서는 많은 것을 알려주었지만 인간의 문화, 이를테면 무엇을 먹었고, 대개의 건강상태는 어땠고, 어느 정도의 문명생활을 하였는가를 연구하는 데는 그다지 도움이 되지 않는다는 사실을 깨달았다.

그들은 오히려 인류의 조상이 배설한 지저분한 분(糞)이 오랜 세월을 거치면서 화석으로 변한 이른바 분석(糞石, coprolite)이라는 것이 고대 인류 문화에 대해 많은 것을 말해 주고 있다는 것을 알아차리기 시작했다.

분석의 발견

　분석이란 인간을 포함한 동물의 분(糞)의 화석을 말한다. 학자들이 분석에 주목하게 된 것은 19세기 후반부터이며 이것에 대한 연구는 비교적 새로운 것에 속한다.

　분석 연구의 시초는 1875년 미국의 와이먼(Wymann)이 플로리다 주 세인트 강의 담수계 패총(貝塚)에서 많은 어골(魚骨)이 포함된 분석을 발견한 것에서부터 시작되었다. 와이먼은 이 화석을 깨트려 많

분석(coprolite)

은 어골을 찾아냈고 그것에 대해 기록했다. 그 후 1896년 하쉬벨거 (J. W. Harshberger)가 선사시대의 민족적 식물사에 원점을 탐구하면서 분석을 다루었고, 1910년 영(B. H. Young)이라는 사람은 켄터키 주의 어느 동굴에서 식물 종자가 포함된 분석을 발견하였다. 영은 분석 속에 포함된 종자들을 채취하여 감정하였지만 이것은 사람의 것이 아니라 선사시대에 살았던 어느 동물의 분이라는 것을 알게 되었다. 동물의 화석보다 훨씬 늦게 발견된 것처럼 분석 역시 사람의 것은 좀처럼 나타나지 않았다.

1961년 미국 시카코대학의 인류학자 브레이도우트 박사, 하버드 대학의 동물학자 리이트 박사 등이 이란의 더크로스 산맥 지대의 아시어브라고 하는 1만년 전의 흙무더기 속에서 분화석(糞化石) 코프롤라이트(coprolite)를 발견했다. 이것은 여러 가지 측면에서 인간의 분석임이 확실해 보였고, 이 화석의 성분을 분석함으로써 그들은 그 무렵 사람들이 무엇을 먹고 지냈는지 알게 되었다.

미소공에 연재된 뒷간과 화장실 미학 목록

2001년 8월호	뒷간과 화장실의 미학 1 1. 화장실 문화의 어제와 오늘 2. 한국 공중화장실의 현대와 운동
2001년 9월호	뒷간과 화장실의 미학 2 1. 고대의 배설 문화 2. 고대 변기의 유물 3. 분뇨에 관한 문자의 기원
2001년 10월호	뒷간과 화장실 미학 3 1. 고대의 분뇨 처리 2. 농경생활과 분뇨의 이용 3. 로마제국
2001년 11월호	뒷간과 화장실 미학 4 1. 동양의 정전법 2. 분석 3. 화석 4. 분석의 발견
2001년 12월호	뒷간과 화장실 미학 5 1. 분석의 연구 2. 분석을 통해 알 수 있는 것들 3. 도쿄 시민의 분석 4. 분뇨처리 방법의 종류
2002년 1월호	뒷간과 화장실 미학 6 1. 수세식 변기와 절수 2. 수세식과 환경오염 문제 3. 분뇨와 자연의 리사이클

2002년 3월호	**뒷간과 화장실 미학 7** 1. 중국 2. 중국의 변기 3. 궁중의 변기 4. 로마의 유료화장실 5. 향수와 전염병 6. 로마 화장실은 레저타운 7. 세계의 화장실 문화(유럽)
2002년 5월호	**뒷간과 화장실 미학 8** 1. 돼지 변소 2. 수도장으로 사용된 변소 3. 삼상사 4. 화장실 전쟁 5. 양자의 해골 변기 6. 변기를 옥좌로
2002년 6월호	**뒷간과 화장실 미학 9** 1. 동남아, 태평양 연안국 2. 태국 3. 베트남 4. 인도 5. 불교사원의 변소 6. 회교도의 관습 7. 왼손의 세정 8. 반상회 하는 공동변소

2002년 7월호	**뒷간과 화장실 미학 10** 1. 일본 변소의 명칭 2. 분뇨 저장소 3. 분소르와 노방변소 4. 서서 오줌 누는 일본여성
2002년 8월호	**뒷간과 화장실 미학 11** 1. 퇴비와 분뇨의 매매 2. 분뇨 취급 규칙 3. 수거식 변소와 분뇨 처리 4. 갈서선
2002년 9월호	**뒷간과 화장실 미학 12** 1. 변소의 개량과 화학비료 2. 아이누의 변소 3. 오키나와의 변소 4. 수세식 좌변기의 보급
2002년 10월호	**뒷간과 화장실 미학 13** 1. 분양법의 전래와 분뇨의 이용 2. 고대의 변소 칙청 3. 한국의 요강문화
2002년 11월호	**뒷간과 화장실 미학 14** 1. 한국 요강의 특징 2. 궁중의 칙간과 변기
2002년 12월호	**뒷간과 화장실 미학 15** 1. 한국 칙간의 유형 2. 칙신

제3장

세계 화장실 문화를 정리한 호모 토일렛

중앙일보 | 지구촌 冊정보 | 월간조선 | 출판저널 | 주간조선

영남동창회보 | 시사뉴스 | 기독실업인

CBS 양희은의 정보시대 | KBS 한밤에 만난 사람

저자와 함께
〈호모 토일렛〉 펴낸 사업가 이상정 씨

화장실은 그 나라 문화수준 잣대

이동식 화장실 제조업체인 무림교역 대표 이상정 씨. 10여 년 이상 화장실 하나에 매달렸다. 찜통더위에 웬 화장실 얘기냐고 짜증낼 사람도 있겠지만 그의 애착은 각별하다.

"문화수준을 잴 잣대로 화장실만한 게 있습니까. 특히 공중화장실은 시민의식을 가늠하는 시금석입니다."

그가 쓴 〈호모 토일렛〉은 세계 각국의 화장실 문화를 소개하면서 배설행위가 인간의 생활에 미친 영향, 나아가 바람직한 방향을 모색한 책. 분뇨를 둘러싼 부정적 선입관을 제거하자는 취지다. 하이힐, 코트, 중절모는 오물을 피하려는 중세인들의 궁여지책에서 나왔다든지, 수세식 화장실은 4천 년 전 미노이 왕족이 처음 사용했다든지, 프랑스 루이 14세는 변기에 앉아 업무를 처리했다든지 등 갖가지 에피소드가 줄을 잇는다.

무림교역 이상정 회장이 펴낸
〈호모 토일렛〉

흥미로운 점은 요강 예찬론. 그는 요강에 우리 조상의 슬기와 지혜가 가득 담겼다고 목청을 돋운다.

"요강과 유사한 중국의 호자나 일본의 수병이 남성용인 데 반해 요강은 남녀 공용입니다. 또 뚜껑도 있어 악취와 배설물을 차단하는 합리적 도구지요."

그는 무엇보다 화장실에 대한 우리 사회의 무관심을 걱정한다. 선진 각국에서는 정면에서 당당하게 논의되고 학문적 연구도 활발하게 추진되고 있지만 유독 우리는 태연자약하다는 것.

"화장실은 현대인의 삶을 좌우하는 중요한 변수입니다. 일본은 지난 85년 화장실협회를 발족했어요. 초등학교 때부터 만화로 교육하고 있습니다."

화장실 문화의 발전을 위해서는 일반인은 물론 이를 담당하는 공무원의 의식개혁이 선결과제라고 지적한 이씨. 그는 이 책을 계기로 한국에서도 관심 있는 사람들이 한데 모일 것을 기대한다.

– 박정호 기자

저자와 차 한잔
〈호모 토일렛〉 펴낸 이상정 씨

화장실은 그 나라의 바로미터입니다

화장실에도 문화가 있다면 아마 웃을 사람도 있을 것이다. 이런 일반인들의 상식에 반기를 들고 나선 초로의 한 기업인이 있다. 고대에서부터 오늘에 이르기까지 세계 여러 나라의 흥미로운 화장실 문화를 개관한 〈호모 토일렛〉을 펴낸 이동식 화장실 제조 전문업체 무림교역의 대표이사 이상정 씨가 바로 그 주인공.

"한 나라의 문화와 교육수준을 알아보려면 그 나라의 공중화장실을 보라는 말이 있습니다. 그만큼 화장실이라는 장소가 한 국가와 민족의 문화적 특수성을 잘 반영하는 곳이라는 의미겠죠. 우리나라는 얼마 전까지만 해도 악취가 나는 불결한 화장실을 사용했으며 화장실이 불결하다는 것을 예사롭게 여기며 살아왔습니다. 실제 저희가 지금 화장실 하면 떠오르는 좌식 양변기 화장실이 보급된 것은 불과 얼마 전의 일입니다."

'뒷간과 처가는 멀수록 좋다'는 속담처럼 주거에서 되도록 멀리 떨어진 곳에 두었던 배설의 장소가 이제는 안방 부속실의 세면대, 욕조와 같은 자리에 놓이게 되었으니 실로 격세지감을 느끼지 않을 수 없다면서 저자가 시작한 첫마디였다.

분뇨를 퇴비로 자원화했던 농경사회의 오랜 전통 속에서 '변소', '칙간', '뒷간', '통싯간'이라 불리며 불결의 상징이었던 곳이 이제는 말 그대로 화장실(化粧室). 한자 그대로 풀이하면 화장을 하는 방이다. 그만큼 예전의 '변소'가 깨끗하고 청결해졌다는 것이리라.

"유럽의 경우는 일찍부터 수세식 화장실이 발달했었습니다. 땅이

비옥했기 때문에 강을 통해 분뇨를 버리는 수세식이 발달했죠. 그러나 우리나라를 비롯한 동양은 분뇨를 퇴비로 이용했습니다. 분뇨를 자원으로 이용하다 보니 다소 불결하더라도 화장실은 으레 그러려니 하는 인식이 생겨 자연 위생관념이 떨어지게 됐던 것입니다. 그래서 다소 냄새가 나고 지저분해도 인내하려고 했던 것이죠. 그러나 지금은 화장실을 옛날처럼 생각 그 자체에서 없애 버리는 것이 아니라 당당한 생활공간의 하나로 바로 인식해야 할 시기입니다. 그런 면에서 미국이나 일본, 유럽은 우리에게 있어 하나의 모범입니다.”

서양에서도 화장실 문제가 공개적으로 논의된 것은 최근의 일이라고 한다. 오늘날과 흡사한 화장실 시설은 1852년 미국의 바논 산 위의 한 호텔에 의해 처음 시도되었으며, 우리나라에 좌식 양변기가 들어온 것은 1945년 해방 이후 미군이 들어오면서부터였다.

저자가 화장실과 인연을 맺게 된 것은 1984년. 로마 교황 요한 바오로 2세가 내한하여 여의도광장에서 수많은 인파가 모인 가운데 미사를 집전하였던 것이 그 계기. 우연히 텔레비전을 보고 있던 저자가 ‘저 많은 사람들이 생리적인 문제를 어떻게 해결하고 있을까’ 하는 엉뚱한 의문을 갖게 된 것이 지금까지 필자가 화장실과 떨어지지 못한 시작이란다. 이러한 의문의 배경에는 필자의 전력(前歷)이 한몫 했다. 필자는 20여 년 동안 내무부, 경상북도, 부산광역시, 서울특별시 등 일반 행정기관을 두루 섭렵한 공무원 출신이었기 때문이다.

“영등포구 시민국장으로 재직하던 77년 당시에 5·16광장에서는 종종 대규모 집회가 있었습니다. 그때마다 수많은 쓰레기와 오물이 저를 아주 곤혹스럽게 했었죠. 불현듯 생각이 여기에 미치자 화장실에 대한 생각으로 이어지게 됐던 것입니다. 또 84년 그즈음은 때마침 86아시안게임과 88서울올림픽 유치가 결정되었던 때이기도 합니다. 당연히 그 많은 사람들이 사용할 수 있는 화장실이 필요할 거라 생각했죠. 그래서 떠올렸던 것이 이동식 화장실이었습니다.”

당시 공직에서 물러나 조그만 아파트 관리업체를 운영하고 있던 저자는 이 엉뚱한 의문을 시작으로 각종 자료조사를 위해 해외를 전전해야 했다. 미국의 한 화장실 업체와 제휴를 맺고 그 기술을 도입했다. 그 결과 우리나라로서는 초유의 국제행사였던 86아시안게임과 88서울올림픽, 91세계잼버리, 그리고 93년 대전엑스포에 이동식 화장실을 공급 관리하여 국내 화장실 문화에 새로운 장을 열었다.

“86아시안게임을 치른 다음 뜻한 바 있어 국제간이화장실협회 회원이 되었습니다. 올림픽을 치른 이듬해에는 협회 임원이 되어 선진 각국 전문업체들과 교류도 하게 되었죠. 매년 열리는 총회와 간이 위생시설 전시회에 참석하여 폭넓은 견문을 넓혔습니다. 이런 경험을 바탕으로 고대에서부터 오늘날에 이르는, 그리고 서양과 동양의 화장실 문화에 대한 자료를 책으로 엮어 화장실에 대한 인식을 바꾸어야 한다는 생각으로 글을 쓰기 시작했습니다.”

특히 하이힐이나 코트, 중절모 등이 중세에 오물을 피하기 위한 유럽인들의 궁여지책에서 비롯되었다는 사실을 아는 사람은 매우 드물 것이라는 게 저자의 설명. 또한 화려하기 짝이 없는 유럽의 초호화판 궁전에 하나같이 화장실이 없어서 왕과 여왕의 배설물이 성 밖 길가로 던져졌다는 사실과 달리 분뇨를 비료로 사용했던 우리의 지혜가 서구에 알려졌을 때 그들의 웃음거리가 되었다는 사실에 대해 아는 사람도 많지 않다고 덧붙인다.

그의 이런 화장실에 대한 해박함은 어디서 오는 걸까? 일본과 홍콩

분뇨 수거통

에서 번갈아 열린 바 있는 관련 세미나, 심포지엄에는 빠짐없이 참석하여 화장실 분야의 국제 창구역을 수행하기도 한 그가 외국행에서 돌아오는 모습은 그야말로 짐꾼(?)이다. 사진기에는 세계 각국의 화장실 모습이 담겨 있으며 가방은 화장실에 관한 문헌으로 터져나갈 정도였으니…. 화장실에 관하여 하나의 문화현상으로 이해하고 이제는 학문적인 연구 작업으로 이어지는 외국과 달리 아직 우리나라의 화장실에 대한 인식은 크게 변한 것이 없기에 외국의 모습과 인식을 먼저 접한 자신이 어깨가 무겁다는 이상정 씨. 그렇기에 우리나라도 화장실 문화 발전에 기여해야 한다는 의무감에 그런 어려움을 마다하지 않았단다.

"〈호모 토일렛〉을 내기 전인 지난 94년 홍콩에서 열린 아·태지역 공중화장실 세미나에 참석한 후 '화장실 문화의 르네상스를 제의한다'는 소책자를 만들어 관련 기관과 단체를 찾아갔습니다. 직접 브리핑을 하기도 했죠. 하지만 반응들이 만족스럽지 못했습니다."

무색 무취의 완벽한 이동식 화장실을 개발했을 때 화장실에 대한 사회의 무관심이 그를 힘들게 했던 것처럼 또다시 가슴 아팠다고 한다.

우리나라에서 분뇨의 수집, 운반에 관한 사항을 제도적으로 시행한 것은 1960년대. 그러니까 우리나라의 현대적 의미의 분뇨처리 역사는 30여 년에 지나지 않는 셈이다. 또 아직 공중화장실에 대한 의식도 약한 것이 우리 실정이다. 공중화장실을 깨끗이 사용해야 한다는 시민의식이 부족하며 화장실 수도 절대적으로 부족하다. 이런 문제에 대해 서사는 화장실 문제를 해결하기 위한 방안으로 다음과 같이 제안한다.

"일본과 같이 시민화장실제도를 시행해야 합니다. 은행이나 기업 등 길가에 위치한 건물의 화장실을 공중화장실로 지정하고 화장실 관리를 지원하거나 보상하는 방법이 있습니다. 또 단층 화장실이 아닌 다층 화장실을 지어 장소 문제를 극복하는 것이죠. 저희는 화장실 하면 1층만 생각하는데 장소가 좁은 곳은 2층, 3층으로 지으면 어느 정도 문제가 해결되겠죠. 그러나 무엇보다 중요한 것은 많이 짓는 것보다 후에 철저히 관리하는 것입니다."

독실한 기독교 신자이기도 한 저자는 〈호모 토일렛〉을 준비하면서 일요일에도 예배를 본 후 사무실에 나와 집필했을 만큼 화장실 문화에 대한 남다른 인식은 그로 하여금 또 한 권의 책을 준비하게 했다. 다름 아닌 우리나라 화장실의 문제와 개선 방향에 관한 것이다. 관련 도서가 없고 무엇보다 학계의 관심 또한 없는 것이 가장 가슴 아프다는 저자는 화장실은 한 나라의 문화수준을 가늠하는 하나의 잣대임을 다시 한 번 강조한다.

화장실 없는 베르사유 · '관장' 배설법 · 일본 여성과 기모노
동양권에서 고대 로마까지… 낙서모음 · 화장지 유래 등 흥미

세계 화장실 문화
가려진 일화들

〈호모 토일렛〉… 역사에 외면당한 뒷이야기 낱낱이

점잖은 체면에 드러내놓고 말하기 쑥스러운 게 바로 화장실 이야기다. 하지만 인간은 성욕에 초월할 수 있을지는 몰라도 화장실에서 자유롭기란 불가능하다. 그래서 생긴 신조어가 바로 '호모 토일렛 (Homo toilet), 인간은 화장실을 가진 원숭이' 라는 뜻이다.

인류 역사 곳곳의 화장실 문화를 골라 모은 〈호모 토일렛(뒷간과 화장실 미학)〉이 나왔다. 인류 역사에 드러나지 않았던 재미있는 일화들로 가득 차 있다.

이 책은 화장실 문화에 관한 한 동양이 서양보다 조금 우월했음을 보여 준다.

중세 유럽에서 500년 동안 유행했던 정조대는 여자의 성욕은 물론 생리 욕구를 방해했다. 대부분의 정조대는 성기나 항문 부분에 조그마한 구멍 두 개가 뚫려 있을 뿐이어서 안쪽에 대변이 쌓이게 마련이었다. 대변의 독(毒) 때문에 사망하는 여자가 부지기수였다.

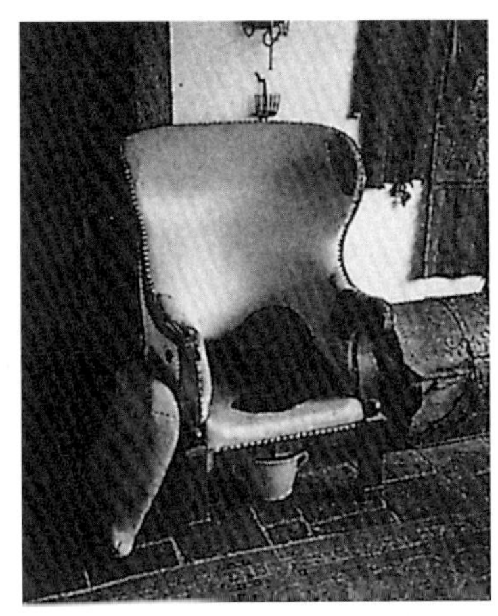
중세 유럽에서 쓰이던 의자식 변기

중세를 벗어난 18세기 유럽에서는 관장(灌腸)이 미용법으로 유행했다. 귀부인들은 설사를 해서 배를 비워야 젊음이 되살아난다고 믿고 침실에서 관장을 즐겼다. 관장을 자랑스럽게 여긴 나머지 연인이나 정부가 보는 앞에서 행하는 경우가 많았다. 하지만 베르사유 궁전부터 일반 주택까지 유럽에는 여전히 화장실이 없었다.

유럽인에 비하면 중국인은 현명하고 실리적이었다. 중국인은 배설 행위를 인간의 자연스러운 욕구로 여겼다. 중국 농민들은 대문 옆에 흙담으로 울타리를 치고 그 안에 구덩이를 파서 발을 올려놓을 수 있

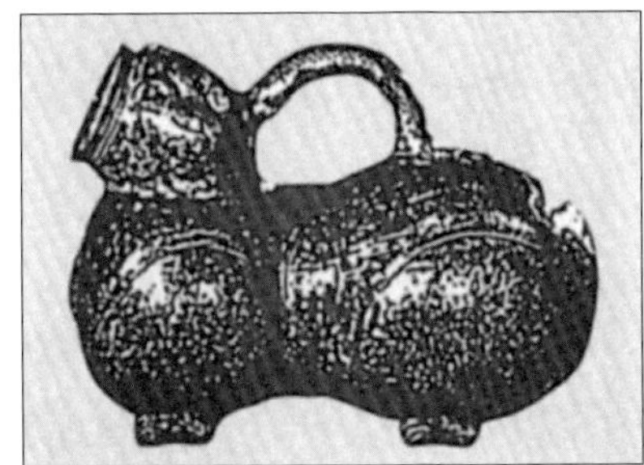
중국의 호자(虎子)

는 화장실을 설치했다. 분뇨를 비료로 사용할 수 있다는 사실도 알고 있었다. 화장실이 차면 그 위에 짚이나 낙엽을 덮고 거름으로 만들어 사용했다.

메이지 유신이 일어나기 전까지 일본 여자들은 소변통에 허리를 구부리고 서서 예사롭게 소변을 보았다. 아가씨, 귀부인, 하녀를 막론하고 도로변 벽을 향해 엉덩이를 내놓고 오줌을 누면서도 부끄러워하지 않았다. 비웃는 사람도 없었다. 이는 일본 전통 의상인 기모노가 서서 일을 보기에 편하도록 만들어진 데도 원인이 있었다.

우리나라를 비롯해 인도, 태국, 베트남 등 동양권과 고대 로마 화장실 문화도 나와 있다. 화장실에 새겨진 낙서, 문학작품 속의 화장실 이야기, 화장지의 유래도 재미있다. 지은이 이상정 씨는 서울시 공무원으로 근무하다 지금은 이동식 화장실 설비 전문업체인 무림교역 대표이사로 있다. - 이민주 기자

'화장실'에 얽힌 이야기 모음

똥이나 배설에 관련된 이야기를 내놓고 하는 것은 우리 사회에서는 일종의 금기다.

"무서워서 피하나 더러워서 피하지."

이동화장실 설치 전문업체인 무림교역의 대표를 맡고 있는 이상정 씨가 최근에 펴낸 〈호모 토일렛〉은 누구나 드러내놓고 말하기를 피하는 '화장실'에 얽힌 이런저런 이야기들을 모은 책이다.

"'호모 토일렛'은 인간이야말로 '화장실'을 가진 유일한 동물이라는 의미입니다."

위 매화틀, 아래 매화그릇

이 회장은 10년 가까이 수집한 자료와 현장취재, 자신의 경험 등을 토대로 '화장실 문화의 총론'을 펼친다.

그가 가장 먼저 털어놓은 이야기는 '화장실'의 역사. 인간이 정착생활을 하면서 화장실이 생긴다. 가장 오래된 화장실 유적은 인도의 모헨조다로에서 발견됐다. 일종의 수세식 화장실. 각 지역의 지리적 특성에 따른 배설물 처리방법도 흥미를 끄는데, 특히 동아시아의 분뇨를 퇴비로 이용한 방법은 '오수'의 문제가 심각한 요즈음 시사하는 바가 크다.

중국 화장실에는 문이 없고 인도인들은 꼭 왼손을 사용해 뒤를 닦는다는 등 이 회장이 직접 취재하여 촬영한 사진을 곁들인 각국 화장실의 풍속도도 관심을 끈다.

임금이 곤룡포를 펼치고 앉아 변을 보던 매화틀, 얼마 전까지만 해도 '똥'을 돈 주고 퍼갔다는 우리나라의 화장실 문화도 새롭게 읽히고 돌 혹은 모래, 물, 나뭇잎, 밧줄 등 다양한 '뒤닦기'요령들도 재미있게 읽힌다.

"뜻하지 않게 공직생활을 그만두고 실의에 빠져 있을 때였습니다.

240

84년 교황 요한 바오로 2세가 방한하여 여의도광장에서 미사를 집전하는 모습을 텔레비전을 통해 보다가 문득, 저 많은 사람들이 생리적인 문제는 어떻게 해결할까 하는 의문이 일더군요.”

국내에서는 처음으로 ‘이동화장실’을 들여와 아시안게임과 올림픽의 ‘뒷일’을 성공적으로 치러내게 했던 이 회장은 “화장실이야말로 그 나라 문화수준의 척도”라고 강조한다.

이동화장실 변기 속에 깡통, 빈병, 젓가락 등 각종 쓰레기를 집어넣어 분뇨 처리하는 사람들을 곤혹스럽게 하는 경우를 자주 목격한다는 이 회장은 “이제 우리 화장실 문화도 달라져야 한다”고 강조한다.

스스로 ‘화장실에 미친 사람’이라고 말하는 이 회장은 앞으로 우리나라의 화장실 실태를 구석구석 살펴 구체적이고 본격적으로 문제를 제기해 볼 생각이다.

‘한국의 요강’도 그가 관심을 놓지 않고 있는 부분이다.

−박남정 기자

주간조선

1996년 8월 29일

냄새나는 책 〈호모 토일렛〉…동서고금 기상천외한 화장실 문화 총정리

물 · 모래 · 나뭇잎의 공통점은?

화장실에도 문화가 있다? 로마제국 공주, 아프리카 원주민, 조선 여염집 아낙네… 시대와 지역은 달라도 배설을 하지 않는 사람은 없었다. 그런 만큼 화장실에도 의복과 음식에 버금가는 다양한 문화가 있을 법하다. 1천 년 전쯤에는 어떤 모습의 화장실이 있었을까, 사용 방법은 또 어땠을까. 궁금증이 꼬리를 문다. 하지만 점잖은 사람이라면 대부분 화장실 이야기를 꺼리는 것이 사실. 그래서 화장실 애기는 더욱 재미있는지도 모른다.

〈호모 토일렛〉. '뒷간과 화장실 미학'이란 부제를 단 이 책은 화장실 문화 전반을 속속 파헤친 것이다. 저자는 화장실만 10여 년째 찾아다니며 연구해 온 (주)무림교역 이상정 회장.

이 책은 제목부터 신중해야만 했다. 화장실이라면 우선 불결함을

떠올리는 사람들이 있어 가능한 우아하고 거리감을 주지 않는 것으로 정해야 했다. 그래서 '화장실을 사용하는 사람'이라는 뜻의 '호모 토일렛'이란 제목을 붙였다. 이 책은 각국 화장실 문화에서부터 문학에 담긴 분뇨담, 첨단 화장실 등 화장실에 관한 것들을 모두 모아 놓았다. 저자가 직접 '화장실 테마 여행'을 하면서 외국에서 보고 느낀 것을 비롯하여 일본 등 외국 자료를 기초로 했다.

몸에 얼어붙은 배설물 처리용 망치·도끼

자, 이제 화장실 박사가 안내하는 화장실 답사를 떠나보자.

뭐니 뭐니 해도 화장실 천국이라 하면 일본. '화장실협회'가 있어 매년 11월 10일을 '화장실의 날'로 정해 놓은 것은 물론 '좋은 화장실 10선'까지 뽑는 나라다. 토토(TOTO), 이넥스(INEX) 등 세계적인 변기 전문업체들도 있다. 최근 인기를 모으는 것은 도쿄 아타미 해안 지역에 있는 '유리 화장실'은 온통 유리로 둘러싸여 있다. 하지만 걱정할 필요는 없다. 안에선 바깥 풍경을 훤히 볼 수 있지만 밖에서는 안이 보이지 않는 특수 유리로 만들었기 때문이다. 숲속이나 공원 등에 설치하면 '상쾌한 용변'이 보장된다.

일본 화장실 하면 빼놓을 수 없는 것이 아이누족 화장실. 일본 섬 각지에 흩어져 살던 아이누족 가운데 추운 지방 사람들은 용변을 볼 때 망치와 도끼를 지참해야 했다. 기습당할 것을 두려워했던 것일까? 천만의 말씀. 용변이 몸 밖으로 나오는 즉시 얼어붙어 고드름을 거꾸로 세운 모양이 됐던 것이다. 자칫 항문을 찌를 위험이 있어 '도구'를 준비해야 했던 것.

일본 야외공원에 설치된 공중화장실

　환상의 화장실. 프랑스 파리나 독일 베를린 도심에 있는 ‘전자동 유료화장실’을 두고 하는 말이다. 프랑스에선 300원 정도 되는 2프랑 코인을 넣으면 자동문이 스르르 열리며 불이 켜진다. 은은한 향기와 함께 고전음악이 울려 퍼진다. 냉난방 시설이 완비돼 있다. 화장실을 나오면 문이 닫히면서 소등될 뿐 아니라, 저절로 물이 흘러나와 벽과 바닥을 고압으로 자동 세척해 ‘새 손님’ 맞을 준비를 한다.

그러나 유럽 화장실 문화는 역사를 거슬러 올라갈수록 그리 우아하지는 않다. "프랑스 베르사유 궁전엔 화장실이 없었다"는 말은 널리 알려진 사실. 배설물은 건물 구석 벽이나 정원 풀숲에 던졌다. 때문에 늘 악취에 싸여 있는 궁중을 견디지 못해 루이 14세는 궁내에 오렌지 나무를 천 그루 넘게 심기도 했다고 한다. 유럽의 향수 문화도 이것과 동떨어진 말이 아닌가 보다. 17세기 초에 출현한 여성 하이힐도 거리와 화장실의 경계가 없었던 오물 투성이 길거리 때문이라니….

그러나 완벽한 화장실 문화를 자랑하던 로마제국 때는 이미 140개가 넘는 유료화장실도 있었다. 화려한 무도회에 참가하는 귀족들은 휴대용 변기를 지참했다고 한다.

우주 공간 벌레 같은 물체는 알고 보면…

태국, 인도네시아, 베트남 등의 화장실 문화는 강과 밀접한 관계를 갖고 있다. 그들 화장실은 '천연식' 물 위에 나무기둥으로 받쳐 놓은 야외 변소였다. 물 위에 놓인 작은 원두막 모양 화장실을 이용하는 사람은 그나마 양반 축에 든다. 아예 하반신을 강물 속에 담그고 자연스레 용변을 보기도 하는데, 이때 인분은 훌륭한 물고기밥이 된다.

인도 갠지스 강가 화장실 문화는 어떨까. 같은 강 속에서 용변을 보는 사람과 강물을 마시는 사람이 공존하는 곳이다. 인류 역사상 가장 오래된 화장실이 인도 모헨조다로 유적에 있다니 언뜻 이해가 되지 않는다. 서남태평양 투발루 섬나라 사람들은 아침이면 일어나 바다로 가서 입과 몸을 씻은 뒤 물속에 나란히 서서 얘기를 나누며 용변을 봤고, 서사모아 사람들은 부드러운 나뭇잎을 휴지 대신 사용했

독일의 전자동 유료화장실

프랑스 파리 도심에 있는 '전자동 유료화장실.'
음악이 있고 향수가 있는 곳이다.

다고 한다.

　그러면 우리나라 화장실 문화는 어땠을까. 대표적인 것은 '요강' 문화. 중국 호자와 일본 수병이 남성용이고 배설구가 좁은 데 비해, 한국 요강은 남녀 공용인데다 손잡이는 없지만 배설구가 넓은 것이 특징. 또 화장실에서 안쪽 벽면을 향해 앉는 일본인에 비해, 출입문 쪽을 향해 앉는 한국인들의 습성도 이색적이다. 우리나라 궁중에서는 화장실을 금기시했기 때문인지 베르사유 궁전과 같이 화장실 흔적을 찾아보기가 힘들다.

　화장실 문화에는 휴지, 낙서, 약으로 사용된 분뇨 등 화장실 밖 문화도 있다. 믿기 어렵지만 세계 인구 3분의 2는 화장실에서 휴지를

246

사용하지 않는다고 한다. 휴지 말고도 쓸 수 있는 것이 무궁무진하기 때문이다. 물, 모래, 돌, 볏짚, 옥수수수염….

사우디아라비아와 같은 사막지대에선 모래를 묻혀 손가락으로 뒤를 문지르고, 이집트 등지 사막에선 뜨거운 열기를 식힌 작은 돌을 사용한다. 비교적 높은 곳에 만들어 놓은 중국의 돼지 변소엔 밧줄이 있어 용변을 보고 비비면 해결된다. 베트남에선 바나나 껍질이 좋은 화장지로 쓰였다.

화장실은 지구상에만 있지 않다. 우주선이 화장실 문화는 어떨까. 우주 개발 초기의 우주인들은 고무풍선처럼 생긴 주머니를 우주복 아래에 늘어뜨리고 다녔고, 현재는 수세식이 아니라 공기로 세척하는 기세식(氣洗式)을 쓴다. 우주 비행사들은 우주 공간에서 반짝반짝 빛을 내며 떠다니는 작은 벌레 같은 물체들을 만나게 된다. 우주 비행사들을 잔뜩 긴장시키지만, 대부분 우주 공간으로 내보내자마자 얼어붙으면서 작은 결정체가 된 우주 비행사들의 오줌이란 웃지 못할 얘기도 있다.

서평 〈호모 토일렛〉

대자연 앞에 속죄를

변기에 흘려보내는 엄청난 물

흙을 사랑하지 않으면 안 된다. 흙이 쓰레기와 농약과 온갖 쇠붙이며 시멘트에 묻혀 제대로 숨을 못 쉬게 되면 사람이 설 자리와 누울 자리도 없이 될 것이 아니겠는가.

흙냄새를 맡고 사는 사람은 건강하다. 흙의 기가 사람 몸에 알맞은 신진대사와 새 정기를 불어넣어 주는 탓이다. 시멘트바닥은 사람 몸을 딱딱하게 만드나 문문한 흙은 신체를 한없이 유연하게 만든다. 흙, 흙이 없다면 이 삭막한 콘크리트 숲속에서 무슨 수로 건강한 삶을 꿈꿀 수 있겠는가.

날마다 파헤쳐지고 거기에 차디찬 철기둥이 박히는 건설 붐은 한편으론 대견도 하나 또 한편으론 가슴 저리게 아프다. 흙이 문문하다

하여 그 허리와 가슴패
기에 수천 수만 개의
우람한 철기둥을 사정
없이 박으니 흙인들 어
찌 아프지 않겠는가.

사람이 죽어 묻힐 곳
도 흙이다. 죽어서도
자신이 묻힐 흙이 깨끗
했으면 하는 게 인정이
다. 흙, 물, 공기-자연
을 이 이상 학대하고
업신여겨서는 번영 속

의 숱한 재앙이 불 보듯 뻔한 것이다.

수세식 변기를 한 번 쓰는 데 15리터의 물이 소비된다. 여성의 경
우는 남성보다 보통 2.5배나 되는 양의 물을 쓰는데 여성들은 자신
의 배설 소리가 남한테 들리는 것을 수치로 여기는 탓에 물소리로 이
를 커버하는 것이므로 물을 더 쓰는 꼴이다.

도시의 빌딩과 주택 혹은 아파트단지에서 변기에 흘려보내는 물의
양만 따져 보더라도 어마어마하다. 배설물을 씻어내는 데 소요되는
물의 양도 엄청난데 여기다 생활하수와 각종 공장하수까지 합치면
그 물의 총량은 아마도 한강물에 필적하리라.

오염된 그 모든 물이 샛강을 거쳐 한강에 모두 모이니 한강이 죽은
물이 될 수밖에 없고, 그 물을 다시 받아 마시자니 마음이 개운치 못
할 것은 당연한 일이다.

사람의 배설물을 물로 씻는 것은 깨끗하고 간편하기는 해도(인분이 물과 상극이므로 일단 정화조를 거친다 해도) 완전한 해결책은 아니다. 수세식이 냄새 안 나고 간편한 것으로 치면 이 이상 가는 게 어디 있겠는가. 그런데 사람의 배설물도 물질이니만큼 오행이라는 게 있어 흙하고는 맞되 물하고는 상극이라 자연분해를 통한 순환이 안 되는 것이다.

중국 사람들이 전야에 인분을 뿌려 채소를 가꾸고 곡식을 풍족하게 수확하던 지난날의 기억이 새롭거니와 그 냄새 나는 밭에서 아무렇지도 않게 즐거이 일하던 중국인들의 현명을 다시금 되새겨보는 터다.

풍속과 습관 샅샅이 발굴 비교

〈호모 토일렛〉은 뒷간과 화장실 미학이란 부제를 갖고 있다시피 인간의 배설문제를 지혜를 담아 쓴 책이다. 저자는 원래 이동식 화장실 연구로 이름이 난 분인데 동서고금의 화장실 발달사랄까 그 고고학에 특히 조예가 깊다.

어떻게 하면 환경 공해를 최소화하여 배설물을 처리할 수 있을 것인가. 이것이 이 책의 목표하는 바나 서양과 동양에 있어서의 수많은 유다른 풍속과 습관을 샅샅이 발굴 비교한 것은 매우 흥미로운 것이다.

차례를 훑어보면 고대의 배설문화, 고대의 분뇨처리, 분뇨처리방법의 종류, 한국의 요강문화, 한국 칙간의 유형, 약으로 사용된 분뇨, 문학에 비친 분뇨담 등등 기이한 대목이 즐비하거니와 문학에 비친 분뇨담 가운데의 한 토막을 인용하면 아래와 같은 것이다.

유쾌하게 뒤를 보는 것은 매우 즐거운 일이다. 머리 위에는 푸른 하늘이 있다. 주위는 꽃이 만발해 있는 아름다운 초원이다. 나비가 날고 있다. 내뿜는 담배도 맛이 있다. 전선에서 뒤를 보는 것은 흰 타일이 박혀 있는 화장실에서 보는 것보다 훨씬 쾌적하다. 용변을 보고 있는 동안은 죽음의 공포에서도 벗어날 수 있으니 마음이 착 가라앉은 듯 평온하기 짝이 없다. (레마르크의 《서부 전선 이상 없다》에서)

이런 대목을 비롯하여 화장실이 없는 베르사유 궁전 얘기, 일본인(사무라이)들의 휴대용 변기와 중세의 정조대에 얽힌 고달픈 사연 등 읽기에 지루하지 않다.

루이 14세가 지은 베르사유 궁전에는 화장실이라는 게 애초 없어서 그 광대한 궁전의 이 구석 저 구석에서 악취가 풍겼으며, 꽃밭에 사람의 배설물이 항상 던져졌다니 괴이한 일이다. 루이 14세는 항상 설사를 했으므로 그의 몸에서는 악취가 나서 신하들이 손수건으로 코를 막고 알현했다 한다.

환경오염과 공해를 추방하는 국민적인 운동이 요원의 불길같이 일어나야 할 시점에 우리는 와 있다. 공해 없는 먹거리를 만들어 내는 것, 맑은 물과 깨끗한 흙, 그리고 상쾌한 공기, 이를 위해선 배설과 그 처리의 이상적인 방법도 다시금 검토되어야 할 일이다.

이상정 씨의 이 책은 이 문제에 거시적인 안목으로 지혜롭게 접근하고 있다. **– 김규동(시인)**

각국의 흥미로운
화장실 문화 소개

이상정 동문(법학·무림교역 회장)은 국내 최초 이동식 화장실 제조, 전문 임대관리업체 무림교역의 창립자인 이 동문이 15년간 회사를 운영하면서 수집한 방대한 자료를 토대로 국내 출판 초유의 화장실 문화개론서 〈호모 토일렛(뒷간과 화장실 미학)〉을 펴냈다.

〈호모 토일렛〉은 화장실과 인간, 세계의 화장실 문화, 한국의 화장실 문화, 화장실 밖에 있는 화장실 문화 등 4장으로 나누어 우리나라를 비롯한 세계 각국의 흥미로운 화장실 문화를 소개하고 있다.

또한 이 책은 인간의 배설이라는 측면이 인간의 생활과 문화에 어떤 영향을 미쳐 왔는지, 더 나아가 인류가 추구해야 할 화장실 문화 발전에 대해서 아무런 거리낌 없이 이야기하고 있을 뿐만 아니라 독

미국 새틀라이트사 현장에서 임직원과 함께

자들에게 은밀한 사실을 들추어 보는 발전의 재미도 선사하고 있다.

이 동문은 책 서문에서 "외국에서는 이미 분뇨 처리문제에 대한 연구가 활발히 이루어지고 있는데도 정작 우리나라에서는 외면을 당하고 있는 안타까운 현실이 직접 연구를 시작하게 된 동기"라며 〈호모 토일렛〉의 출판이 "미래 화장실 문화에 대한 일반인 및 전문인들의 관심을 고조시킬 수 있는 계기가 되었으면 한다"고 밝히고 있다.

이 동문은 경북도지사 비서실장, 경북도청 문화공보실장, 감사과장, 서울시청 국과장을 역임. 20여 년간의 공직생활을 거쳐 80년 퇴임. 81년 무림교역을 창립하여 국내 최초로 이동식 화장실을 개발 보급해 왔다. 또한 한국공동주택전문관리협회 창립회장 역임과 현재는 국제간이화장실협회 임원으로 활동하고 있다.

문화인 · 동이인 · 홍익인(1)

역사의 꼬린내와 구린내

문화란 자연을 이용하여 인류의 이상을 실현시켜 나아가는 정신활동을 말하고, '문화인'이란 문화적인 교양이 높은 사람을 뜻한다.

'동이인(東夷人)'이란 동이족(東夷族)을 뜻하는데 동이족에는 한민족(韓民族), 만주족(滿州族), 일본족(日本族) 등이 포함된다고 국사사전에 나와 있다. 또 동이란 고유명사로서 특정한 종족을 지칭하기보다는 중국의 한문화(漢文化)와 상대적인 문화개념으로 호칭한 것이라고 민족문화백과사전에 설명이 되어 있다.

'홍익인'이란 인간을 널리 이롭게 한다는 우리나라 건국이념이며 교육이념인 홍익인간(弘益人間)을 줄여 본 말이다. 문화인, 동이인, 홍익인은 떼려야 뗄 수 없는 밀접한 관계를 갖고 있다고 생각되지만 한꺼번에 설명하기에는 벅찬 것 같다.

뒷간이 잘 보이는 안경을 코에 걸치고 3세기를 거슬러 올라가 17세

기 프랑스 베르사유 궁전에서 설사쟁이 루이 14세를 만나보고, 다시 20세기로 되돌아와 인도 갠지스강가까지 가면 물도 마시고 볼일도 그 자리에서 보는 사람들을 목격할 수 있는 책이 나왔다. 동아일보 8월 10일, 매일경제 7월 27일, 서울경제 7월 25일, 한국일보 8월 2일, 주간조선 8월 29일 황성혜 기자의 이색연구, 월간조선 9월호 김규동 시인의 서평.

Feel 9월호에서는 화장실 박사로까지 소개된 무림교역 회장 이상 정 장로의 〈호모 토일렛〉이란 책이다.

이 책은 흥미진진한 내용들로 꽉 차 있고 필자에게는 세계여행, 역 사기행을 다녀온 흥분감을 느끼게 한다.

86아시안게임, 88서울올림픽 등 대규모 행사에 국내 최초로 개발 한 이동식 화장실을 선보였던 이상정 회장은 87년에 국제간이화장실협회(PSAI) 회원이 된 것을 계기로 세계인들과 교류하며 독수리와 같은 안목으로 세계를 관찰하고 시대를 꿰뚫어 보며 그 바쁜 와중에도 기발한 착상의 '호모 토일렛'이 탄생한 것이다.

사랑의 문화, 평화의 문화와 같은 약간 추상적이고 이데올로기적인 단어의 문화를 논의할 때는 벌써 지난 것이다. 이제부터는 구체적으로 한 분야에 파고들고 몰두하는 사람이 많아야 국가적으로 경쟁력이 축적되는 것이다.

이 회장은 화장실 문화에 관한 한 국내에서는 독보적으로 외로운 마라톤을 하고 있다. 화장실 하면 더럽다는 생각에서 고개를 돌려 버리는 사람들이 많으니 감히 아무도 착상을 못한 것이다. 이웃 일본만 하더라도 권위자들이 제법 있는 모양이다. 거기다가 우리나라에서 화려한 분야에만 사람들이 몰리니 사회가 균형 있게 발전하기가 어려운 것이다. 화려한 분야에서만 치열한 경쟁을 일삼아 서로 상대방을 헐뜯고 끌어내리는 데만 혈안이 되어 있는 사회이다.

일제 36년 동안 억압은 우리에게 화려한 자리는 감히 넘보지 못할 상태였으니 1945년 해방이 되자마자 우리는 그 동안 굶주렸던 탓도 있지만 제각기 화려한 꿈들을 실현해 보려고 시도했다. 이제 해방된 지 51년, 이제는 꿈에서 깨어나 구체적으로 한 분야를 선택해 누구도 추종할 수 없는 전문가가 되어야 하는 것이다. 우리가 선진국으로 도약하기 위해서는 Generalist보다는 Specialist가 많이 필요한 것이다.

필자는 언론인이라고 자칭하기에도 부끄러운 조그마한 회사에서 뒤늦게 글을 쓰게 되었지만 그 동안 고대사(古代史) 분야에서 전문적으로 파고든 분이 계시다는 것을 알고 그간 칼럼을 통해 소개해 보려고 시도해 왔다. 이러한 과정에서 잠정적으로 내릴 수 있는 결론은 "중국의 역사에서는 꼬린내가 나고 일본의 역사에서는 구린내가 나고 한국의 역사에서는 꾸린내가 난다는 것이다.

일반적으로 동양의 역사는 암흑에 쌓여 있다고 일컬어지고 있는데 필자가 그간 보고 들은 바에 의해 꼬린내, 구린내, 꾸린내로 삼분할 수 있다고 생각된다.

이러한 착상을 하게 된 계기를 마련해 준 '호모 토일렛'이라는 옥 동자를 분만하고도 거기에 안주하지 않고, 윤리적인 전통도 무너졌 지만 서양의 수세식 문화 일변도로 퇴비문화와 함께 공존하던 우리 농촌의 토질도 산성화되어 심각한 문제를 야기하고 있는 현실에서, 선진국에서는 화장실 문화를 공해문제와도 관련시켜 연구의 조명을 비추고 있는 것을 목격하고 이 분야에서 독보적으로 고민하고 있는 이상정 장로에게 심심한 감사의 뜻을 전하고, 이 책이 많은 국민에게 읽혀 영혼의 양식이 되기를 희망한다. **– 김호진 칼럼**

<호모 토일렛> 펴낸 무림교역 이상정 회장

'뒤' 쫓아다닌 선구자

"화장실 사업이야말로 인간에게 가장 중요한 문화사업이죠. 우리나라도 화장실 문화에 관심을 가져야 할 때입니다."

그는 화장실과 관련한 국제회의나 세미나가 열리면 빠짐없이 참석하는 '화장실맨'이다.

이상정 씨는 화장실에 대한 관심이 남달랐다. 그는 내무부, 부산시, 경북도 등 주로 지방 행정 관련 부처에서 20년 간 공직생활을 해왔다. 공공화장실 문제점을 깨닫게 된 것은 영등포구청 시민국장으로 있던 지난 77년.

"정부 관련 행사나 민간단체 행사 때마다 쓰레기와 오물로 뒤범벅이 된 여의도광장 청소작업 때문에 골치를 앓았었죠."

이동식 화장실 보급 사업을 구체화한 것은 지난 84년, 교황 요한

바오로 2세가 한국을 찾았을 때다.

"여의도에 운집한 1백만 명이 화장실 문제는 어떻게 해결할까 하고 궁리하다 엉뚱한 생각을 하게 된 거죠."

아예 이동식 화장실 취급업체를 설립한 그는 국제행사가 열릴 때마다 '숨은 빛'을 발했다. 행사 참석자들 누구에게도 꼭 필요한 화장실 문제를 해결해 준 것이 그이기 때문이다.

86아시안게임, 88서울올림픽, 91세계잼버리대회, 93대전엑스포 등에 그가 임대·공급한 이동식 화장실은 헤아릴 수 없이 많다. 손 씻는 기구를 설치한 것, 도르래로 끌어올려 옥상에 설치토록 한 것. 장애인을 위한 이동식 화장실은….

10년째 이 씨가 수입·개발해 온 이동식 화장실은 현재 국도변, 공원, 건설현장, 아파트단지, 고속도로변, 버스정류장 등 없는 곳이 없다. 지난 8월 13일엔 과천 서울대공원에서 열린 KBS 열린음악회 관객 3만여 명이 쓸 수 있는 간이화장실 20개를 임대해 주기도 했다.

CHRISTIAN BUSINESS MEN'S COMMITTE OF KOREA

거독실업인 1996년 가을호

뒷간과 화장실 문화

한 나라의 문화와 교육수준을 알아보려면 그 나라의 공중화장실을 보라는 말이 있다. 그만큼 화장실이라는 장소가 국가와 민족의 문화적 특수성을 잘 반영하는 곳이라는 의미이다.

우리는 얼마 전까지만 해도 분뇨를 퇴비로 자원화했던 농경사회의 오랜 전통 속에서 칙간, 뒷간, 통싯간의 악취와 득실거리는 구더기를 예사롭게 보았다.

그러나 '뒷간과 처가는 멀수록 좋다'는 속담처럼 주거에서 되도록 멀리 떨어진 곳에 두었던 배설장소가 이제는 안방 부속실의 세면대, 욕조와 나란히 놓게 되었으니 실로 격세지감을 느낀다.

내가 화장실과 인연을 갖게 된 것도 단순한 우연만은 아닌 것 같다. 화장실과 나의 인연은 교황 바오로 2세가 내한하여 여의도광장에서 미사를 집전하던 84년 봄 우연히 TV를 보면서, '저 많은 사람들이 생리적인 문제를 어떻게 해결하고 있을까' 하는 의문에서부터 시작되었다.

이러한 의문의 배경에는 내가 영등포구 시민국장이었던 77년 당시 5·16광장에서 종종 있었던 대규모 집회 때마다 필자를 곤혹스럽게 했던 수많은 쓰레기와 오물에 관한 기억들이 자리하고 있었다.

때마침 그즈음에 86아시안게임과 88서울올림픽 유치가 결정되었고, 이 엉뚱한 의문은 좌절의 늪에 빠져 있던 나를 다시 일으켜 주는 계기가 되었다. 듣기에도 생소했던 이동식의 완벽한 화장실을 개발하고 완전 무취가 거짓말같이 들리던 때, 임대 화장실의 전문관리로 사상 초유의 국제행사였던 86아시안게임과 88서울올림픽의 눈부신 성과에 일조한 그 벅찬 보람이야 무엇에다 비길 수 없다.

그 동안 우리는 인간의 원초적 문제인 화장실 문화를 너무도 등한시하면서 살아온 것 같다. 이러한 화장실에 관한 사실들을 감추거나 언급하는 것조차 부끄러워했던 지난날과는 달리 이제는 매스컴에서도 공론으로 화장실 문제를 논의하기에 이르렀고, 또한 국내 모 대기업에서는 회사의 화장실을 특급호텔 수준으로 혁신하여 기업 이미지를 쇄신하고, 직원들의 긍지와 자부심을 높이는 방편으로 삼고 있다니 실로 바람직한 일이다.

아시안게임을 치른 다음해인 87년 국제간이화장실협회 회원이 되었다. 올림픽을 치른 이듬해 89년에는 협회 임원이 되어 선진 각국 전문업체와의 교류도 가능하게 되었고, 매년 열리는 총회와 간이위생시설 전시회에 참석하여 견문을 넓혔다. 특히 일본과 홍콩에서 번 갈아 열리는 화장실 관련 세미나, 심포지엄에는 빠짐없이 참석하여 화장실 분야의 국제 창구역을 수행하기도 했다.

이러한 나의 사업은 애초부터 이윤 추구에만 머물 수 없다는 것이 나의 생각이었다. 나는 어떻게 하면 앞서 있는 것들을 한국화하여 뒤 처져 있는 화장실 문화 발전에 이바지할 수 있을까를 항상 생각했다.

덕분에 나의 외국여행은 언제나 관광 목적이 아닌 '화장실 문화의 테마'로 여정이 짜여졌다. 카메라에는 각국 화장실의 실상이 담겨졌 고, 나의 책장은 화장실에 관한 외국 문헌으로 빼곡하게 채워졌다. 화장실 관련 자료들로 가득 찬 귀국 보따리 때문에 어깨가 무겁기 일 쑤였지만 나라마다 이에 대한 연구활동이 활발하게 이루어지고 있음 을 보고 더욱 흥미와 의욕을 느꼈다.

그 후 나는 우리나라의 관계 문헌과 자료를 수집하여 한국 화장실 문화의 발달 과정을 나름대로 정리해 보려고 했지만 국내에서는 다 른 문화(예컨대 민속학) 연구 과정의 한 부분으로 다루고 있을 뿐 독자 적인 학문으로서 연구한 실적을 찾아볼 수가 없었다.

최근에 내가 쓴 〈호모 토일렛〉은 고대에서부터 오늘에 이르기까 지 각국 문화권의 흥미로운 특징과 화장실 밖의 문화까지 개관하여 미래의 화장실 문화 발전에 이바지하려는 데 목적을 두었다. 그러나 천학비재한 나는 의욕만 넘쳤을 뿐 좀 더 체계적이고 구체적인 연구 를 이루지 못한 것을 개탄할 따름이다.

양 : 화장실 하면 더럽고 불쾌한 곳으로 여기는 분이 많으시죠. 오늘 '내 얘기를 좀 들어 보세요' 시간에는 화장실의 미학을 주장하는 분을 모셨습니다. 우리나라에서 처음으로 인류의 화장실 문화를 소개하고 정리한 〈호모 토일렛〉 저자이신 주식회사 무림교역의 이상정 선생님을 모시고 세계의 화장실 문화에 대해 알아보도록 하겠습니다.

양 : 안녕하십니까? 이상정 씨, 귀한 시간 내주셔서 고맙습니다.

이 : 예, 안녕하세요.

양 : 〈호모 토일렛〉 재미있게 읽었다고 얘기 들었어요.

이 : 감사합니다.

양 : 먼저 화장실에 관심을 갖게 된 무슨 특별한 계기가 있으신가 궁금해지네요?

이 : 제가 77년도에 영등포구 시민국장을 한 경력이 있습니다. 그 당시에 청소업무를 분담해야 하는 그런 직책이었기 때문에 여의도광장에서 벌어지는 각종 행사의 뒤치다꺼리가 매우 골치 아프고 마음

깊은 곳에 문제점을 인식하고 있었지요. 그러다 84년 LA올림픽을 하고 있을 당시에 86아시안게임, 88서울올림픽을 한국에서 한다는 스케줄이 결정되던 그 즈음이었습니다. 어느 날 텔레비전을 보니까, 84년 봄인데 여의도광장에서 교황 바오로 2세가 오셔서 미사를 집전하고 있었어요. 그 광경을 보면서 저 많은 사람들이 과연 생리적인 문제를 어떻게 처리하고 있을까?, 이런 의문에서부터 출발한 것이 계기가 되었다고 설명할 수 있습니다.

양 : 아, 그래서 간이화장실을….

이 : 그렇습니다.

양 : 그러니까 마침 시민국장을 하면서 청소업무 분담의 문제, 또 여의도 행사가 끝나고 난 다음에 뒷처리 문제에, 이젠 일 때문에 연루가 되시면서….

이 : 그렇습니다. 만약에 그 동안 대책이 안 섰다면 올림픽을 치르는데 국가적인 우사를 하지 않겠느냐 이런 기우에서 출발했던 거죠.

양 : 요즘 모든 게 인스턴트고 간이식이 많으니까 화장실도 간이로 만들면 어떨까 하는 생각을 하시게 된 거군요.

이 : 일시적인 행사에 고정식 건물을 세울 수 없으니까 뭔가가 있을 것이다, 이렇게 생각하고 선진국과 도쿄올림픽은 어떻게 했으며, 독일에서는 뮌헨올림픽을 어떻게 했으며, LA올림픽은 어떻게 하고 있을까? 이런 의문에서부터 출발해서 거기에 몰두하기 시작한 거지요.

양 : 연구가 끝나기까지 얼마의 세월이 흘렀습니까?

이 : 연구가 끝났다는 것보다도… 연구라는 것은 너무 한계가 있습니다. 다급하게 86아시안게임이 다가온다는 시간적인 압박 때문에 전 우선 선진국을 다니면서 뭔가를 봐야겠다는 생각 때문에 일본은

물론이고 미국을 다녀보고 유럽을 다녀보면서 이것이 미래의 첨단 화장실이구나, 이 정도가 아니고는 아시안게임도 올림픽도 치를 수 없다는 확신을 갖게 됐죠.

양 : 이미 그쪽 선진국에서는 간이화장실이 있었죠.

이 : 그렇습니다.

양 : 지금까지 세계의 화장실은 몇 군데나 다녀오셨나요?

이 : 국제회의가 있는 장소마다 가서 그 근처를 둘러봤으니까 꼭 몇 곳이라고 말할 수는 없지만, 화장실에 참여한 지가 10년이 넘었으니까 많은 곳을 가 봤죠.

양 : 지금까지 다녀보신 화장실 가운데 가장 인상 깊었던 곳은 어디인가요?

이 : 물론 미국도 있고 각 선진국을 많이 다녀봤지만 파리나 베를린이나 런던이나 유럽에 대한 인상이 제일 깊었거든요. 그래서 이미 보도도 됐고 선진국에 다녀온 분들은 다 봤겠지만 파리에 가면 번화가와 또는 일반 도로 가에 바로 공중화장실이 있습니다. 전 처음에 보고 무척 놀랐어요. 전혀 화장실 같지도 않고 또 주민들도 화장실이 자기 문 앞에 있어도 전혀 거부감이 없는, 또 낯선 사람들이 여행을 하더라도 전혀 불편이 없는 완벽한 첨단 화장실을 봤어요.

파리의 거리도 그렇지만 독일 베를린에도 우아한 제품이 바로 길거리에 있습니다. 또 영국 런던 같은 데도 가면 자동수세식 유료화장실이 있습니다. 그 중에서 몇 군데를 둘러봐도 가장 인상적이고 마음속에 외관과 모양과 또는 세련미와 그 청결도와 또는 실내의 쾌적한 분위기 하며 밝고 상쾌한 냄새하며 그 속에 고급 화장대라든가 세면시설 또는 음악이 나온다든가 그 길거리에 문밖에는 차가 다니는데 완벽한 방음이라든가 여기에 대해서 완벽한 문화공간으로써 감탄을 했습니다. 저는 파리의 번화가에 자동수세식 화장실이 가장 좋은 곳이 아니겠나 이렇게 말씀드리고 싶네요.

양 : 저는 파리에서 유료화장실 때문에 곤혹스러운 때가 있었는데요. 동전을 넣어야만 문이 열리니까, 급해 죽겠는데 유료라는 것을 몰랐잖아요. 안 열리니까 이렇게 보면 사람이 없잖아요. 밑자락이 뚫려 있으니까 이게 어떻게 되는 건가 굉장히 황당했던 기억이 있거든요.

양 : 그런 분이 간혹 있겠지요. 허나 선진국의 모든 화장실이 유료입니다. 서비스를 받고 대가를 지불하는 것은 당연하고 합리적이죠. 이러 논리에서 일반화되어 있는 이런 추세입니다.

양 : 파리의 고급 화장실도 역시 유료입니까?

이 : 물론입니다. 각 도시마다 전부 유료로 하고 있죠.

양 : 그럼 파리, 베를린, 런던에서 공중화장실 말고 독특한 면에서 꼽으신다면 세계 어디를 꼽으시겠습니까?

이 : 지역에 따라 각각 있습니다만 가장 미래지향적인 독특한 것도 있고, 정말 이래서 되겠나 싶을 만큼 한심한 것도 있고 여러 유형이 있는데, 우선 우리가 생각할 때 가장 바람직한 것은 일본 도쿄에 가면 아타미라는 곳이 있습니다, 바닷가에.

양 : 온천이 있는….

이 : 거기 가면 울창한 숲이 있는데 숲 언덕 위에 식당이 있어요. 식당에서 내려다보면 자연의 숲을 내려다볼 수 있으면서 바로 바다를 내려다보는 좋은 장소가 있습니다. 거기에 가면 유리도 된 화장실을 만들어 놨어요. 우리는 현재까지 꽉 막힌 화장실을 이용했는데

유리로 되어 자연을 만끽하는, 그러나 밖에서는 보이지 않고 안에 있는 사람은 내려다볼 수 있는 그런 미래지향적인 화장실을 보고 참 바람직하다, 우리 한국에도 별장을 가진 분은 이런 걸 생각할 때가 되지 않았나 이런 생각을 했어요.

양 : 안에서 밖을 내다볼 수 있지만 밖에서 안은 들여다볼 수 없는 유리로 된 화장실….

이 : 아주 미래지향적입니다. 그 다음에 스웨덴이나 노르웨이 같은 데 가 보면 대도시에서는 물론 수세식 화장실을 쓰겠지만 방 한 칸밖에 없는 별장이 산에 무수히 많이 있습니다.

양 : 오두막이요.

이 : 오두막에서는 모두 자연발효식 화장실을 쓰고 있어요. 다시 말하면 나뭇잎이 썩어서 시커멓게 많이 있으니까 박스 속에 집어넣고 공기만 통하게 되면 배설한 것은 제대로 발산이 돼 없어지니까, 이 자연발효식 화장실을 쓰는 걸 보고 역시 지역에 따른 특수한 화장실이다, 느꼈습니다. 그 다음에 또 이웃에 있는 가장 부끄러운 이야기이고 그 나라에서 보기에는 부끄러움은 없지만 우리가 보기에는 어색한 나라 중국의 공중화장실을 들 수 있습니다. 아시다시피 일반 가정에 화장실은 별로 없습니다. 될 수 있으면 이웃 사람이 모여서 공동화장실을 이용하는 것이 중국 시골 마을의 일반 현상인데, 여기에 보면 앞가림도 없고 옆가림도 없는 그야말로….

양 : 칸막이가 전혀 없는 곳이죠.

이 : 구멍만 빠끔 뚫려 있는데 사람들이 줄로 앉아 가지고 옆사람과 얼굴을 보면서 정말 반상회 하듯 변을 보고 정보를 교환하는, 참 특이한 문화입니다. 그 다음에는 동남아 일대에 가 보면 태국이라든

가 베트남이라든가 여기는 물론 우리하고 생활환경과 문화가 다릅니다만, 사다리를 타고 물에 내려가서 하반신을 물에 담그고 배설하는 문화가 있고 베트남 같은 데는 공동주택에 화장실 한 개 있는데 매우 조잡하고 초라합니다. 그리고 투발루에 가면 바다에 들어가서 몸을 씻으면서 배설하고, 서사모아 같은 데 가면 바다 쪽에 가교를 세워놓고 변소를 설치해서 배설하고 나면 물이 계속 씻어 내리는 자연과 함께 쾌적하게 사는 문화적인 특수성을 볼 수 있었습니다.

양 : 우리나라 화장실의 유래와 변천과정은 어떻습니까? 제 기억만 해도 재래식, 푸세식에서 수세식으로 넘어가는 걸 경험했는데요. 화장실에 화장지가 없어서 신문지나 이런 걸 쓰던 그런 기억이 있습니다.

이 : 솔직하게 화장지를 쓰고 수세식 문화는 얼마 되지 않았습니다. 우리가 클 때만 하더라도 시골에서는 구더기를 예사롭게 보면서 변소에서 악취 같은 것은 당연한 걸로 생각하면서 살아왔죠.

한국의 화장실 문화를 정리하면 서양은 수세식 문화에 의해 물로 씻어 내리는 문화였는데, 한국은 농경문화였기에 분뇨를 자원으로 활용했습니다. 그런 특수성이 동양이고 특히 한국의 문화입니다. 그래서 저장된 대소변을 매우 소중하게 생각해서 어디 일 보러 나갔다가도 웬만하면 자기 집에 와서 대소변을 보는 근농정신이 우리의 농경문화였습니다.

그러다가 수세식으로 변한 것은 일제시대부터 시작해서 서서히 수세식 문화가 도입되었어요. 일본이 통치했을 때 중앙청, 서울역, 또 반도호텔, 조선호텔, 한국은행 등 일본군이 들어와서 처음으로 시작했던 군국주의에 가장 주역을 했던 기관들은 전부 수세식으로 출발했어요. 그런 수세식 문화에 의해서 그러나 극히 상류층이었는데 해방과 더불어 미군이 진주하게 되고 그로 인해서 수세식은 수세식이지만 걸터앉는 지금 우리 아파트에 있는 그런 형태가 주로 보급되기 시작했고, 일제시대는 제가 탐문해 본 결과 조선호텔만은 그때도 지금의 양식 같은 변기가 있었다 그래요. 그 외에는 수세식이지만 물통을 달아놓고 줄을 당기면 되는 것을 일제 말기까지 썼어요. 그리고 이 얘기가 화장실 문화이니까 빼서 안 되는 것은 우리의 요강 문화입니다.

양 : 그렇죠, 그럼요.

이 : 밤에 잘 때 쓸 수 있는 편리한 요강을 아침에 거둬다가 변소에다 붓고 요강은 개울가나 우물가에서 기왓가루를 짚에 묻혀 요강 속을 닦던 것이 우리 어릴 때 보던 한국의 문화입니다. 그 요강 문화는 유럽에 가면 소위 볼타루라는 것이 있고 중국에는 호자라는 게 있습니다. 또 마통이라는 것도 있고, 일본에는 수병이라는 것이 있었어요. 특히 동양에 요강이 있었다는 것은 모두 농경문화이고 자원으로 분뇨를 이용했기 때문이죠. 제가 각국의 요강을 비교해 보니까 우리 한국의 요강 문화가 용기의 안정성이라든가 용도가 가장 문화적으로 높이 평가할 수 있다고 결론을 얻게 되었어요.

다음에는 변소에 귀신 나온다고 해서 옛날 미신이 많이 생겼던 그것이 한국의 전통문화이고, 제주도에 가면 밑에는 돼지를 먹이고 위에서 배설하기도 합니다. 또 어린애가 똥을 쌌을 때 개를 불러 핥게 했어요.

양 : 저는 화장실 하면 낙서가 생각나는데 낙서도 국제적으로 차이가 있습니까?

이 : 낙서에 대해서 재미있는 이야기가 있는데요. 1907년에 독일

학자들이 낙서에 대해서 연구한 기록이 있습니다. 낙서 내용도 보면 겉으로 비쳐지는 국가하고 실제로 그 내면하고 다르다는 결론이 나왔어요. 뭐냐 하면 신사의 나라로 알려진 영국 같은 나라의 낙서를 보면 성도착증 증세가 드러나는 낙서가 많대요. 영국은 예를 존중한다면서도 막상 낙서는 다른 면을 볼 수 있고, 자유분방한 성생활로 유명한 프랑스 같은 나라에서도 의외로 화장실의 낙서는 정치적인 낙서가 많지 외설적인 낙서는 없다는 특성이 있고, 독일 사람들이 사색적이고 완고한데도 불구하고 의외로 외설적인 낙서가 많고 아주 색정적인 낙서가 많는 연구 결과를 봤거든요.

낙서는 전용공간인 화장실에서의 정신적인 배설이라고 합니다. 거기에는 외형적인 모든 외출복을 다 벗어버린 인간 본연의 모습이 바로 화장실에 앉는 것입니다. 그래서 직설적이고 적나라한 정신적인 배설을 하는 건데, 그것이 나라의 여러 가지 개성을 표현하는 단면입니다.

양 : 우리나라 최초로 이동식 화장실을 만드시고 〈호모 토일렛〉이라는 책을 쓰신 이상정 씨를 오늘 모셨는데요, 이동식 화장실 그러면 저희가 공원이나 한강고수부지에서 볼 수 있는 파란색의 간이화장실을 얘기하는 거죠? 아까 개발하게 된 과정은 잠깐 얘기하셨습니다만 분뇨처리는 어떻게 되는지 궁금합니다.

이 : 제가 이 사업을 시작하기 전까지는 구청이나 시, 군에 가면 반드시 분뇨 수거하는 업체가 하나 있는데 그 업체만이 그 관내 분뇨를 수거하도록 규정되어 있었어요. 그러다 보니 이동화장실을 공급해서 동대문에 오전 행사 치르고 오후에는 서대문 가야 되는데 토요일에 마치고 그 날에 학교 운동장을 빌려 반드시 철수해야 하는 그런 다급

한 문제가 있는데 막상 분뇨수거가 안 되는 문제가 있어서 제가 당국에 절충해서 이제 겨우 문이 열려 우리 차가 가서 분뇨를 수거합니다만 서울을 제외한 지방까지 아직 파급이 되지 아니하고 다급한 수거문제는 그런대로 좀 숨통이 트여가고 있는 실정에 있습니다.

양 : 화장실에 관심을 가지게 되면서 생긴 버릇이 있다면 어떤 것일까요?

이 : 제가 자나깨나 화장실 얘기만, 미친 듯이 브리핑도 하고 연설도 많이 하고 어디 가서 그 얘기만 하고 글도 많이 쓰고 하다 보니까, 대단히 죄송하지만 누구와 식사시간에 얘기하는데도 상대방의 기분을 무시하고 무심코 화장실 얘기를 해 결례하는 경우가 많이 생겼어요. 그런 이상한 버릇이 있지요.

양 : 화장실 문화를 개척하는 전문가로서 여러분에게 부탁이 있으시면 간단하게 한 마디 해 주십시오.

이 : 감사합니다. 화장실이라는 문제는 그 얘기를 시작할 때마다 절 보고 많은 사람들이 웃었어요. 하지만 지금 1만불 시대가 왔고 UN에서는 안전보장이사국에 참여하는 국제화 시대에 각광을 받고 있는데, 이 화장실 문제에 대해서 국민 모두가 자기 화장실은 첨단입니다. 어느 누구와 비교할 수 없어요.

그러나 내 것이 아닌 화장실에 대한 관리 문제, 관청에서는 화장실 설치하면 끝나버리는 잘못된 인식, 설치보다는 관리가 더 중요하다는 인식의 전환이 절실히 필요하고, 사용자의 입장에서는 내 것이 아닌 물건도 내 것으로 생각하는 새로운 인식의 전환이 절실히 필요합니다. 그래서 그럴 수밖에 없고 난 이해를 하면서 때를 기다리고 있습니다마는, 이 화장실 모두의 문제, 보이지 않는 도덕적 정신문화의 단면이라고 생각합니다. 그래서 공중에 대한 애착심과 모두에 대한 협동심, 이것을 간절히 호소하고 싶습니다.

양 : 오늘 '내 얘기 좀 들어보세요' 시간에는 우리에게 편한 화장실을 개발해 낸 무림교역의 이상정 씨를 모시고 화장실 문화에 대한 얘기를 들어봤습니다. 오늘 고마웠습니다.

이 : 감사합니다.

한밤에 만난 사람 1996년 9월 26일(목) 0:10~01:00

대담 : 이 효 재

안녕하세요? 이효재입니다.

여러분, 껌 자주 씹으시지요? 점심 먹고 나서 또 운전할 때 입이 심심할 때 한 개의 껌은 입 냄새도 없애 주고 기분도 전환시켜 줍니다. 그런데요, 사람은 언제부터 껌을 씹기 시작했을까요. 제가 기록을 보니까 사람이 껌을 씹기 시작한 역사는 9천 년이 넘었다고 그럽니다. 구석기 시대에 한 청년이 9천 년 전에 씹다 버린 껌이 얼마 전에 스웨덴에서 발견되었다고 합니다.

그 껌에는 청년의 이빨자국이 그대로 남아 있었다네요. 물론 지금 우리가 씹고 있는 그런 단물나는 껌은 1800년대 말에서야 나오기 시작했습니다. 매년 사람들이 씹는 껌은요, 놀라지 마십시오, 10만 톤이나 된다고 합니다. 가만히 생각하면 껌은 사람들이 만들어 낸 가장 흔하면서도 가장 희한한 물건이라는 생각이 듭니다. 먹어서 몸에 영양을 주는 것도 아니고 그냥 질겅질겅 씹는 이 껌이라는 걸 사람들은 왜 그렇게 좋아하는 걸까요.

사람만이 가진 희한한 습성들이 있죠. 앞서 말한 껌을 씹는 거, 또 낙서를 하는 거, 웃는 거, 이런 것 말입니다. 이런 걸 연구해 보는 것도 큰 연구과제의 하나가 되지 않을까 생각합니다. 이런 것들이야말로 인간이 가진 수수께끼의 하나니까요.

사 : 문화라는 것이 결코 거창한 것이 아닙니다. 사람들이 사는 생활방식이죠. 뭐 그래서 본성이 같은 이상 겉으로 나타나는 모습만 다르지 문화의 본질은 같다는 얘기들을 합니다. 여러 가지 문화 중에서도 한 나라의 문화 척도를 삼을 수 있는 게 뭔지, 여러분 다 아시죠, 바로 화장실 문화입니다. 화장실 문화를 보면 한 나라의 문화를 알 수 있다, 그런 말들을 합니다. 그런데 그런 것을 실천하는 분이 계십니다. 오늘 '한밤에 만난 사람'에서는 화장실 문화를 연구하고 계신 분입니다. 바로 이동화장실을 우리나라에 첫선을 보이신 분이죠. 무림교역 대표 이상정 사장님 모셨습니다. 어서 오십시오.

이 : 안녕하세요.

사 : 그런데 '화장실 문화'는 좀 낯선 단어예요. 우리나라에서 화장실 문화라는 게 어떤 걸 말하는 겁니까?

이 : 그렇습니다. 화장실이란 얘기 자체에 대한 거부감이 우리 의식 속에 잠자고 있으니까 문화까지 붙이니까 필요 이상으로 격상시킨 감이 있습니다. 그러나 시대의 고금이나 양의 동서나 막론하고 인간이 사는 곳에 이 배설 문제는 필연적인 생리이기 때문에 아무도 부인할 수 없는 건데, 특히 동양권에 있어서 이 분뇨에 대해 듣기도 싫어 하고 언급하기도 꺼리는 이것이 우리 한국적인 문화입니다. 전세계적으로 보면 그 지역에 따라서 자연환경에 따라서 화장실 문화를 가까이 하게 되거든요.

우선 크게 추리해 보면 서양에 수세식 문화라는 게 있습니다. 모든 것을 물로 씻어 버리는 문화가 있고, 사막지대에 가면 사막 모래 위에 배설함으로써 바람에 의해서 없어지는 풍장형 배설이 있고, 또 흙에 묻어 버리는 토장형이 있고, 그 다음에는 초원지대에 가면 연료가 없으니까 모든 동물의 배설물 낙타나 기타 인간의 배설물까지도 땔 감으로 쓰죠.

그리고 특히 동양 일본, 중국, 한국 같은 데는 분뇨를 자원화해서 농경문화의 퇴비로 이용했던 이런 문화의 특수성을 갖고 있습니다. 그리고 아시아·태평양 연안의 서사모아라든가 베트남이라든가 그런 곳에 가면 아직도 화장실의 미개지역이기 때문에 방뇨를 예사롭게 하곤 합니다. 화장실에 관해서 필연적으로 배설에 관련해서는 휴지에 대한 문화가 또 있습니다. 휴지도 선진국에서는 중진국 이상에서는 종이를 쓰지만 아직도 휴지를 쓰지 않는 인류가 전체의 3분의 2 정도라는 기록이 있습니다.

사 : 지구상에요?

이 : 지금도 나뭇잎이나 짚, 또는 돌을 쓰기도 하죠. 그 다음에 산업화가 되어 인구가 도시에 집중함으로 해서 드디어 분뇨 문제는 환경공해 문제와 연결지어 절수 문제로도 연결됩니다. 물이 많이 드니까요. 이것도 역시 수세식 문화의 한 변천이라 할 수 있죠. 그 다음에 경제적 풍요를 누리는 선진국이라든가 이미 한국도 그런 괘도에 진입했습니다만 화장실이야말로 필수적인 생활공간입니다. 또한 문화 공간이기도 하구요. 예를 들면 화장실은 위생적이고 쾌적해야 된다, 이것이 벌써 우리 생리 속에 그렇지 않으면 안 되는 시점까지 왔어요. 또 명상이라든가 휴식의 장소, 신문 보는 장소로, 드디어 화장실

은 이렇게 변화하는 문화 속에 있습니다. 대략 그것을 문화라고 설명할 수 있겠죠.

사 : 그렇습니다. 전에는 화장실하고 뭐는 멀리 떨어져 있어야 된다는 그런 얘기들을 하지 않았습니까. 요즘에는 거의 실내에 있지 밖에 있는 경우가 드물죠. 그만큼 우리 생활하고 밀접한 게 바로 화장실인데, 화장실 문화에도 지역이라든가 자연환경에 따라서 패턴이 다르지 않습니까?

이 : 우리 전통문화는 뒷간과 처가는 멀리 있을수록 좋다, 이런 얘기 속에서 자랐습니다만 이제 산업화, 도시화가 되고 급변하다 보니까 화장실이라는 말로 안방의 부속실이며 세면대와 또는 샤워장과 같은 공간에 있게 되었어요. 이 화장실이 앞으로 더 발전하겠습니다마는, 화장실에 대해서 멀리 할 것이 아니라 거기에 따른 인식도 병행하면서 바뀌어야 할 때인 것 같습니다.

사 : 어떻게 해서 화장실 문화에 대해 관심을 가지신 겁니까?

이 : 저는 화장실 문화 얘기를 하면 참 기구하고 특별한 인연이 있습니다. KBS 앞에 5·16광장은 제가 77년도에 영등포구에서 시민국장을 했습니다. 그 당시 여의도에는 화장실이 완전히 불모지였는데 국가적인 행사라든가 큰 모임이 광장에서 계속 있었습니다. 시민국장 밑에는 5개 과가 있는데 그 중에 청소와 환경과가 제 밑에 있었습니다. 5·16광장에 큰일이 끝나고 나면 그 다음에 쓰레기, 분뇨 처리 문제가 있었어요. 그래서 이것이 가장 문제라고 깊이 느끼면서 이거야말로 어느 때보다 개선되어야 할 부분이라고 생각했었는데, 저와 화장실과의 인연은 여의도에서 시작이 됩니다.

그 후에 퇴직을 하고 어느 날 텔레비전을 보니까 여의도광장에 바오로 교황이 오셔서 미사를 집전하더군요. 백만 명이 모였다고 하는데 저 넓은 지역에 수세식으로 대응할 수도 없고 뭔가 간이화장실이라도 있어야 되는 것이 분명한데 지금은 어떻게 되어 있을까, 이런 의문이 강하게 머리를 스치고 지나가고 그때부터 밤잠을 못 잘 정도로 미친 듯이 화장실을 보러 뛰어다니면서 12년이란 세월이 흘렀습니다. 그때 마침 아시안게임과 올림픽이 한국에서 열릴 것이라는 윤곽이 섰을 때이니까 앞으로 일시적으로 그 많은 장소에서 이루어지는 초유의 국제행사를 과연 화장실 없이 할 수 있겠는가 싶었죠.

사 : 그렇게 연결이 되었군요.

이 : 바로 간이식이 아니고 수세식을 지어서 한다면 이건 있을 수도 없는 문제이고 뭔가 있을 것이다, 서울시에 가 보니 아직 청소국에서는 깜깜하고, 둥그런 원통형 화장실을 땅을 파고 150cm 정도 묻는 유형이 처음에 나왔을 때예요.

사 : 땅을 파고요?

이 : 예. 이동식이란 상상도 못하던 때였어요. 그런데 제가 동분서주하면서 대사관에도 가 보고 일본이 올림픽을 치렀으니까 64년에 일본은 어떻게 했을까, 독일 뮌헨올림픽 때는 어떻게 했을까, LA올림픽은 곧 하게 되는데 어떻게 준비하고 있을까, 이런 의문들로 밤잠을 설치며 별난 일을 쫓아 다녔죠. 그런 것이 동기가 되어 누구와 의논할 데도 없고 어느 공직자도 화장실에 대한 지식을 가진 사람이 없고, 정말 아시안게임, 올림픽 하지만 아무도 지식을 가진 사람이 없어서, 내 자랑이 아니라 지금까지 오다 보니 나의 봉사가 나의 사업이 오늘의 야외 이동화장실이 있어야 한다까지는 제가 몸부림쳤던 열매라고 생각하고 있습니다.

사 : 이동화장실이 그 당시에 외국에 있었던 건가요?

이 : 특히 미국이 중심이 되어 이동화장실이 활발하게 공급되고 있었는데, 한국만은 전혀 아무도 생각하지 못하고 일본에도 미국의 화장실이 수입되어 그때 한 2만 대가량 공급되고 있었는데, 그것을 한국에서는 아무도 생각하지 못한 나에게 그런 불모지의 기회가 착안되었다는 건 지금 생각해도 정말 제가 믿는 하나님께 늘 감사하고 소명의식을 느끼는 그런 심정입니다.

사 : 그럼 공직에서 시민국장으로 계시다가 정년퇴직을 하고 나서 어떤 일을 하고 계셨습니까?

이 : 그 후에는 정년퇴직은 아니었습니다마는 중간에 생각지도 않던 문제로 공직을 떠나야 하는 비운이 있었어요. 공직은 책임 있는 자리에 올라갈수록 자기 과실이든 아니든 책임을 져야 하는 절대적인 계기가 오더군요. 정말 좌절을 느끼고 꿈이 없어지고 기막힌 좌절을 맛보면서 죽을 고생을 했죠. 그러다가 그 화장실을 착안하고 나서 새로운 활력으로 다시 재기하는 모멘트가 되었던 겁니다. 그렇게까지 어려운 시련이 없었더라면 이렇게 강렬한 의지와 집념은 생기지 않았을 거예요. 편하게 살 수 있었을 텐데 내 한 몸을 이렇게 헌신할 수 있었던 것은 너무 구겨진 내 인생 행로에 대한 아픈 배경이 있었다고 말씀드릴 수 있습니다.

사 : 공직에 있을 때도 그런 생각을 하셨습니다마는 84년도에 처음으로 화장실에 대하여 본격적으로 생각을 하시기 시작한 것 아닙니까?

이 : 그렇습니다.

사 : 이제 십수 년밖에 안 됐는데 그 동안 책을 내셨어요. 화장실에

관한 책이요. 화장실이라는 게 어느 면에서 보면 감춰 놓고 싶은 거 아닙니까. 공공연히 내놓고 얘기하기도 쑥스럽고. 그런데 책까지 내신 이유는 무엇입니까?

이 : 제가 화장실 사업을 개척해 가지고 방송국, 텔레비전, 신문사를 다니면서 글도 쓰고 또한 텔레비전에서도 특집 보도한다고 해서 아시안게임, 올림픽 지나고 난 후에 사진을 찍어 갔는데도 약속시간에 뉴스가 안 나와요. 그래서 화를 내면서 무슨 일이냐고 물어보니까 9시 뉴스 시간대에 식사를 하는데 되겠느냐는 식으로 거절당한 적도 있어요.

사 : 화장실 얘기라서요?

이 : 신문사에서도 잡지사에서도 기사 싣는 것이 너무나도 인색하고… 고독한 길을 걸어왔죠. 그러다가 아시안게임, 올림픽부터 대전 엑스포 또는 세계청소년잼버리 등 국제행사 때 저에게 기회가 와서 남들은 큰돈이나 버는 것 같지만 이미 홍보가 된, 다시 말하면 누가 어느 길목 좋은데 자장면 장사를 한다고 하면 모두가 먹어 봤으니까 자장면 PR 안 해도 장소만 좋으면 돼요. 허나 이동화장실에 대해서 아무도 모르는 분야를 설치하는 당국이나 또는 어느 기업체라든가 화장실을 필요로 하는 행사 주관자들이 화장실 문제에 대해서는 너무너무 예산이 인색합니다. 또는 근본을 모르다 보니까 요즘 2, 3만 명이 모이는 열린음악회 하잖아요. 2, 3만 명이 모였는데 화장실이 20대 정도가 고작이에요. 이런 인식의 부족, 또 지방에 가면 공직자들이 설치 후 관리에 대해서 전혀 관심이 없는 이 기막힌 현실, 이런 등등을 어떻게 하면 되겠는지, 우리가 드디어 선진국이 되어 가는 길목에서 우리 모두가 알아야 되고, 외국 사람들이 한국에 왔다가 돌아

갈 때 거의 100%가 화장실 문제를 언급하는데 이 문제점을 짚고 가
야 하지 않겠어요.

그래서 야심을 가지고 이것이 이 시대에 내가 해야 할 될 몫이라고
생각했죠. 그러다 보니 하나의 야심작이고 소명의식이라고 생각합니
다. 이 소명을 주신 하나님에 대한 나의 봉사의 몫으로 생각했기 때문
에 가능했죠. 어려운 산고가 있었습니다.

사 : 생리적인 건데 화장실 문제가 이렇게 소홀하게 다뤄진다는 것
도 문제는 문제군요. 근데 자료를 조사하기도 어려우셨을 것 같아요.
어떤 식으로 자료를 수집하셨습니까? 직접 가셨습니까?

이 : 직접 간 곳도 많죠. 첫째 자료조사는 다행스럽게 아시안게임,
올림픽을 치르다 보니까 올림픽을 치렀다는 것은 야외 위생시설로서
도 상당히 국제적인 발언권이 인정됩니다. 아시안게임을 치렀다, 그
다음에 올림픽을 치렀다 하니까 보는 시각이 달라요. 물론 국내적으
로는 화장실 문화가 전혀 뿌리를 못 내렸는데도 대외적으로는 PSAI
에 가면 올림픽을 치른 주식회사 무림의 대표이사라고 박수를 받고,
이런 재미있는 일을 하다 보니까 한국 화장실의 대부는 무림의 이상
정 사장이다, 이런 것이 계기가 되어 국제사회의 첨단업체와 교류할
수 있는 모멘트가 됐어요. 그게 동기가 되고 그러다 보니까 미국 협
회에서 선진국의 각종 자료를 구할 수 있었어요. 일년에 두 번 미국
에서 모임이 있어요. 출장 갔다 오다가 일본에 들르면 화장실협회 사
무국장이라든가 멤버들을 의식적으로 사귀었죠.

그리고 가는 곳마다 카메라를 들고 테마여행을 많이 했습니다. 유
럽 노르웨이나 스웨덴 또는 독일, 영국에 몇 차례 가고 또 중국에 가
서 화장실 문화를 보고, 홍콩 국제세미나에도 가고, 각국에 갈 때마

다 책을 구입하고 자료를 수집하고 천학비재한 사람이 이렇게 몸부림 치듯 했죠. 그런 동기에서 뜻이 있는 곳에 길이 있다, 지금도 이 말씀을 늘 믿고 있습니다.

사 : 보면 우리나라만큼 또 공중화장실이 많은 곳도 없는 것 같아요. 외국에 가면 꼭 동전을 넣어야 들어갈 수 있는데, 물론 이동도 아니고요. 이 화장실이라는 게 언제부터 나타났습니까?

이 : 화장실의 역사는 BC 3000년경 모헨조다로라는 지역에 수세식 화장실이 있었다는 흔적이 있습니다. 그리고 로마시대에도 기원전에 수세식 화장실이 있었으니까….

사 : 수세식이요?

이 : 지금처럼 수세식은 아니지만 높은 곳에 물을 가둬 놓고 파이프를 통해서 로마 시내에 또는 궁중에 수세식 파이프가 공급되고 공중화장실이 생기고, 한국에도 부여시대, 신라시대에 경주에 가면 돌판에다 구멍을 뚫어 가지고 물로 씻어내는 수세식 흔적이 있어요.

사 : 우리나라에도요?

이 : 있는데 과연 현대화된 우리의 관념하고 다르지만 일단 배설하고 난 후에는 물을 부어 가지고 하수도로 내려가는 원시적이지만 그런 스타일이 있었으니까, 지금 우리 관념에서 화장실이라고 하는 얘기와 다릅니다만, 여하간 인류가 사는 곳에 악취와 비위생에 대해서하도 답답하니까 물로 씻어내는 그런 유적들은 간혹 있습니다.

사 : 아, 그런 말씀이었군요. 책을 보니까 화장실 문화를 연구하는게 선사시대 사람들의 생활을 이해하는 데 도움이 된다, 그런 말씀을 쓰셨더군요. 그게 바로 그런 얘기였습니까?

이 : 그런 얘기고 또 학자에 따라서는 선사시대의 원시시대를 근거

를 찾다 보니까 화석 중에서 분석이 나와요. 배설물에 대한 분석이 나와서 그걸 중심으로 연구해 보니 지금은 또 과학적인 약품을 넣어 분석해 보니까 그 당시에 주로 무엇을 먹었는지, 놀라운 자료들이 속속 드러나 논문이 나오고 있는 그런 추세지요. 그렇게 정확하게 얘기하기 보다도 하여간 더듬어 가는 과정에 원시시대의 분석이 배설물에 대한 화석을 보면서 그 시대상을 생각하는 과정입니다.

사 : 요즘에는 찾아보기 힘들어졌습니다만, 얼마 전까지만 해도 요강이라는 것이 있지 않았습니까. 그것을 화장실 문화 측면에서 본다면 어떤 겁니까?

이 : 우리나라 농경문화권에서는 요강이 없으면 안 되는 그런 거지요. 우선 그 당시에 우리 화장실은 아까 말씀대로 멀리 있을수록 좋다.

사 : 그랬었죠.

이 : 일반 집에도 대문을 열고 들어가면 장독대 같은 것은 눈에 보여도 뒷간이 어디 있는지 찾을 수가 없죠. 가장 후미진 곳에 있던 것이 그 당시의 화장실이었죠. 그래서 집을 지을 때도 설계를 보면 아예 화장실에 대해서는 전혀 없었어요.

사 : 없었죠.

이 : 그런 과거가 있다 보니까 화장실에 가기 위해서는 밤마다 용기가 필요했어요. 그것이 발달해서 소위 요강이라는 이름으로 우리 역사에 계속 있었습니다.

사 : 세계적으로 볼 때 말이죠, 외국에서 향수가 발달한 이유 중에 화장실에 얽힌 얘기가 있던데요.

이 : 그렇습니다. 향수에 관한 문제는 역시 유럽이 발생지로 그렇

게 알고 있습니다. 우선 유럽이 발생지가 된 원인을 보면 동양권에서는 분뇨를 자원으로 퇴비화해서 이용했기 때문에 근본적으로 흘러보내는 것 없이 자연 순환시키는 방법을 택해서 서양보다는 굉장히 발달된 무척 지혜로운 조상들이었고, 유럽에서는 무조건 씻어버리는 식의 문화가 주류를 형성했거든요.

그러다 보니까 수세식이 정착되기 전까지는 어떻게 처리했냐? 아까 말대로 우리는 퇴비화시켰지만 그들은 무조건 버릴 수밖에 없는 환경이었기 때문에 냄새도 심했고, 또 로마가 망하고 기독교가 유럽에 진입하면서부터 육체적 욕구를 억제하는 신앙이 성행하던 때였죠. 그것은 로마시대에 성 타락이 극심했기 때문에 그 다음에 기독교가 들어오면서 무조건 육체적 욕구를 억제시켜야 된다, 또 침례하는 것 이외에 목욕을 하지 않는 풍습이 장기간 지속되었어요. 그래서 너나 없이 심한 악취, 비위생적인 시대가 길게 있었습니다. 1589년도에 영국 왕실에서 공개적으로 방뇨하고 분뇨에 대한 무단 폐기를 금지하는 특별지시가 있었어요.

사 : 그 당시에 벌써 그랬군요.

이 : 1600년대 영국의 예절 교본을 보면 분뇨를 버리지 말라는 문구가 나옵니다. 그 당시에 프랑스 신문들을 보더라도 악취 문제에 대해 계속 기사가 나와 있어요. 그런 배경 하에서 루이 14세 같은 이는 특히 냄새를 많이 풍기는 왕으로서 유명합니다. 화려하긴 했지만 왜 냄새를 많이 풍겼냐 하면, 주치의가 만병의 근원이라 하여 이빨을 뽑아 버리라고 했기 때문에, 이빨이 없는 루이 14세는 늘 소화불량이 있었고 매일 설사약을 복용하면서 일생을 지냈어요.

왕은 설사가 계속 되다 보니 하루에 15번 이상 변기에 앉아 있었고

신하들도 본을 따서 다같이 설사약을 복용하면서 이빨을 뽑았다는 웃지 못할 실화가 루이 14세의 얘기입니다. 그러다 보니까 궁중에서 화장실은 없고 베르사유 궁전만 해도 화장실은 없고 파리 거리에는 아무 데나 배설하고 분뇨를 처리할 길도 없고 그 악취 때문에 궁중은 흡사 냄새의 섬처럼 되어 루이 14세는 오렌지나무를 매년 천 그루씩 심었다고 한다. 축제 때는 파리의 분수대에 오렌지주스를 뿜어 올렸다는 얘기, 냄새 때문에 그것이 유럽의 문화, 대표적인 파리의 얘기였습니다. 그런 배경 하에서 향수는 필연적으로 어떤 형태든 냄새를 감추는 데 신경을 쓰지 않을 수 없었겠지요.

사 : 그랬겠군요.

이 : 그래서 발달한 것이 유럽의 향수 문화라고 알려져 있습니다.

사 : 그 화려한 베르사유 궁전에 화장실이 없었다고요?

이 : 그렇습니다. 정말 웃긴 얘기인데 베르사유 궁전뿐만 아니라 우리 경복궁, 창덕궁에도 화장실에 대한 설계가 아직까지도 발견되지 않고 있습니다.

사 : 아, 그렇군요.

이 : 우리는 예사롭게 살지만 베르사유 궁전뿐만 아니라 다른 나라에서도 그 당시에 분뇨가 얼마나 혐오스럽고 처치 곤란했는지 화장실을 아예 없애 버렸습니다. 그러면 어떻게 했느냐, 여기에 대해서는 우리 한국의 얘기만 하더라도, 왕은 일반 백성들과 똑같이 변소가 있었다는 것이 바로 불경이에요. 그러니까 옛날 학교 선생도 변소에 가는 것을 보고 학생들이 '선생님이 변소 가더라'고 놀라고 했으니까, 하물며 상감마마께서 변소 간다 얘기는 하늘처럼 바라보는 상감에게 얘기가 안 되니까 화장실이 없고 바로 변을 받는 소위 매화틀이라는

것이 있었어요. 한국에도 매화틀, 어떤 사람은 매우틀이라고도 합니다만, 앉아서 배설하면 나인이 즉시 가져가서 버렸는지 묻었는지 거기에 대해서 고증도 없고 아무것도 없어요. 하여간 궁중에 화장실이 없었다는 거예요.

그럼 그 많은 군신들은 어떻게 했는가?

왕은 변기가 있었지만 나머지 백성들은 화장실이 없기 때문에 건물 구석이나 벽 옆이나 정원 나무 밑이나 풀숲에 방뇨했다는 기록이 있어요. 그래서 베르사유 궁전도 날이 갈수록 냄새가 심각했는데, 특히 웃을 수 없는 것은, 밤마다 열리는 화려한 무도회에 여자들은 모피주머니에 휴대용 변기를 가지고 와서 소변을 보고 나면 하인들이 몰래 가져가 나무 밑에 버리는 웃지 못할 시대가 있었죠. 또 한 가지 에티켓이라는 용어인데, 그 당시에 정원 아무 곳에나 방뇨를 하다 보니까 정원을 보호하기 위해서 루이 14세의 지시에 의해 표지판을 만들었어요. 안내판이 프랑스말로 에티켓이에요. 정원 보호를 위해서 들어가지 말라는 지시가 에티켓인데, 오늘날 예절을 지킨다는 뜻으로 쓰이고 있습니다.

사 : 정원수를 보호하기 위해서 생긴 거였군요. 그러던 나라들의 화장실이 요즘 더 이상 화장실이 아니다 할 만큼 아주 깨끗하지 않습니까. 그 얘기 좀 해 주십시오. 선진국에서 깨끗한 화장실을 유지하기 위해서 어떤 노력을 하고 있는지요.

이 : 미국의 예를 보면 포터블 이동식 화장실이 주를 형성합니다. 물론 빌딩 화장실은 고정식이지만 그 외는 모든 시스템이 이동식입니다. 주거도 우리 동양에서는 완전히 철근을 넣고 벽돌집을 짓지만, 특별한 경우가 아니면 대부분 나무를 가지고 언제나 뜯어 옮길 수 있

고, 사무실도 바퀴가 달린 이동식 사무실을 임대해서 쓰고, 화장실도 임대화장실로 되어 있습니다. 한 가지 더 놀라운 것은 협회가 10명에 화장실 1대를 공급한다는 대원칙이 있어서 우리보다는 화장실 인심이 후합니다. 일주일 만에 반드시 와서 펌핑(pumping)하고 청소하는 것이 불문율로 되어 있습니다.

그런 상태에서 일주일에 한 번씩 수거하는 완전 무취의 위생문화가 발달돼 있고 그 폼(form)이 그런 시스템이 각국에 전파되어 미국의 이동화장실은 전세계에 거의 공급되고 있습니다. 영국, 프랑스도 화장실을 설치하거나 하면 반드시 전문관리용역이라는 것이 정착되어 있습니다.

거기에 비해 우리나라는 정말 너무 낙후되어 있어요. 우리는 화장실이 가장 두려운 곳이고 여자들에게는 불안한 곳인데, 어느 곳도 후미지고 컴컴한 곳이 없고 벽도 완전히 막힌 게 아니고 공기와 빛이 유입되어 완전히 순환할 수 있는 응용과학적인 설계가 다 되어 있어요. 우리 화장실도 그런 시스템이 빨리 정착되어야 합니다.

사 : 관리하는 것도 물론 중요합니다만 사용하는 사람들도 생각해야 할 부분이 많지 않습니까?

이 : 그렇습니다. 사용하는 사람들의 인식문제가 빨리 전환되어야 합니다. 그래서 '화장실 문화의 르네상스를 제의한다' 는 책자를 만들어서 전국의 관청, 대기업 등에 뿌리고 문화운동으로 별 걸 다 해봤어요. 그런데 자기 것은 말 안 해도 관리를 잘 합니다. 문제는 내 것도 아니고 네 것도 아닌 공중 모두의 문제, 이것이야말로 도덕적 정신문화의 분야입니다. 자기 것이 아니니까 아무거나 써도 되고 아무도 안 보니까 자기 기분대로 낙서도 하고 뜯고, 안타까운 생각이

286

들어 우리 정신문화에 대한 근대화를 위해 책을 쓰고 거기에 초점을 맞추었습니다.

사 : 우리나라에 물론 무림교역 같은 회사도 있습니다마는, 우리나라 화장실 문화의 현주소는 어느 정도 보면 될까요?

이 : 여러 가지가 너무 낙후되어 있습니다. 지금 화장실을 설치만 하면 끝나는 그런 인식에서 빨리 벗어나야 합니다. 예를 들어 해수욕장 또는 요즘은 바캉스 패턴이 좀 달라져서 산으로 가는 시대로 바뀌었습니다. 일선 시장, 군수가 미봉책으로 그때 그때 화장실을 설치는 하지만 사후관리에 대해서 예산이 없다는 이유로 방치해 둡니다. 그래서 관광객들이 이맛살을 찌푸리는 것이 우리 현실입니다.

사 : 84년도 여의도에 교황이 오셨을 때 그 많은 사람들이 생리문제를 어떻게 해결할까 걱정을 하면서 시작하셨던 거 아닙니까? 그 사이에 우리나라 각지의 화장실을 돌아보면서 보고서를 쓰기도 하셨다고요. 우리나라 화장실 문화는 어떻던가요?

이 : 조금 전에 얘기한 것처럼 정말 너무 어이가 없어서 말단 지방 관청까지 가서 열변을 안 토한 적이 없어요. 그 당시에 화장실을 새로 설치하는 주무부서는 새마을과였습니다. 새마을과에 가서 담당자부터 과장까지 목에 피가 나도록 설명하고, 그 옆에 가면 또 관광과가 있습니다. 지역에 따라서 거기 가서 이 문제에 대한 설명을 하죠.

제 책상에 보면 미니 차트가 10여 개 있습니다. 그걸 가지고 화장실 현황 문제와 PR을 하면서 계몽운동을 해 왔죠.

사 : 보통 때도 사람들 만나서 화장실 얘기 많이 하십니까?

이 : 그렇습니다. 나는 예사롭게 하는데 상대방은 더러 싫어하는 눈치를 보일 때가 있어요.

사 : 그렇죠, 아무래도.

이 : 물론 저도 책도 많이 보고 해서 딴 얘기를 하자면 점잖은 얘기도 많이 합니다마는, 먹는 걸 얘길 하다 보면 저절로 배설에 대한 얘기가 스스럼없이 나오고, 그러다 보니 속에 쌓인 개척자의 아픔이 울분과 동시에 튀어나와서 깊은 한풀이 얘기를 많이 합니다.

다들 이해하고 웃고 지나가고, 이제는 화장실에 대한 얘기가 신문에서도 매스컴에서도 그전보다는 많이 다뤄지고 있기 때문에 한결 덜 어색하지만, 우리 직원들은 아직도 어디 가서 화장실 카탈로그를 내놓거나, 명함을 건넬 때 자부심보다는 부끄러움을 많이 느끼고 있는 실정입니다. 저는 개척자이니까 이것은 소명이다, 내가 이 땅에서 하지 않으면 안 된다, 이런 사명감 때문에 부끄러움 없이 지내지마는, 직원들까지는 그런 걸 기대하기가 어렵더군요.

사 : 열심히 일하시는 사장님을 가족들은 어떻게 생각하십니까?

이 : 이제는 집사람과 아이들도 책이 나오고 매스컴의 각광을 받고 하니 많이 나아졌습니다. 그 동안 가족들은 그렇게 자부심을 느끼는 것까지는 보지 못했어요. 주변 친구들도 이해하고 격려를 하면서도 역시 화장실 얘기는 어색한 사업이었습니다.

사 : 지금 개척하시고 그러다 보니까 울분도 생기고 또 한도 있으시겠습니다마는, 역시 필요한 게 화장실 아닙니까? 더군다나 밖으로 나들이 하는 사람들이 많아질수록…. 앞으로 어떤 계획을 가지고 계십니까?

이 : 이제는 문화사업을 지금처럼 협회를 만들고 동호인들을 모아서 화장실 문화의 선진화를 위해 하나의 조직으로 활동해야 되겠다 이런 복안을 갖고 있고, 사업적으로는 아직까지 손 씻는 것은 상상도

하지 못하는 상태에서 지금까지 왔는데 앞으로 공급하는 화장실은 수세식화 하면서 이동식이지만 적은 물로 수세식화하고 또한 적은 물로 손을 씻을 수 있는 시설로 발전해야겠다, 또 화장실에 거울을 달고 모두에게 필요한 부분을 하나하나 갖추어 나가야겠다, 이런 생각입니다. 제가 지금 하고 있는 것이 자연발효식이라고 해서 분뇨를 수거하지 않고 발산하는 것을 개발해서 공급합니다만, 이것도 좀더 보완해서 새로운 모델을 제시할 그런 계획을 갖고 있습니다.

사 : 오늘 '한밤에 만난 사람'은 화장실 문화 전문가이신 이상정 씨와 함께 했습니다. 혼자 쓰는 공간일수록 매너가 좋아야 한다는 말씀, 저도 명심하겠습니다. 늦은 시간 함께 해 주셔서 고맙습니다.

이 : 감사합니다.

다른 방송에 출연한 목록

MBC 초대석 화장실문화 : 대담 한선교 1995년 9월 8일 11:10~11:40
SBS 정홍택의 이야기 세상 1997년 7월 28일

제4장

화장실 개척기의 정책 건의

화장실 문화 새 시대를 위해 하늘을 보며 길을 찾던 그때
중앙과 지방 당국과 매스컴에 촛불을 들고 꽹과리를 치며
잠을 깨우던 그 기록들이다.

完全無臭　　專門管理

尖端移動式화장실供給建議

본 차트는 86아시안게임과 88서울올림픽에서 절묘한 이동식 화장실이 신선한 충격을 주고 그 여세를 몰아 이동식 화장실의 새 시대를 개막하였으며 동시에 중앙과 지방 시도지사, 시군구청장을 비롯한 공중화장실과 유관한 청소과, 공원과, 새마을과를 방문하여 설득하며 건의했던 내용이다.

위생의 사각지인 공중화장실의 허다한 문제점 앞에 개척자인 본인은 밤잠을 설치며 사활을 걸었다. 잠자는 공직자를 깨우던 꽹과리 같은 자료이다. 그 누구도 챙기지 않고 방치되고 있던 야외의 비위생적 배설의 실태를 기록하고 있다. 화장실 여명기 개척자의 사명감이 아니고는 보이지도 않던 그때 우리 모두의 부끄러웠던 자화상이다.

尖端 移動式화장실　供給建議

野外用 화장실 設置現況

1. 都市地域

   水洗式 ― 若干旣存 ― 增設試圖中

   　街路辺 停車場. 마을公園. 어린이 놀이터 ―― 不在 大部分
   　道路辺 空地. 登山路　택시技士. 포장馬車對策 全無 ― 放尿

   在來式 ― 代表的 公害物 ― 再開發對象

2. 營業所 화장실 : 駐車場. 運転敎習所. 테니스場. 골프인도아
   　― 臨時架設 ― 不潔. 非衛生的

3. 아파트 団地 ┌ 完全不在 大部分 → 放尿
   　　　　　　 └ 若干施設 → 管理放置 → 閉鎖

4. 野外 各種行事場 ― 臨時架設 木製 "뒷간" 型

5. 大小建設現場 ┌ 非衛生 標本地帶 ─┐
   　　　　　　　├ 現場 판넬로 架設 ─┤ 管理放置
   　　　　　　　└ 드럼桶 埋設 ─┘

6. 遊園地 및 観光地 ― 経済的인 移動式은 無視한채 問題
   　　　　　　　　　　많은 水洗式만 施設計劃 各종使用不可

7. 全國 各市郡의 새마을公園. 휴게소. 遊園地. 國道辺 뻐스
   停留所. 邑面 장터 ; 施設必要 切実

一. 移動式 화장실　必要性

- 化粧室이　없는　野外의　各種行事場과．生活周辺．
  人波蝟集하는　都心．변두리山野．観光地　建設現場등에

  ○ 簡便한　完全無臭．半永久用의　移動式 必要性 切実
  ○ 特히　全國土의　1日生活圏으로　需要增加　一路

二. 尖端移動式 화장실　供給의　妥当性

水洗式	移動式
○ 設置場所確保　難点	○ 設置場所　問題　없음 設置簡便．디자인．色相 完璧
○ 上下水道 引入．建築 淨化槽．電氣施設	○ 構造的으로　半永久．強健柔軟한 PE材質．無臭．
○ 管理費．施設維持　瑕疵 補修費　過多	○ 設置單價．管理費 ──越等히 低廉．

- ○ 既存在來式 → 再開発 → 對替에　適合（外觀．用途．経済性）
  （收去型）

- ○ 韓國은　1985年부터　國内供給　移動式화장실　새時代開幕
  88서울올림픽．장애자올림픽．86 아시안게임 등 独占供給
  管理

三. 茂林 移動式 화장실 特性

1. 完璧한 디자인

— 安全性 : 넓은 空間. 스마트한 外樣. 換氣의 科學的 應用
小便器. 옷걸이 等 倂設된 多用途

2. 構造的 特殊性

○ 지붕. 벽채. 문짝 및 門틀. 계단식 발판등 9個 部品의
完全 組立式. 強健한 立体四角型

○ 瑕疵部門만 交替하는 完全組立式의 越等한 経済性

○ 超大型 射出品을 熱鎔接으로 完全 機械化

3. 強健한 材質과 部品

— 高密度 폴리에치렌 質材 — 柔軟性 — 強한 耐久力
高度氣溫差에 龜裂 없고 部品은 腐蝕 없도록 排朱金金

4. 不変色相과 훌륭한 外觀

○ 傷処와 落書가 잘 안보이는 特殊발色体

○ 街路. 公園. 江邊 等 어떤 環境에도 멋진 造化

四. 建 議

1. 尖端移動式 화장실 設置
   ○ 全需要処에 果敢한 設置로   │ 環境改善 │
   ○ 아파트団地 및 各種 営業施設   │ 自体改善誘導 │

2. 受益者負担原則 推進

   "例" ┌ ·街路辺 空地   ; 隣近商街. 工場. 아파트 負担
         ├ ·観光地 및 寺刹   ; 収益者（事業）. 管理人
         ├ ·海水浴場. 大小公園 ; 営業者 및 有関業体
         └ ·어린이 놀이터   ; 篤志家. 住民自負担
           ※ 화장실壁 三面 広告板에 寄贈者‥ 管理費奉仕者 PR
             (45 CM x 25 CM 突出四角 規格)

3. 尖端化粧室 補給 새마을運動 展開
       (化粧室 献納 또는 管理費 負担)

   参與誘導 対象

     ┌ 라이온스. 로타리. JC. 宗教団体
     ├ 衛生用品 및 生必品製造業体
     └ 其他 隣近商人 등 PR希望 篤志家

   弘 報

     ┌地方 TV. 라디오. 新聞. 雑誌 등 媒体를 通한 趣旨 弘報
     └班常会 回報活用 ; 化粧室 供給 및 管理口座制

※ 効果.分析

┌───┐
│ 完全無臭化粧室文化의 새時代開幕   │
│ ○ 多額豫算所要 ── 小豫算으로 解決   │
│ ○ 受益者 負担   ── 責任과 奉仕의 새氣風 振作 │
│ ○ 専 門 管理   ── 民族文化의 品位提高. 従来問題点 解決 │
│ ○ 各種営業施設 ── 自負担 無豫算 環境改善 │
└───┘

공중화장실 확충 및 관리혁신 대책

(건의안)

1995. 3

본 차트는 공중화장실 유관 중앙부처와 지방지도, 시군구까지 뛰면서 직접 브리핑 또는 우송했던 내용이며 한심한 공중화장실의 실태를 매스컴부터 인식하라는 뜻에서 신문, TV, 잡지사에도 전했던 내용이다.
선진국 화장실협회의 유일한 회원으로 연구, 수집한 자료를 바탕으로 미래지향적인 아래 사항을 구체적으로 제시하며 탄원했으나 미지근한 반응에 분노했던 자료이다.

- 공중화장실의 확충 필연성과 그 방안
- 현존 공중화장실의 재개발 및 구조개선
- 현존 공중화장실의 관리혁신
- 시범화장실 계몽운동
- 공중화장실의 설치 제언
- 공중화장실 총괄지도 기구 건의
- 국제세미나 동향 등

공중화장실 확충 및 관리혁신 대책
(건의안)

1. 확충의 필연성과 대책

(1) 공중화장실 현황 및 문제점

　　○ 도심지 변두리 가로, 시장 등 필요한 장소에 부재

　　○ 보행자(외국관광객, 장애인) 원성 상존

　　○ 확충 및 구조개선으로 국제화 대비 시급

　　○ 이웃나라 도시와 비교

도시	공중화장실 (개소)	인구 (만)	1개소당 인구비(명)	비고
홍콩	313개	600	19,000	
대만	500개	300	6,000	
동경	3,000개	1,000	3,300	
서울	710개	1,000	14,080	

(2) 공중화장실 확충 방안

　　○ 시민화장실 지정

　　　시장, 버스정류소 등 상시 인파 운집 지역

　　　공공기관, 관허업소, 대형빌딩, 필요한 건물

　　　※실비 일부 보조

○ 대형 건축 허가시 부관

대로변 가각 최소규모 확보(시민용)

노변 화장실 건축 기증

○ 이층화장실 건축

소규모 대지 활용 극대화

기존 재건축시 고려(층별 남·녀 구분)

○ 화장실 유도 안내표식 설치

(3) 유료화장실(간이식) 허가제

○ 대지 확보 불가한 지역

○ 유료 화장실 허가대상 유형

첨단 자동수세식(파리형)

전기 완전 소각식 화장실

종이팩식(혁신첨단형)

○ 허가기준

무공해, 비수거식, 위생 및 능률성 등

엄격한 허가조건 충족 전제

○ 유지관리 방법(안)

파리식 : 관 설치 후 유료 수입으로 관리위탁

간이식 : 설치자 부담 유료 수입으로 관리

관 설치 후 유료 수입으로 위탁관리

2. 공중화장실 재개발 및 구조개선

　　○ 수거식 전면 재개발
　　○ 기존 수세식 단계전 재건축 현대화
　　○ 구조 및 설비개선 대상 상당수
　　○ 개건 착안점

　　　　자연통풍, 구석 없이 밝고 쾌적한 공간
　　　　손씻고 화장할 수 있는 시설
　　　　서양 문화권에 적응되는 외국인용 시설
　　　　장애인, 노약자, 어린이 고려
　　　　유아동반, 쇼핑백 등 사람 착안 시설
　　　　기자재의 고급화 및 첨단 절수식
　　　　겨울 동파 대비 시설 등

　　○ 건축 양식 및 외관
　　　　－ 종래의 변소형 외관 탈피 새로운 디자인
　　　　－ 벽돌 콘크리트에서 최선 첨단 자재
　　　　－ 자연광 통풍 위주 응용과학적 연구 필요
　　　　－ 지역환경 조화 다양한 외관

3. 공중화장실 관리혁신 문제

(1) 서울 관내 공중화장실 분포

1995. 1. 1. 현재

담당부서별	건물(고정)형		계	이동식/대	비고
	수세식	수거식			
청소사업부					
시가지	150	1	151	202	
저소득층 (재개발)	135	25	160	2,402	
도시계획국					
일반공원	289		289	238	
한강공원				749	
문화재 관리국 (고궁)	21		21		
계	595	26	621	3,591	

※ 저소득층 지역 160동 제외시

　　총 461대 수준

다중 이용 화장실 현황(참고)

1994년 12월 현재

구별	계	도심	공원	고궁	시장상가	대형건물	주유소	위생업소	공공건물	터미날
계	4495	151	334	21	491	1074	518	543	1337	26
종로	200	4	12	16	13	90	11	15	39	
중구	339	3	11	1	46	146	16	32	84	
용산	194	17			17	15	23	71	50	1
성동	214	19	13		24	37	28	2	90	1
동대문	165	11	3		20	10	25	35	61	
중랑	94	10	11		8	4	19		41	1
성북	148	3	2		15	13	24	17	74	
도봉	181	3	25		38	15	24	8	68	
노원	158	3	4	1	12	24	13	6	49	7
은평	131	7	10		18	9	26	10	50	1
서대문	183	5	1		8	13	18	17	121	
마포	196	10	9		15	59	15	28	59	1
양천	167	5	14		16	38	19	18	54	3
강서	169	6	16		13	24	21	30	56	3
구로	170	9			19	31	34	12	65	
영등포	352	13	4		27	136	28	97	47	
동작	171	7	2		15	43	14	24	66	
관악	135	4	9		22	17	18	9	56	
서초	218	2	1		32	72	37	23	45	6
강남	485	2	26	1	25	241	55	74	61	
송파	176	6	26	2	45		29	12	56	
강동	154	2	1		43	37	21	3	45	2
녹지 사업소			34							
어린이 대공원			16							
서울 대공원			45							

(2) 공중화장실 관리 실태(서울시 구청 경우)

　　가. 관리담당 부서

　　　　○ 시중 공중화장실 : 각구 청소과

　　　　○ 공원내 공중화장실 : 공원녹지과

　　　　○ 대형공원 공중화장실 : 시설관리공단

　　　　○ 한강시민공원 : 관할 8개구 각각 관리

　　나. 관리실태

　　　　○ 화장실 개소별 인력 고정 배치

　　　　○ 일반공원 : 관리소별 고정인력 배치 관리

　　　　○ 한강공원

　　　　　청소 : 각 구별 고용인력 배치

　　　　　분뇨수거 : 관내 분뇨수집 업체

　　　　　하자보수 : 납품업체 협조

(3) 관 직영 관리의 문제점

　　○ 관청의 막대한 행정수요

　　　능률, 효율성 결여, 예산 과다지출

　　○ 감독 공무원의 선진관리 기법 및 견문 전무

　　○ 설치보다 관리의 중요성 인식결여

(4) 관리혁신 방안

　　○ 최악의 비위생 분야일수록 관리는 전문화

　　○ 책임추궁 가능한 용역만이 해결책

가. 지역별(각구 관내) 공중화장실

　전문관리 용역화

　○ 인력 고정배치에서 자동 관리 체제화

　○ 완벽한 관리 위한 행정 체제 정비

나. 영역별(한강, 일반공원) 공중화장실

　○ 한강 8개구 관리 일원화 용역

　○ 전문관리 시범 단지화

　※전문관리란

　분뇨수거, 물청소, 약품투입, 휴지 공급,

　하자보수를 차량 일괄 작업

다. 업무별(국립공원, 소공원, 고궁, 녹지, 산야) 화장실 관리 재검토

(5) 전문관리 용역의 효과

가. 막대한 행정수요 근본문제 해소

나. 지역 일괄 용역으로 예산절감

다. 전문관리 효율성 제고로 선진화 도모

라. 화장실 문화의 새 시대 개막

4. 시범화장실 설치 및 관리운영 방안

(1) 시범화장실 설치 방안

　○ 설치 대지는 현 낙후 시설 철거 대지

○ 건물의 외양, 구조, 설비, 디자인은 공모

○ 화장실의 시설 기자재는 첨단고급화

○ 설치방안은 비예산 – 사업 추진

유력한 사회단체, 대기업 참여 유도

–사회 봉사 기풍진작

※시가지는 대지 확보난으로 화장실은 사실상 뒤안길에 상당수 설치

(2) 공중화장실 관리운영 개선

○ 화장실의 직영 관리 지양

○ 1단계 : 시범화 점차 확대

○ 시 본청 화장실 총괄 담당관 신설

○ 구 감독 공무원의 선진국 연수

※ 선진국은 공원(관광지) 관리건물 1층을 화장실, 매장 등 용도

5. 공중도덕 계몽운동 전개

○ 시범 화장실 기여단체, 기업, 독지가 선도

국민운동 연합체 구성

○ 노인층 선도로 지속적인 캠페인

○ 매스컴 관청을 통한 계도 홍보

○ 교육기관(초 · 중학교) 공중도덕 교육

6. 공중화장실 총괄 지도기구 제의
  ○ 현황 및 문제점
    각 부별 화장실 업무의 분산난맥
    중앙통제 지도기구 부재
    관리운영제도 건축설비 등 낙후
  ○ 업무분산 실태
    내무부 : 시 · 도 및 국립공원
    서울특별시 : 서울 관내
    건설부 : 고속도로
    교통부 : 관광지 철도, 해운 등
    문화부 : 고궁, 사찰, 사적지
    환경처 : 법규 부담 기능 정도

  ○ 제안
    청와대 또는 총리실 차원의 총괄지도

동북아 지역 화장실 문화

1. 아 · 태지역 공중화장실 세미나
   1994. 5. 31~6. 2
   장소 : 홍콩문화센터
   주최 : 홍콩시
   주제 : 아 · 태 지역사회 공중화장실의 문제점과 그 대책

참여국 : 아 · 태 지역국과 영 · 불

　토론자 : 각국 25명

　토론주제 : 공중화장실 구조 및 설계

　　　　　유지관리방안 위생문제

　　　　　화장실 문화, 분뇨처리 문제 등

괄목사항

　○ 홍콩시 의욕적인 화장실 문화창달 의지

　　1995년도 국제세미나 행사계획 확정(1995년 5월 25일~27일)

　　1994년 행사는 그 준비 행사

　○ 중국의 베이징, 선전, 광저우 환경국장 참가(토론)

　　중국의 화장실 개발 의지

　○ 홍콩의 빅토리아 공원 최신 첨단 화장실

　　골목 좁은 공간에 2층 또는 3층으로 화장실 개축 또는 신축

　　가각에 2층으로 남녀구분 사용

홍콩시장과 참가국들의 제언

　○ 1993년 5월 일본 고베에서 제1차 국제화장실 심포지엄 개최
　○ 1995년 홍콩에서 제2차 국제화장실 심포지엄 예정
　○ 1997년에는 한국에서 맡아야 한다는 요지

漢江高水敷地公園 화장실 管理

(革新方案 建議)

1994. 2.

본 차트는 86아시안게임을 앞두고 개장된 한강고수부지공원은 그 입지가 침수지역이기에 이동식 화장실이 아니면 안 된다는 당위성을 안고 수의계약이라는 어려운 과정을 거쳐 공급되었거나 한강변을 관할하는 각 구청에서 한강변 전 지역에 전근대적인 방식으로 각각 관리하는 문제점을 혁신하여 화장실 새 시대의 시범을 보이겠다는 뜨거운 의지로 서울시 주무당국은 물론 한강사업소 계층별로 수년간을 집요하게 건의했으나 외면당했던 내용이다.

초유의 국제행사였던 86아시안게임과 88서울올림픽, 대전엑스포, 전국체전, 대통령취임식에서 절찬을 받고 그 신선한 충격이 온 땅을 휩쓸던 그때의 '혁신방안' 탄원이었다.

漢江高水敷地公園 화장실 管理

(革新方案 建議)

1. 화장실 管理 概要

    가. 漢江邊 管轄 8個區廳에서 各各 管理 總保有 : 745台

    나. 各區 淸掃課에서 直營管理

    ┌ 糞尿收去 : 官內 收去專門業體(2個區除外)

    │ 淸掃 等　 : 固定 人力配置 別途作業

    └ 瑕疵補修 : 供給業體에 依賴協力(部品交替)

2. 現行管理의 問題點

    가. 各區別 화장실 維持管理 行政需要 多大

       (特히 人波가 雲集하는 春夏秋 季節)

    나. 화장실 管理 總括 指導 監督體制 不在

    ┌ 各區別 非專門管理로 前近代性

    │ 專門技法 不和로 惡臭不潔 事例 許多

    └ 冬節 結氷期의 管理不實 問題

    다. 雨水期 洪水 범람 對備問題

    라. 漢江邊 大行事時 人力動員의 難点等

    마. 瑕疵補修 및 亡失部品 交替 適時性逸失

       (화장실 供給業體의 卽刻的인 協助不可)

3. 화장실 管理體制 革新의 當爲性

　가. 非專門 官直營에서 專門管理 業體 委託

　　　○ 莫大한 行政需要의 根本解消

　　　○ 8個區 分割管理에서 漢江을 1個團地化

　나. 完全無臭 淸潔 화장실의 示範場으로 育成

　　　○ 落後된 화장실 文化의 現代化로 民族文化의 品位 提高

　　　○ 서울 定都 600年 한국 방문의 해에 時急한 對備切實

　다. 先進國型 尖端管理 體制 導入 不可避

　라. 洪水범람 危險負擔 및 大型行事 對備도 管理 一元化로 解決

4. 完全無臭 淸潔 專門管理 槪要

　가. 尖端 專門管理 車輛에 依한 화장실 管理의 一貫作業

　　　○ 現況

　　　┌ 糞尿收去와 瑕疵補修를 各各委託
　　　└ 消臭濟投入, 淸掃, 휴지공급 등 別途作業

　　　○ 專門管理車에 依한 管理

　　　　糞尿收去 및 淸掃, 消臭濟 投入

　　　　瑕疵部品 交替 및 補修를 同時에 處理

　나. 화장실 專門管理 技法 活用

　　　○ 尖端 消臭濟 使用(기생충 退化, 상쾌 香臭)

　　　　(분뇨저장탱크 內 消臭濟 基準量 상시 貯藏)

　　　○ 분뇨 저장탱크 壁에 惡臭要因 除去

　　　○ 小便器에 달라붙은 尿石除去 및 豫防

　　　○ 年 1回以上 화장실 몸통 解體, 약품으로 惡臭要因 除去

○ 지붕 每月 특별청소로 本色 透明性 維持

○ 冬節期 不凍液 投入으로 完璧한 使用

○ 車輛에 依한 巡廻 管理로 人力 絶滅但 人波 常侍 雲集場所
는 固定配置 若干

5. 漢江 移動式화장실과 (株) 茂林交易

가. 1986年부터 6次에 亘한 茂林의 獨占供給品이며 組立式
各部品 또한 固有의 專用品

나. 지붕, 벽체 문틀과 화장실 몸체는 茂林의 意匠特許品이다.

다. 한강 8個區 管內 화장실의 瑕疵補修 擔當

6. (株) 茂林交易 紹介

가. 住所地　　: 서울특별시 江南區 驛三洞 662-17 (송헌빌딩 5層)
대표이사 : 李相禎
設立日字 : 1981. 2. 13
資本金　　: 一金參億五百萬원

나. 事業種目

○ 화장실 製造, 販賣, 賃貸 및 專門管理

○ 賃貸화장실 專門 糞尿自家收去

○ 共同住宅 專門管理

다. 移動式화장실 賃貸 專門管理 새時代 開幕

(1) 가장 落後된 야외화장실 管理不在의 問題點을 直視하
고 移動式화장실 賃貸 및 專門管理 業體인 美國

Satellite社와 技術提携(1985. 2) 우리 실정에 맞는 多樣한 화장실을 製造 供給해 온 일방 賃貸 專門管理 業體를 開拓, 화장실 文化의 近代化 이룩.

(2) 화장실 供給 및 專門管理 實績 개요

86아시안게임, 88서울올림픽을 위시한 歷代 大統領就任式, 선거유세장 91잼버리, 93대전엑스포, 全國體典, 각 宗敎團體, 각종 文化行事 등 大小 國內外 行事와 建設現場, 國立公園, 休養地 등에 준이동식 設置 등 독보적인 實績과 技術蓄積을 해 온 完全無臭 화장실의 심벌적 이미지.

(3) 國際的 民間外交 尖端技術 도입

放尿因習에서 化粧室時代로 糞尿收去水準에서 專門的 管理時代로 轉換시킨 先驅者로서 國際간이위생화장실협회(PSA International) 國內 唯一의 會員社이며(1987. 11) 技術理事 및 顧問으로서 先進國 尖端業體와 交流 명실공히 韓國을 대표하고 있는 점.

(4) 화장실 專門管理 啓發

專門管理車輛(물탱크, 적재시설, 각종 장구함, 보유)에 의한 糞尿收去, 소취제 投入, 淸掃, 휴지공급, 瑕疵補修를 一貫作業하여 人力 절감, 能率極大化, 尖端資料를 사용, 完全無臭效果.

(5) 茂林의 供給種目

○ 이동식 화장실(洋式·韓式), 障碍者 화장실, 준이동식
  화장실(고정식), 男性用小便器(5인용 이동식)

○ 水洗式 화장실

○ 電氣式 PACTO화장실(韓·洋式)

○ 고층빌딩 工事 現場用 水洗式화장실(自動處理)

○ 고층빌딩 工事 現場用 수레식화장실

○ 障碍者 및 이동식 水洗器 등

移動式화장실賃貸 및 專門管理

（糞尿自家 收去建議）

株式會社 茂林交易

1. 移動式 화장실의 賃貸需要現況

　　가. 野外 大衆 行事에서 1-2台의 家庭需要까지
　　　　多樣

　　나. 建設現場, 公園, 海水浴場 等 長期賃貸와
　　　　季節 需要도 事後 專門管理를 要請

　　다. 화장실의 購入에서 賃貸및 管理委託으로 轉換
　　　　趨勢.

　　라. 올림픽을 轉栈로 向後 賃貸및 管理委託
　　　　需要 增加 豫想

2. 賃貸 및 專門管理 當爲性

　　가. 長短期 및 一時 需要에 便利 — 経済性

　　나. 1日生活圈化 — 人口移動 — 賃貸用役需要創出

　　다. 專門管理 需要增加 （栈械化一貫作業 必然的）
　　　　　┌ 운반（往複）— 清掃·衛生的管理
　　　　　└ 휴지 供給 — 糞尿處理 — 瑕疵補修

　　라. 固定水洗式의 問題点 補完性

3. 專門管理 現況 및 問題点

> ○ 消臭劑 投入, 물청소, 휴지供給 過程
> ○ 糞尿 收去 過程
> ○ 瑕疵補修 過程을 各各 人力投入, 時間浪費,
>   人件費過重, 非能率, 非経済性.

※ 清掃人力確保 極難

가. 서울市 各區 및 各地方 市郡에 糞尿
收去는 單一 業者만이 独占

나. 賃貸現場別 各各業体와 收去 交涉
○ 糞尿收去料 過多 支出 不可避
○ 收去車 待期人力및 時間 浪費 심각

다. 緊急 需要에 收去適時性逸失 — 問題点許多

라. 糞尿自家收去 안됨 — 栈械化處理不可
(분뇨처리장 폐기불가)
○ 多量 또는 設置場所가 많을수록 — 管理困難
○ 小量 需要는 부득이 謝絶 不可避

> ※ 專門管理車
> ├ 糞尿 탱크, 消臭劑 탱크〈를〉保有
> ├ 瑕疵補修. 清掃
> └ 휴지供給等 過程을 運転技士 1人이 一貫作業

化粧室 3~400台 管理可能 (週1回 定期巡迴 清掃)

316

4. 對策 및 建議

　가. 賃貸 화장실　專門管理業体의　自家收去및
　　　糞尿處理場　使用

　나. 業務性格上　全國各地에　散在한　施設對象

5. 自家收去 許用　效果

　가. 野外 移動 便所의　完全 無臭 賃貸
　　　專門管理　새時代　開幕

　나. 專門管理 桟械化로 能率提高. 人力確保難 解消

　다. 1台의 需要에도　能率的인　供給 可能

　라. 올림픽에서　格調 높은　民族文化의 品位誇示

6. 先進國 実態
－美·英·佛·独等 先進國은 賃貸및 專門管理用役 30余年歷史－

　가. 美國 ： ∘ Satellite社 傘下에 独占 供給 350個業体
　　　　　　　　　　－ 17万台로서 全域의 需要担當

　　　　　　　∘ 화장실 文化의　模範國

　　　　　　　∘ 全世界 40個國에　화장실 및　淸臭劑
　　　　　　　　專門管理車　管理技法 供給.

나. 日本 : Satellite社 總販 쌩(日健)에서도
全國 118個 代理店에서 2万台를
賃貸 및 管理用役 — 盛業中

※ 各國 共히 賃貸業体의 糞尿自家收去및 處理場廢棄許容

7. 自家收去에 關한 法規

가. 廢棄物 管理法 第10條 3項

○ 便所가 設置되어 있는 車輛, 船舶, 航空機를
運行하는 者 및 移動便所를 設置·管理하는 者는
그 便所에서 排出되는 糞尿를 第7條의 規定에
依한 一般廢棄物 處理 基準및 方法에 따라
處理하여야 한다.

○ 法 第7條 (廢棄物 處理基準)
廢棄物은 保健社會部令이 定하는 基準 및
方法에 따라 處理하여야 한다.

나. 問題点

○ 法 第10條 3項에 移動便所의 自家收去處理를
許用하였으나 莫大한 物量의 올림픽을 對備해야하는
現在까지 糞尿處理場使用이許容되지 않고있음.
○ 糞尿收集業者의 独占收去 旣得权 重視
○ 急変하는 새時代의 새로운 需要는 外面되고 있는 実情

8. 糞尿自家收去 建議経過및 被害

  가. 環境方處理 31824号 (86.6.2) 回示内容

    ○ 汚物清掃法 第2條 2項의 事業者에
      移動 화장실의 賃貸管理業者를 包含한다.

    ○ 同法 第11條 1項, 但書規定에 依據 移動便所에서
      排出되는 賃貸管理業者가 스스로 運搬處理하는
      경우에는 市長·郡守 許可없는 收集運搬할수 있다.

    ○ 糞尿廢棄 處理는 糞尿終末處理場 또는 下水
      終末處理場을 利用하여야 한다.

  나. 環境方 回示에 依한 專門管理車輌製作

    ○ 美國 Satellite 社 製品 專門管理用 탱크等
      器資材 輸入 國産化 組立.

      서울 7너 5450号로 登錄畢 (1986.9.5字)

      總 2.6百万원 投資

  다. 올림픽 組織 委員會 協調指示 (86.9.10字)

    ○ 서울特別市, 京畿道에 "이 25980-5017号로 "86大會에
      移動 화장실 管理 協調要請" 題目으로 서울7너5450号
      專門管理 車輌에 依한 自家收去 協調 指示

319

라. 서울特別市 當局및 糞尿收集業者 反撥

- 環境亐 유친해석 잘못을 主張 專門管理
糞尿自家收去를 반대하므로서 86아시안게임에
使用하지 못함은 물론

- 2年이 経過한 지금까지 專門管理車輛을
使用치 못하고 死藏하고 있는 狀態임.

9. 弊社의 呼訴

- 當局을 信賴했던 結果로 이루어진 莫大한
被害를 감안 完全無具 專門管理의 向導的인
使命을 遂行할수 있도록 措置

- 올림픽을 비롯한 野外移動便所의 需要增加에
事後管理는 마냥 糞尿收去的인 次元에서
非能率, 非経済的인 狀態에서 踏步하지 않도록
政策的 支援 要望

- 뱃사공의 抗議때문에 漢江鉄橋를 建設하지
못한다는 逆理가 없도록 伏望

〔 別 添 〕

o 環境方處理 31.824 (86. 6. 2字)

　移動 화장실 糞尿自家收去 建議回信

o 서울아시아 競技大會 組織委員會

　시이 25980 - 5017 (86. 9. 10字)

　'86 大會 臨時 화장실 管理에 따른

　協調要請

자동분뇨수거차

한강시민공원 이동식 화장실 개선
(건의안)

2001. 8.

주 식 회 사 무 림 교 역

한강시민공원 이동식 화장실 개선 건의(안)

1. 한강 화장실 현황 및 개선

   현 이동식의 노후성(88~90년 설치)

   비수세식 화장실의 전근대성

   저장된 분뇨의 시각적인 문제와 악취

   그늘 없는 여름, 겨울철 사용상 난점 절실

   (1)첨단 절수세식 교체 당위성

   ⊙ 2002년 월드컵대회에 즈음한 민족문화의 품위 제고

   ⊙ 일반적 수세식 문화에 부응하는 구조 절실

   ⊙ 유지관리 및 하자보수 용이

   (2) 화장실 전문관리제 도입

   ⊙ 설치보다 관리가 중요하다는 시책 필연

   (일반 청소수준 → 전문관리 체제)

   ※ 전문관리란? 전문관리 차량에 의한 분뇨수거 및 탱크 청소,

   안팎청소, 소취제 투입, 휴지, 하자보수 등 일괄작업의 능률성

   (3) 개선 착안점

   ⊙ 우아한 외관, 절수세식의 이동간편성

   ⊙ 완벽한 용도 위생적인 구조

   ⊙ 자연통풍과 쾌적한 공간효능

   ⊙ 서양 문화권을 감안한 구조체

   ⊙ 장애인, 노약자, 어린이, 유아동반 여인 용도

⊙ 여름철의 불편없는 사용(단열)

⊙ 최소의 화장 설비 및 손씻기

2. 절수세 이동식 화장실(유형)

　(1) 첨단 이동식 화장실

　　⊙ PE자재, 조립식, 기계화 제품

　　⊙ 현 화장실의 단점을 보완한 첨단제품

　　⊙ 1회 사용 0.15L 절수식

　　⊙ 물탱크 : 200L(1,000명 사용분)

　　⊙ 저류탱크 : 500L(물탱크 3회째 채우면서 수거하는 실용성)

　　　-장점-

　　⊙ 수세 후 자동 닫힘으로 악취, 불결 완전차단

　　⊙ 여름, 겨울 대비 2중 벽체와 간편한 조립구조

　　⊙ 응용과학적인 채광, 환기구의 특수성

　　⊙ 세련된 디자인, 산뜻한 컬러

　　⊙ 유지, 관리가 쉽도록(대1, 소1) 설비 구조

　　⊙ 수세기 등 완벽한 용도 구비

　　⊙ 폭풍에도 넘어짐 없는 안전성

　(2) 절수세 이중단열 이동식

　　⊙ 자재, 이중단열 컬러 강판

　　　- 기둥 : 컬러 알루미늄 바

　　　- 지붕 : FRP 및 폴리카보네트

－ 탱크 : FRP 및 3중 구조 보완

⊙ 규격 및 특징
　－ 1,350×1,650×2,750mm(PE 화장실보다 큰 규격)
　－ 완전이동식(대1 + 소1)
　－ 절수세식 : 1회 0.15L 사용
　　물탱크 300L(1,500명 이상 사용)
　－ 저류탱크 : 1,000L(물탱크 3회분)
　－ 절수세 후 자동닫힘(악취, 불결 차단)
　－ 지붕 채광, 환기구의 특수성

　－장　점－
⊙ 겨울, 여름의 계절적 문제점 해소
⊙ 비수세식의 전근대성을 완전 혁신 현대화
⊙ 분뇨수거 1회 동안 물탱크 3회 급수의 경제성
⊙ 수세기, 베이비 베드 등 완벽한 용도 구비
⊙ 응용과학적인 채광, 환기구 설치
⊙ 파손, 하자발생 여지 없는 실용성

(3) 절수세 이중단열 이동식
　⊙ 자재
　　－2중 단열 절수세식과 동일

⊙ 규격 및 특징

    – 1,150×2,250×2,700mm

    – 1대 3역의 실용성(대1 + 소2)

    – 1회 0.15L의 절수세식

    – 대변용 물탱크 200L(1,000명 사용)

      소변용 물탱크 : 직수 또는 별도 탱크

    – 저류탱크 : 1,500L 현장 여건에 따라 직류식 가능

    – 대변기 : 페달식, 소변기 : 단추 누름식

    –장점–

⊙ 고정식 화장실의 장점 보완

⊙ 1대 3역의 월등한 경제서(청소관리, 강물 범람시 이동, 기능성)

⊙ 2중 단열 강판에 청순한 컬러

⊙ 완벽한 용도 구비, 환기, 채광의 실용성

⊙ 하자, 파손의 여지없는 튼튼한 설비구조

3. 건의사항

  위 1안 첨단 절수세 이동식 화장실(PE자재)

    2안 절수세식 2중 단열 화장실

    3안 ONE TWO(1+2) 화장실

    ⊙ 한강시민공원의 특수성을 감안하시고

      각각의 첨단적 장점을 검토해 주시기 바랍니다.

청와대 행정수석비서관
화장실 문화의 르네상스 건의

본 건의문은 한국 화장실 문화의 개척자였던 필자가 1993년 일본 고베 (神戶)와 1995년 홍콩에서 개최되었던 국제화장실 심포지엄에 참석하면서 받은 충격을 1993년 11월에 '화장실 문화의 르네상스를 제의한다'는 소책자를 만들어 중앙부처와 지방 시도지사, 시장 군구청장을 비롯한 해당 과까지 골고루 2,000부를 배부했던 책자를 청와대 행정수석 비서관에게 유첨하여 보내면서 간절히 호소했던 공문이다. 특히 1997년 국제화장실 심포지엄을 한국에서 해야 한다는 제언을 해결할 길이 없어 건의했으나 응답이 없어 홀로 뛰었던 가슴 아팠던 때의 기록이다.

주식회사무림교역

(552-1381)

무교 제 94-18회   1994. 10

수신 : 청와대 행정수석비서관 이의근

제목 : 화장실 문화의 르네상스 건의

      1. 민족사적인 정치개혁과 부정척결의 고독한 使命 앞에서 거세게 밀려오는 국제경제의 波高 속에서 국가 보위에 노심초사하시는 대통령 각하의 옥체금안 하시옵기를 간절히 기도드리면서 보좌하시는 행정수석 비서관님의 강건하심을 기원하는 바입니다.

      2. 선진국 문턱에 선 우리의 국력과 위상 그리고 자긍심을 가진 문화 한국의 치부로서 낙후된 공중화장실 문제는 국제화·개방화 시대에 가장 시급히 해결해야 될 과제이기에 본 제안자는 외람될까 두려움을 느끼면서도 한 전문인의 사명감에서 뜨거운 마음으로 '화장실 문화의 르네상스'를 별첨과 같이 제의드리오니 충성을 성찰하셔서 적극 검토해 주실 것을 바라오며 본 건 제의가 우리의 공중화장실 문화 혁신의 전기가 되기를 간절히 바라마지 않은 바입니다.

      3. 본 제안의 서론으로서 우리의 공중화장실의 제도와 관행 그리고 건축설비, 관리 등 모두가 낙후된 원인을 간추려 보면, 첫째는 화장실 문제를 우선시할 여유가 없었다는 점, 둘째는 공중화장실과 유관한 행정당국이 분산되어 있었다는 점 위에 정책적인

총괄 기능이 없는 상태였음을 지적하지 않을 수 없습니다.

내무부는 지방 시·도와 국립공원, 서울특별시는 수도 서울관내, 교통부는 관광지와 철도해운, 문화부는 고궁사찰 사적지, 건설부는 고속도로 등으로 분장되어 있을 뿐 아니라 화장실은 문제시할 상황이 못된 것도 사실이었으며, 환경처는 법규를 관장할 뿐 그 기능 또한 공중화장실을 총괄 지도할 여건도 아닐 줄 믿기 때문에 본 제안자는 화장실 문화의 르네상스는 오직 청와대 또는 총리실 차원에서 종합 검토하지 않으면 안 된다고 제언드리는 바입니다.

　　　4. 공중화장실 문제의 개황과 제언은 별첨 인쇄물로서 가름하면서 보완해서 제언드릴 사항은

첫째, 건물형 공중화장실 현대화 방안입니다.

서울을 비롯한 대도시에 시범 화장실을 각 구별로 1개소씩을 설치하여 단계적인 화장실 혁신을 추진하심이 옳은 길인 줄 믿습니다.

○ 시범 화장실 설치 대지는 현재의 시설 중 가장 낙후된 화장실을 철거한 대지로 하고

○ 설치방법은 비예산 사업으로 하고 유력한 사회단체 또는 대기업에 시범 화장실 설치 참여를 유도함으로써 화장실 문화 창달과 사회 봉사 기풍진작의 양면 효과 도모

○ 공공기물을 아낄 줄 아는 공중도덕 국민참여 계몽운동을 화장실 설치 기증자들의 연합체를 구성케 하여 민간운동으로 주관토록 하는 것이 다목적의 성과를 거둘 수 있다고 사료되오며, 유치원과 초등학교부터 만화책으로 공중도덕을 주입시키는 것도 당연한 순서일 줄 믿습니다.

둘째, 공중화장실 관리제도의 혁신입니다.

전문지식과 선진 견문 없는 공무원의 화장실 관리 관행에서 과감하게 지역별 또는 시설 영역별로 전문관리 용역화하는 방안입니다. 1차적으로 대도시별 1개 지역 한강을 특수지역별 시범화하여 점차 확대해야 할 것입니다. 막대한 행정수요를 원천적으로 절감하고 예산 또한 크게 절감될 것입니다.

또한, 감독을 총괄할 공무원에게 선진국 연수 기회를 주어 견문을 넓히도록 하는 것도 빼서는 안 될 제언입니다.

5. 제3회 국제 공중화장실 세미나 개최 문제

○ 1993년 6월 일본 고베에서 제1차 국제화장실 심포지엄 개최
○ 1995년 홍콩에서 제2차 국제화장실 심포지엄 예정
○ 1997년에는 한국에서 맡아야 한다는 요지

정책적인 차원에서 어느 부서가 주관해야 될 것이며 그 방법등 구체적인 계획을 세워 주시기 바랍니다.(별첨 내용 참조)

별첨 : 화장실 문화의 르네상스를 제의한다. 3부 끝.

서울특별시 강남구 역삼동 662-17

주식회사 무 림 교 역

대표이사 이 상 정

이동식 화장실 분뇨자가수거 불가로 전문관리차 폐기 탄원 내용

이동식 화장실은 필요한 장소에 이동 설치해야 하는 특성에 따라 임대업자의 분뇨 자가수거는 필연적 조건이기에 환경청에 86아시안게임을 앞두고 임대화장실의 자가수거를 건의했던바 시장 군수의 허가 없이 가능하다는 유권해석에 의거 미국의 전문관리차를 도입하고 서울 7너 5450호(전문차량)을 등록한 후 아시아대회조직위원회에서 서울시에 이동화장실 자가분뇨수거 협조를 요청했으나, 서울시에서 분뇨수거업자들의 반발에 편승 분뇨처리장 사용에 법적 근거 없다는 명분으로 자가수거 허용 거부.
환경청에서 서울시에 임대화장실 1~4대 이하는 청소원 상주할 수 없으니 임대업체의 자가수거(전문관리) 허용 요청도 끝내 거부 미제 전문관리차, 탱크부품 등을 2,600만원에 수입하고 국산차 조립 등 총 5,000여만원이 투입되었으나 불용 폐기되는 고통, 86아시안게임과 88올림픽을 비롯한 국내외 대형행사에 자가수거 불가로 이동식 화장실의 전문관리 새 시대를 외면하는 결과를 초래했다.

이동식 화장실 분뇨자가 수거 불가로
전문관리차 폐기 탄원 내용

1. 무교 제 1005호(1986. 5. 19자)

   수신 : 환경청장

   제목 : 이동식 화장실(임대) 분뇨 자가수거 건의

   회신 : 환경청 처리 31824(1986. 6. 2자)

   제목 : 이동화장실 분뇨수거 건의 회신(수신 : 무림교역 대표)

   　　가. 오물청소법 제2조　제2호에 이동변소의 임대, 관리를
   　　　　업으로 하는 자를 포함시

   　　나. 이동변소에서 배출되는 분뇨를 임대관리하는 자의
   　　　　자가수거는 시장·군수 허가 없이 수집, 운반 가능

   　　　　(이동화장실 임대 관리지침 첨부)

   　　다. 반드시 분뇨처리장(종말처라장) 폐기조건

   수신 : 환경청장(무교 제 1006호, 1986. 5. 29자)

   제목: 임대용 화장실 분뇨 자가수거 관리계획 보고

   　　(환경청 지시 따른 시행세부 계획)

2. 전문관리차량 제작 확보

   　·환경청 처리 31824호(86. 6. 2자)에 의거 1986. 8. 25일
   　　서울 7너 5450호 전문차량 제작 등록

· 미국 Satellite사 화장실 전문관리 탱크 등 장비 일체 수입

  (국산 트럭과 조립 제작)

· 총 투입 자금 : 5,000만원 상당

○ 무교 제1013호(1986. 8. 20자)

  수신 : 서울올림픽 조직위원장

  제목 : 자가분뇨수거 건의

    · 아시안게임 경기장 등 20여 개소에 전문관리 차량으로

    자가수거 요청(환경청 지시 의거)

    · 각 도시 분뇨처리장에 폐기 조치

3. 아시아대회 조직위원회

  수신 : 서울시장, 경기도지사(시이 25980-5017호, 86. 9. 10자)

  제목 : 86대회 임시 화장실 관리에 따른 협조 요청

        임시화장실 관리용역 업체

        (주)무림교역

        분뇨수거 차량 서울 7너 5450호

        86대회 경기장 및 연습장 임시화장실 설치 내역

        종말처리장(분뇨처리장) 분뇨수거 협조

  전문 관리자의 시범 관리 대회개최 - 극찬

4. 서울특별시 당국 반응

  ○ 환경청 유권해석에 반대의견 - 분뇨수거 허가업체 아니면
                              자가수거 불가

○ 분뇨 수집업자의 반발

86대회부터 현재까지 서울 7너 5450호는 활용 못함

5. 무교 제 101호(1987. 1. 23자)

　수신 : 환경청장

　제목 : 이동화장실 임대 및 전문 관리용역 제도화 건의

　폐기물 관리법 제정공포(1986. 12. 31 법률 제3904호)

　○ 동 시행령(1987. 4. 1 대통령령 제12119호)

　○ 동 시행규칙(1987. 5. 30 보사부령 제802호)

　※법 제10조(일반 폐기물 처리)

3항 변소가 설치되어 있는 차량, 선박, 항공기를 운행하는 자 및 이동변소를 설치 관리하는 자는 그 변소에서 배출되는 분뇨를 제7조의 규정에 의한 일반 폐기물 처리기준 및 방법에 따라 처리하여야 한다.

6. 탄원서 제출

　○ 1988년 2~3월 환경청, 서울시, 총리실 당국

　　임대화장실 자가수거 분뇨를 처리장(종말)에 폐기 협조 건의

　○ 환경청에서 서울시에 협조 요청(공문번호 미파악)

　○ 분뇨처리비를 징수하는 조건

　　처리장 사용 협조-올림픽 대비

7. 서울시 당국 반응

　　○ 자가수건 허용은 명문화됐으나

　　　　분뇨처리장 사용의 법적 근거 없음 이유 거부

　　○ 필요하면 전용 분뇨 처리장 설치

　　○ 탐문 결과 5, 6억 투입 예상

8. 무교 제 6-3(1988. 6. 3자)

　　수신 : 서울올림픽조직위원회

　　제목 : 임시화장실 전문관리(자가수건) 건의

　　○ 전문관리자의 수거분뇨를 처리장에 폐기할 수 있도록

　　○ 1,000여 대의 화장실 관리의 문제점 대책으로서

　　　　전문 관리차의 기계화 처리 불가피성과 당위성 역설

　　○ 분뇨처리장 사용 협조 요청

9. 서울올림픽조직위원회에서 서울시에 분뇨처리장 사용 협조 요청

　　○ 50개소 대회장 중 다량의 이동변소는 분뇨수거 업체에서 수거

　　○ 1~4대 이하 설치 18개소 청소원이 상주할 수 없기 때문에

　　　　용역업체의 전문 관리차 활용

　　○ 분뇨처리장에 폐기할 수 있도록 요청

– 폐사 분뇨 자가수거 계획 –

ㅇ 올림픽 경기 및 평소에도 건설현장 등 5대 이상 임대 경우는
   분뇨 수집업체에 위탁 수거 원칙

   이유 1. 폐사 보유차는 미국 전문 관리차로서 분뇨 탱크 용량
            10드럼, 소취제 탱크 5드럼이기 때문에 다량의 수거
            용이 아님.
        2. 올림픽 행사 겨냥 추가 추가 차량 확보의 위험부담 문제
        3. 폐사 보유 전문 관리차
           – 1대로서 올림픽 기간의 문제지역 커버
           – 평시에는 원거리 3, 4대 이하 일시 임대 경우에 다이
             나믹한 봉사 능률 확보가 주안점(파티, 상가집, 공원묘
             지 등)

화장실 문화의
새 역사를 개척해 온
무림의 발자취

| 85세계양궁대회 |

XXXIII
WORLD ARCHERY CHAMPIONSHIPS

| 86아시안게임 |

'88 SEOUL PARALYMPICS
서울장애자올림픽대회
WELCOME
SEOUL

SEOUL
LYMPICS
서울장애자올림픽대회
'88 SEOUL
PARALYMPICS

88 서울올림픽 성화봉송로 달리기

| 대전엑스포 |

서울 에어쇼 '96
SEOUL AIR SHOW '96

SEOUL AIR SHOW

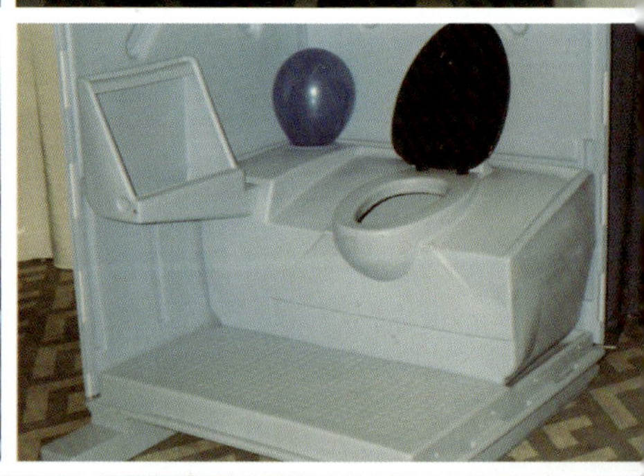

CLEAN PORTABLE
RESTROOMS
PORTABLE SANITATION ASSOCIATION
INTERNATIONAL

PORTABLE
SANITATION
ASSOCIATION
INTERNATIONAL
REGISTRATION

ASIA - PACIFIC SEMINAR ON PUBLIC TOILETS 1994
一九九四年亞太區公廁服務研討會
Hosted by Urban Council , Hong Kong
30.5 ~ 1.6.94

ASIA - PACIFIC SEMINAR ON PUBLI
一九九四年亞太區公廁服

1995 INTERNATIONAL SYMPOSIUM
ON PUBLIC TOILETS
公厠服務國際專題研討會
HOSTED BY THE URBAN COUNCIL, HONG KONG · 香港市政局主辦

나의 人生詩
화장실 문화

펴낸날　　초판 1쇄 2012년 12월 1일

지은이　　이상정
펴낸이　　서용순
펴낸곳　　이지출판

출판등록　　1997년 9월 10일 제300-2005-156호
주　소　　110-350 서울시 종로구 운니동 65-1 월드오피스텔 903호
대표전화　　02-743-7661　**팩스**　02-743-7621
이메일　　easy7661@naver.com
디자인　　박성현
마케팅　　서정순
인　쇄　　꽃피는 청춘(주)

ⓒ 2012 이상정

ISBN 978-89-92822-91-6 03800